香港警察東京分室

Hong Kong Police Force Tokyo Branch

Ryoue Tsukimura

月村了衛

小学館

目次

『香港警察東京分室』主要登場人物

〈組対部特殊共助係メンバー〉

日本警察

管理官 **水越真希枝** 警視
係長 **七村星乃** 警部
主任 **嵯峨秋人** 警部補
捜査員 **山吹蘭奈** 巡査部長
捜査員 **小岩井光則** 巡査部長

香港警察

隊長 **汪智霖**（グレアム・ウォン）警司
副隊長 **郜烈**（ブレンダン・ゴウ）総督察
主管 **費美霞**（ハリエット・ファイ）見習督察
調査員 **景天志**（シドニー・ゲン）警長
調査員 **胡碧詩**（エレイン・フー）警長

〈警視庁〉

武島 刑事部捜査第一課課長
磯辺 刑事部捜査第二課第四知能犯特別捜査第13係係長

〈警察庁〉

諏訪野 刑事局組対部薬物銃器対策課課長補佐

虞嘉玲（キャサリン・ユー）九龍塘城市大学元教授
呂子雄 セントラル・アジアン総業役員
梶原咲代 在日香港人実業家の使用人

第一章
井水不犯河水

井の水は河の水を侵さず

1

住宅街の路地に面したアパートのドアが開き、中から三人の若い男が出てきた。仕事に行くのだ。最後尾の男が鍵を閉めている。先頭の男が塗装の剝《は》げた錆《さび》だらけの階段を下りきる寸前、山《やま》吹《ぶき》蘭《らん》奈《な》は彼の前に立ちふさがった。

「警視庁の山吹です。留学生の劉《りゅう》さん、馬《ま》さん、それに黄《こう》さんですね。少しお話を聞かせてもらっていいですか」

我ながらあからさまな作り笑いとともに日本語で声がけし、身分証を開いて示す。三人は外階段で一列になったまま硬直した。今まで待ったのは、三人がばらばらになって逃げるのを防ぐためだ。

「警察、ですか」

先頭の劉が身構える。彼の視線は蘭奈ではなく、背後に立つ男に向けられていた。蘭奈と同じスーツ姿だが、愛敬《あいきょう》などかけらもない険しい眼《め》で三人を睨《ね》めつけている。

「後ろの人も警察ですか」

「はい、同僚です。お話、よろしいですね」

その問いについては曖昧にごまかし、蘭奈は畳みかけた。

「じゃ、ちょっとあちらへ。ここでは通行の邪魔ですから」

相棒と二人で男達の動きに目を配り、アパートの壁伝いに階段から離れた位置に移動する。

「私達、何もしていません。警察に話すこと、ないです」

日本語でパターン通り抗議する劉に、蘭奈もパターン通りに対応する。

「まあまあ、そうおっしゃらず。ほんの少しだけお話しできればいいんです。お手間は取らせませんから、ね」

「私達、仕事に行くところです。このままでは遅刻してしまいます。あなた、責任取ってくれるんですか」

「ほんのちょっとでいいんです。この写真の人に見覚えはありませんか」

責任云々《うんぬん》については返答せず、中年女性の写真を突きつける。

「キャサリン・ユーって人なんですけど、知ってます?」

「知らない。見たこともない」

「そんなこと言わないで、さあ、よく見て下さいよ」

写真をろくに見もせずに答える劉に向き合いながら、横目で馬と黄の動きを追う。二人とも視線を激しく左右に動かしていた。明らかに隙を窺《うかが》っている。

こちらから指示するまでもなく、横に控えていたシドニー・ゲン警長が素早く動いて黄の前に立ちふさがる。シドニーの威圧的な眼光に黄が息を呑《の》むのが分かった。

そのとき、真ん中に立っていた馬が蘭奈を突き飛ばして逃げようとした。

「甘《あめ》えんだよオラッ」

蘭奈がすかさず足払いをかける。馬は抱えていたバッグとともにつんのめった。

その機を逃さず逃げ出そうとした劉と黄に、シドニーの拳と蹴りが炸裂《さくれつ》した。二人は同時に悶《もん》絶《ぜつ》してうずくまる。しばらくは動けそうもない。

あまりの早技に馬は目を見張っている。それは蘭奈も同じであった。

やるじゃねえか、こいつ――

馬が奇声を発してバッグから大型のモンキーレンチをつかみ出した。所持品を調べられても、これなら「凶器ではなく仕事に必要な道具」として言い抜けられるとでも考えたのだろう。実際にはそうはいかないのだが。

「来るなっ、こっちへ来るなっ」

恐慌をきたした馬がモンキーレンチで殴りかかってくる。その一撃が蘭奈の腕をかすめた。

痛《いて》えっ――

痺《しび》れるような衝撃。まともに受ければ骨がやられる。極めて危険な凶器であった。

モンキーレンチを振り回しながら馬はがむしゃらに迫ってくる。蘭奈はフットワークを生かして慎重に間合いを取った。

相棒であるはずのシドニーは助けに入ろうともせず、突っ立ったままこちらをじっと見つめている。

こっちのチカラを見極めるつもりかよ――

モンキーレンチが唸《うな》りを上げて下から来た。蘭奈は際どいところでこれをかわす。

危ねえっ――

シドニーの視線に失望が混じったように見えたのは気のせいか。

チクショウ、プレッシャーかけてんじゃねえよ——

「おまえ、殺すっ」

馬は所構わず執拗《しつよう》に攻めてくる。周囲に野次馬が集まり始めた。早くカタをつけないと面倒なことになる。

「小日本《シウヤップン》めっ」

小日本とは中国語圏における日本人の蔑称の一つである。どう見ても馬は理性的な判断を下せる状態ではない。それは取りも直さず、蘭奈の有利を意味している。

悪《わり》ィな、こういうケンカは慣れてんだよ——

大きく振りかぶった馬がモンキーレンチを振り下ろす。思い切り踏み込んでその攻撃をかわした蘭奈は、相手の顔面に気合いの入ったパンチを叩《たた》き込んだ。

馬が鼻血を噴いてのけ反り倒れる。

「公妨《こうぼう》（公務執行妨害）の現行犯だバカヤロウっ」

それでも気が治まらず、顔を押さえて倒れている馬の横腹に蹴りを入れる。

シドニーは立ち上がりかけた劉の胸倉をつかみ、広東語《カントン》で尋問している。

「キャサリン・ユーはどこだ。言え」

「知らない」

「もう一度訊《き》く。言え」

片手で劉の首をねじ切りそうな気迫であった。

「苦しい、息ができないっ」

「だったら息がつまる前に言え」

そのときサイレンの音が短く聞こえた。パトカーが来たのだ。葛飾区青戸《あおと》六丁目は亀有《かめあり》署の管轄である。自転車の警察官も数名。付近の住民が通報したのだろう。

騒然となっていた狭い路地が、いよいよ剣呑《けんのん》な雰囲気に包まれた。

現場の様子を見た制服警官達が蘭奈とシドニーを取り囲み、

「ちょっとこれ、どういうこと」

「ご苦労様っす。組対《そたい》国対《こくたい》課特殊共助係の山吹蘭奈です。マル被（被疑者）三名、公妨で現逮しました」

一礼して応じる蘭奈に、警察官達は一様に不審そうな表情を浮かべる。

「特殊共助係？」

「はい」

「本部（警視庁）の人？　こっちの人も？」

「こちらは香港《ホンコン》警察から出向中のシドニー・ゲン警長です」

「香港警察？　日本人じゃないの、この人」

「はい」

「さっき尋問とかしてたみたいだけど、いくら警察官でも日本で捜査活動はできないはずじゃ――」

「もちろんです。ゲン警長は捜査なんかしてませんよ？　見間違いじゃないですか」

「でもさっき――」

「見間違いっすよ、見間違い」

白々しくとぼける蘭奈を、亀有署員達は一層不審そうに見つめる。

「そもそもなんで香港警察の人が本部の人といるの」

「出向してきたあっちの人をアテンドするのが自分の任務でして」

すると年長の巡査部長が「ははあ」という顔で、

「あんた達、あれですか、『分室』の人ですか」

「そうとも言われてるみたいですね。正しくは『特殊共助係』ですけど」

蘭奈が愛想笑いを浮かべて訂正すると、警察官達は思い出したように、

「ああ、アレか」「あんたらがそうなの」「え、なんですかそれ。自分は知りませんよ?」「おまえ、『日刊警察』くらい読んどけよ」

口々に勝手なことを言っているが、ほとんどの者は軽侮の色を露《あら》わにしていた。

警視庁組織犯罪対策部国際犯罪対策課特殊共助係。昨年ICPO（国際刑事警察機構《インターポール》）を仲介役として日本の警察庁と香港警務処、すなわち香港警察との間で「継続的捜査協力に関する覚書」が締結された。それに基づき警視庁に新設された部署である。

香港警察の下請けとも接待係とも解釈できる職務であることから、揶揄《やゆ》的に『香港警察東京分室』、あるいは単に『分室』と呼ばれている。

そうした新設部署に関する情報は事実上の警察機関紙である『日刊警察』にも掲載されるが、紙面での扱いはごく小さいもので、係程度の規模では末端の警察官の間で特に話題になることもない。それでも警察内の厄介者が回される窓際的な部署として、芳《かんば》しいとは言えない噂《うわさ》が一部で

共有されているのであった。

「まあ、ともかくちょっと署まで来て下さい」

「もちろんです。調室《ちょうしつ》（取調室）お借りします。すぐにマル被の取調べを――」

「いや、そりゃいいけど、その前にあんた達から事情を聞かせてもらわないと。これだけの騒ぎになってんだし。ウチだって報告書作らないわけにはいきませんよ」

蘭奈は黙った。所轄には話せない案件である。

「さ、早く乗って」

巡査部長がパトカーのドアを開ける。パトカーはいつの間にか三台に増えていた。

シドニーとともに後部座席に乗り込みながら、蘭奈は心の中でぼやいていた。

また係長か主任に来てもらわなくちゃならねえなあ――


千代田区神田神保町《じんぼうちょう》の裏通りに『神保第九ビル』というオフィスビルが立っている。名称と同様にありふれた目立たない外観で、左右に並ぶ細長いビル群の間に保護色の如《ごと》く溶け込んでおり、うっかりすると通り過ぎてしまいそうなくらいであった。各階にテナントが一社ずつ入居していて、それぞれドアに社名を記した表札やプレート等を掲げている。しかし四階のドアにだけは何も表示されていない。一階エントランスの案内板も空白になっている。

警視庁組対部国対課特殊共助係はこの四階に拠点を構えていた。

数少ない窓はブラインドで閉めきられているか、ロッカーや書類棚でふさがれており、自然光が入ることはない。もっとも、左右をビルに挟まれたこの物件では、最初から日当たりなど望むべくもなかったが。

メインとなる長方形の部屋の奥には、閉ざされた窓の前に机が二つ並べられている。向かって左が香港側のトップとなるグレアム・ウォン隊長の机である。

覚書の締結に従い、日本側が組対部国対課に『特殊共助係』をあくまで便宜的に新設したのと同じく、香港側も乙部門（刑事及保安処）刑事部に『海外調査専業隊』を創設し日本へと派遣、常駐させた。その指揮官である隊長に選ばれたのがグレアム・ウォン——汪智霖《おうちりん》警司であった。警司とは日本警察の階級で言うと警視に相当する。

特殊共助係は全部で十名。その内訳は、日本警察から五名、香港警察から五名で、各員の階級は一対一対応のカウンターパートとなっている。つまり名目上は完全に対等な組織であり、香港側のトップである警司に対し、日本側は国対課に担当管理官の警視を置いた。

たとえ名目だけであっても、いずれかの部署の指揮官が同格で二人いるというのは警察組織上あってはならないことである。しかし、そうでもしなければ設立自体があり得なかったのだろうと推測はできる。その事実は同時に、先々起こり得るトラブルを関係者に予感させもした。

ウォンの隣が、この管理官の席になるわけである。そして左右には、それぞれ四つの机が配されている。ウォンの机と垂直になるように四つ。空間を開けて反対側に四つ。左の四つは香港側捜査員の机で、右の四つは日本側捜査員の机。この捜査員室が会議室兼用でもあるからだが、互いに対峙《たいじ》する陣形のようにも見えた。

今、ウォン隊長以下香港側の席には誰もいない。双方の指揮官にはそれぞれ専用の執務室兼応接室が個別に与えられているのだ。正式に決められたことではもちろんないが、相手国に対し秘匿を要する打ち合わせはそこで行なわれるのが通例となっている。

「なんかカンジ悪いっすよねえ、隠し事ばっかりで」

末席に座った小岩井光則《こいわいみつのり》捜査員が対面に並んだ無人の机を見遣《みや》り、管理官の机に一番近い席に座った七村星乃《ななむらほしの》係長にこぼす。室内には小岩井と七村の二人だけだった。

「それはお互い様。あっちだって、きっとおんなじように思ってるでしょう」

同意を得るどころか、やんわりとたしなめられた。

当然ながらドアに近い方から階級が低い。係長である七村警部は準キャリアで、特殊共助係の設立に当たり管理官が特に引っ張った人材だと聞いている。対して自分は、たまたま語学力に恵まれていたせいで蒲田署から否応《いやおう》なく異動させられた巡査部長でしかない。

本部への栄転かと思ったら、香港警察の接待役のような新設部署で、同期の友人から笑われるばかりか憐《あわ》れみさえかけられる。そんな不満が小岩井の中で絶えず燻《くすぶ》り続けていた。

従前の捜査共助では対応しきれない国際犯罪のため、日中の警察官が協力し合う必要がある——それが特殊共助係設立の建前であるが、実情はかなり異なっている。

最初に提案を持ちかけてきたのは中国で、日本がそれに応じたのは、さまざまな理由があるものと推測された。外交的経済的な取引きもあったであろうし、情報を迅速に共有して増加する外国人犯罪に対処したいというのもあながち嘘《うそ》ではないだろう。実際に二〇二〇年の香港国家安全維持法成立以来、日本に流入する犯罪者数は増加傾向にあった。

また日本側としては、中国による日本での活動を監視、牽制《けんせい》したいという思惑もある。

二〇二二年、スペインの人権監視団体の報告により、中国福建《ふっけん》省福州市公安局、江蘇《こうそ》省南通《ナントン》市公安局が日本国内に拠点を開設していることが暴露された。日本は当然ながら外交ルートを通じて中国に強く抗議した。こうした実例を鑑みると、中国の情報機関に非合法活動をやりたい放題にさせるよりはましというわけだ。

本来なら外務省や法務省も絡んでくる可能性のある通常の国際捜査共助スキームを極力回避し、可能な限り警察で主導したい——そのために引っ張り出されたのがＩＣＰＯであった。国際捜査共助法18条により、ＩＣＰＯ経由であれば警察同士で直接のやり取りが可能となるからだ。

そこで警察庁は、警視庁組対部国対課に係を新設するという方策を考案した。警視庁内の単なる係であれば、法律や政令、条例で定める必要はない。組織の根拠規定については、覚書に基づき、東京都公安委員会規則及び訓令で定める。これにより、議会での議論を省いて世論への刺激を防ぎ、警察主導で動けるという計算である。

いずれにしても日中双方の熾烈《しれつ》な駆け引きの結果であり、特殊共助係の全員がそうした事情を把握しているわけではない。そもそも、一体なんの目的でどういう駆け引きが行なわれたのか、末端の捜査員には知る由もなかった。

ことに小岩井など、まだ二十四になったばかりの若手ということもあり、中国側がどういう思惑を隠しているのか、多分に疑いの眼差《まなざ》しで見る傾向にある。そしてそれは、多かれ少なかれ日本側の警察官にとって共通した心情でもあった。

不意にドアが開き、ウォン隊長をはじめとする香港側の四人が入ってきた。もしや今の話を聞かれたのではと懸念しつつ、小岩井は慌てて目礼する。

四人はいつもと変わらぬ様子でそれぞれ席に着いた。彼らが今まで何を話していたのかは分からない。全員が長身でスリムな体型であるだけに、一種異様な迫力を感じる。

彼らの佇《たたず》まいを見るだけで、小岩井は氷柱《つらら》か何かに触れたような感覚を抱くのが常だった。そしていつも自分に言い聞かせる——気のせいだ、異文化への偏見だと。

[香港人は日常的に親日である]という文言を何かで読んだ。しかしこうして接していると、とても本当とは思えない。あるいは日本に派遣された彼らだけが例外なのか。

小岩井の対面は彼のカウンターパートとなるエレイン・フー——胡碧詩《こへきし》調査員である。階級は警長。調査員は日本語で捜査員を意味し、警長は巡査部長に相当する。年齢は確か二つ上の二十六。こちらを見ようともせず、冷気すら漂う無表情で書類仕事を始めている。

エレインの左隣とその向かい、すなわち小岩井の右隣は空席のままだった。もう一組の警長であるシドニー・ゲン——景天志《けいてんし》調査員と、山吹蘭奈捜査員の席である。

原則として香港警察側は日本での捜査権を持たないため、日本側の警察官と組むことになっている。シドニーと山吹巡査部長は葛飾区へ聞き込みに向かい、大立ち回りを演じたという。無口で剣呑なシドニーと、元ヤンの山吹先輩のコンビである。さもありなんと思うばかりだが、ともかく主任の嵯峨秋人《さがあきひと》警部補が亀有署へ迎えに行っている。

香港側の副隊長であるブレンダン・ゴウ——郜烈《こうれつ》総督察が苛立《いらだ》たしげに室内を見渡したとき、嵯峨主任達が戻ってきた。

「いやあ、大変でしたよ。亀有署の副署長と話はつけましたが、散々嫌みを言われましてね」

いかにも疲れ果てたという口調で言い、嵯峨は七村係長の隣に座る。

山吹は「すんませんした」と、謝っているのかふて腐れているのか判然としない態度で頭を下げた。シドニーは一礼したのみで無言であった。それを咎《とが》める者は香港側にも日本側にもいない。

「管理官はまだですか」

ゴウ副隊長が対面の七村係長に日本語で問う。

特殊共助係のメンバーは日中双方のバイリンガルであることが最低条件だ。厳密に言うと広東語、北京語《ペキン》、日本語のトリリンガル。さらに言うと英語を加えたクワドリンガルであることが好ましいし、実際に全員が該当する。特に広東語が重要だ。なぜなら香港の公用語は法律で中文(中国語)と英語であると定められており、香港で主に使われている中国語は広東語であるからだ。香港側はどうか知らないが、日本側は警察内で扱いづらいと敬遠されている者の中からたまたま中国語のできる者が選ばれた——少なくとも警視庁管内の現場における認識はその程度だ。

「我々が聞いている予定の時刻はすでに過ぎているようですが」

ゴウ副隊長が重ねて問う。総督察という彼の階級は、日本では警部に相当し、特殊共助係の係長である七村と対等なポジションにある。

トップである管理官は警察庁に呼び出されてまだ戻ってはいなかった。

「間もなくお戻りになると思いますので、今しばらくお待ち下さい」

「まったく、日本警察のシステムは非効率的すぎる。形式主義にもほどがあるというものだ」

「同感ですね」

七村が冷静に答える。同じナンバーツーではあっても、短気なゴウとは何もかもが対照的な人物だ。

しわぶき一つ聞こえない静寂の中、気づまりな時間が流れた。それもまたいつものことで、小岩井とゴウを除いた全員が平然と各自のデスクワークをこなしている。

やがて――

「皆さん、お待たせしてホント申しわけありません」

せかせかとした足取りで小柄な女性が飛び込んできた。額を出したセンターパートのミディアムヘア。管理官の水越真希枝《みずこしまきえ》警視である。

全員が一斉に起立する。日中双方とも男性はスーツ、女性はパンツスーツを着用している。ただし嵯峨だけはなぜかノータイで、よく言えばくだけた、悪く言えばだらしない風情を醸している。

水越管理官はウォン隊長の隣に立った。身長はどう見ても一五〇センチと少し。一八〇センチ超のウォンと並ぶと、まるで子供と大人である。

「はい、それでは本日の捜査会議を始めましょう」

まるで小学校の教師のようなことを言い着席する。双方の面々もまた学生のように腰を下ろした。

「本庁（警察庁）でたっぷり怒られましたよー。所轄との揉《も》め事はできるだけ避けろって」

山吹が弾《はじ》かれたように立ち上がる。

「すんませんしたっ。自分のせいでっ」

「山吹さんは謝らなくていいの。怒られるのが私の役目だから。それに、要秘匿の案件なんで所轄には話すなって命じたの、本庁なのにね。言ってることが矛盾してるよね」

水越はどこまでもにこやかな口調で言う。三十三という年齢にふさわしからぬ童顔で、キャリア官僚とはとても思えない。一般人なら「とてもいい人」だが、警察庁のキャリア官僚としては「とんでもない変人」だ。創設前から窓際と言われていた特助係に回されただけのことはあると小岩井は思った。警察キャリアの出世コースから大きく外れていることは間違いないのに、当人にはまるで気にしている様子がない。いろんな意味で規格外の人である。

香港側の面々は、そうした日本側のやりとりを冷ややかに眺めるか、あるいは無視に徹していた。

「今日もね、刑事局の偉い人から言われたんですよ。中国サイドの要望にはできる限り従うようにって」

これのどこが対等な関係であるというのだろう。警視庁内で「窓際」「接待係」「香港警察の出張所」などと揶揄されるのも当然だと末席に座す小岩井は内心で呟《つぶや》く。

「まあ、秘匿すべき案件なのは確かですけど。虞嘉玲《ぐかれい》――キャサリン・ユーの捜索と確保は、香港から最重要の念押し付きで要請された任務だから。事実上、設立以来初めての共助捜査事案でもあるんだし。そうですよね、ウォン隊長」

水越はいきなり隣のウォンに話を振った。

「その通りです」

ウォンは少しも動じることなく日本語で応じた。

水越も変わらぬ調子で続ける。

「九龍塘城市大学のユー教授、いえ、元教授は二〇二一年、大衆を扇動して422デモを実行した。その結果、デモ隊と警察機動部隊が衝突、多数の死者が出た。当然ながら前年に成立した国安法（香港国家安全維持法）に目一杯触れるわけで、教授は慌てて逃亡しようとした。その際に協力者でもあった助手を殺害。大学も当然解雇。で、最近になってユー元教授の潜伏先が日本であると判明した。我々の任務はユー元教授を殺人容疑で逮捕し香港へ送還すること……ですよね？」

「その通りです」

ウォンは同じ答えを機械的に繰り返す。

だがゴウ副隊長が嚙《か》みついた。

「水越管理官、すでに周知済みの事項をどうして今ここで繰り返す必要があるのですか」

「あっ、お気に障ったらごめんなさい。私、どうにも呑み込みが悪くって。いちいち復唱して確認しないと、こう、なかなか頭に入らないんですよ」

ここまで腰の低いキャリアは珍しいどころではない。本当にキャリアなのか疑わしいレベルである。いや、警察官なのかどうかさえ怪しいくらいだ。

「でもですねえ、香港から提供された捜査資料にも目を通しましたけど、ユー元教授の容疑は明白じゃないですか。だったらどうしてそこまで秘密にするのかなあ、なんて思ったものですから」

はは あ、と嵯峨主任が小さく漏らしたのが聞こえた。その意味は小岩井にも察しがつく。

管理官はキャサリン・ユーの容疑事実を疑っているのだ。

特殊共助係が刑事警察の枠組みで設立されたものである以上、民主活動家等の政治犯は原則として捜査の対象外となる。だから殺人容疑での手配とした可能性がある。

香港国安法は香港市民のみならず、外国で暮らす香港人や、さらには外国人にも適用可能と定められている。世界のどこにいても香港政府を批判しただけで処罰の対象となる「域外適用」である。これは現実には執行不可能であるため、外国人の反中活動に対する牽制の意味が大きいとされる。

だが特殊共助係の設立によって、条件付きとは言え執行可能とする解釈が浮上した。

「それは私から申し上げる」

おもむろにウォンが話を引き取った。

「ご存じの通り、香港では未《いま》だ民主派を標榜《ひょうぼう》する一部過激派の反政府活動が続いています。彼らは当局の取締りを逃れ、この日本にも拠点を築きつつある。日本の治安維持と香港の平和的統治のためにも彼らを刺激することがあってはならない。ゆえに刑事犯であっても思想的影響力の大きいキャサリン・ユーの逮捕に当たっては最大限の注意を払い、慎重に行なう必要がある。我々もつい先ほど香港の本部から改めて保秘の徹底を指示されたところなのです」

淀《よど》みのない口調であった。今の話が事実だとすると、さっき別室で彼らが集まっていたのはその件であるらしい。だが黒縁の眼鏡に隠されたウォンの真意は、少なくとも小岩井には窺うすべもない。

「なるほどー、そうでしたか。ありがとうございました」

納得したのか、水越はにっこりと微笑《ほほえ》んで、

「では係長、後はよろしく」

あっさりと七村係長に進行を任せる。

「はい。まず小岩井エレイン組から」

小岩井が口を開く前に、エレインがそっけなく端的に答えていた。

「日籍華人の親睦団体を回りましたが、収穫はありませんでした」

「ありがとう。次に山吹シドニー組。山吹さんはずいぶん派手にやったと聞きましたが、口頭で報告をお願いします」

心なしか不服そうな様子で山吹が報告する。

「えー、中国人留学生の互助団体を担当していた自分とゲン調査員は、留学生の劉、馬、黄に注目しました。あちこちのワルとつるんでるこいつらがなんらかの情報を握っているのではと考えたからです。葛飾区青戸のアパートで三人にバンカケ（職務質問）したところ、中の一人がバカでかいモンキーレンチを振り回して暴れ始めましたのでやむなく確保しました。残りの二人も逃げようとしたため、ゲン調査員が穏便に説得しました。説得の瞬間は見ていません」

「説得の瞬間、ねえ」

明らかにごまかしの混じる山吹の報告に、七村は委細承知という顔で苦笑する。

「シドニー、山吹捜査員の報告で間違いはないか」

ゴウ副隊長がわざわざ部下に確認する。隣席で山吹が音を立てずに舌打ちした。さすがに無理もないと小岩井は思った。日本側に対して配慮のない行為である。

「間違いありません」

シドニーが即答する。そういうところは日本も香港も警察官の気質に差異はないようだ。

「嵯峨主任、亀有署の方はどうでしたか」

係長の質問に、嵯峨は真面目くさった口調で、

「いろいろうるさく訊かれましたが、国対課長も了承済みということで押し切りました。こういうときだけは本部のご威光はありがたいですね。山吹の過剰防衛についても、相手が凶器を振り回していたという状況で目撃者の証人もいることから、まあ、なんとか穏便に収めてもらいました」

「それで、肝心のマル秘は」

「ガラ（身柄）は亀有署ですが、聴取はこっちでやりました。その結果、ちょっと気になるネタが手に入りましてね。サーダーンが日本人ではない中年女性を匿《かくま》っているらしいというのです」

その報告に室内がざわめいた。

『撒旦《サーダーン》』とは北京語で〈魔王〉を意味する言葉であり、在日中国人からなる犯罪グループの中でも規模と凶悪性においてはトップクラスの組織として知られている。小岩井もそのハッタリめいた名称だけは耳にしていた。被害の大きさに比して、構成メンバーや人数等、組織の実態については不明な点も多く、組対でも以前から手を焼いているという。

「三人はサーダーンの下請け、それも三次受けみたいな仕事にも関わっていました。そのとき耳にした噂だということです。それ以上は知らされておらず詳細は不明。ただし三人別々に同じことを証言したので、真偽はともかく、噂の存在は否定できないものと思われます」

「サーダーンなら確かに組対の、しかも国対の管轄ですが、ウチが全面的に調べるとなると、薬物銃器対策課にも話を通しておく必要がありますね」

薬物銃器対策課とは、旧組対五課のことであり、名称通り麻薬と銃器に関する事案を担当している。サーダーンはそれほど重大犯罪に関与しているのだ。

「でも、サーダーンみたいな組織がどうして香港の民主活動家を匿ったりするんでしょうか」

七村の疑問に対し、嵯峨も首を傾《かし》げるように、

「さあ、その辺は特に突っ込んで聴取したんですが、三人とも本当に知らないようでした」

「待って下さい、七村係長」

ゴウ副隊長がいかめしい顔で口を挟む。

「キャサリン・ユーは民主活動家などではありません。殺人容疑者のテロリストです」

「訂正します。テロリストです。しかしお言葉を返すようですが、テロリストだとするとなおのこと不可解です。あらゆる法執行機関から目をつけられるだけで、サーダーンにはデメリットしかないように思われますが」

威圧的なブレンダン・ゴウの視線に小揺るぎもせず、七村係長は平然と返す。

すると水越管理官が顔の前で小さな掌《てのひら》をパンと合わせ、

「サーダーンなら香港の皆さんもネタ元の心当たりがいっぱいあるでしょうね。国際共助捜査の利点を発揮できるいい機会じゃないですか。ここは一つ、みんなで力を合わせてサーダーンの線を追ってみることにしませんか。どうでしょう、ウォンさん」

「結構です」

顔の皺《しわ》一本動かすことなくウォンが同意する。

「よかった。これで捜査方針が決まりましたね。係長」

「はい」

「具体的な分担を決めて下さい。それから——」

「他の係を回ってサーダーンに関する情報を集めてみます。出し渋るところもあるでしょうが、嵯峨主任と手分けして早急に着手します」

係長が先回りするように言う。阿吽《あうん》の呼吸というやつか。水越の腹心だけのことはある。

さらに全員の細かい分担が決められ、解散となった。

「では皆さん、よろしくお願いします。くれぐれも気をつけて下さいねー」

水越の〈お別れの挨拶〉を合図に全員が席を立って散っていく。

捜査員室を出るとき、小岩井がドアの所で振り返ると、ハリエット・ファイ――費美霞《ひびか》主管が自分の席に着いたままじっと俯《うつむ》いているのが目に入った。

彼女の階級は見習督察。警部補に相当し、嵯峨主任と同格になる。

そう言えば、あの人だけ何も発言しなかったな――

ハリエットの横顔には、明らかな屈託が見て取れた。それは決まったばかりの方針に対する反発なのか、あるいは本来の任地から日本という国に追いやられたことへの不満なのか。

祖国への忠誠で一致していると思えた香港側も、意外と一枚岩ではないのかもしれない。

「おい、何やってんだ小岩井。早く来いよ」

廊下の先から山吹が呼んでいる。同じ巡査部長なのに呼び捨てだ。一つしか違わないが、年上だと思ってあきらめている。

「あっ、今行きます」

慌てて駆け寄ると、山吹は気だるげに言った。

「悪いけどさー、おまえ、ちょっとコンビニでパン買ってきてくれる？　ついでにアイスティーも頼むわ。冷えてんのな。金は後で払うから」

「あの、後って、いつですか」

「後っつったら後に決まってんだろ」

「だってこの前の分もまだ……」

「いいから早く行けよオラ」

「はい……」

小岩井は自分の情けなさを呪いながら駆け出した。中国語しか取り柄のない自分が、こんなわけの分からない新設部署に回されるのも当然であるとも思った。

そしてふと気がついた。山吹のような元ヤンがどうして北京語と広東語、さらには英語まで使いこなせるのだろうかと。


悪い癖だ、いつまでも考え込んでいてはいけない——警察官として迅速に動かなければ——

ハリエットは立ち上がって捜査員室を出た。皆すでに出払って、自分一人が残されていた。

廊下に出ると、ウォン隊長の執務室のドアがわずかに開き、ゴウ副隊長の顔が覗《のぞ》いた。その目がこっちへ来いと告げている。

執務室に入り、ドアを閉める。他の部屋と同じく、完全防音仕様だ。

中にはウォン隊長とゴウ副隊長の二人しかいなかった。紳士然として知性を感じさせるグレアム・ウォンに対し、頭を丸く刈り上げたブレンダン・ゴウはいかにも傲慢で尊大に見えた。また甲乙丙丁戊《こうおつへいていぼ》の五部門に分かれた香港警察本部（管理部門）のうち、ウォンは乙部門刑事部有組織罪案及三合會調査科出身であり、ゴウは甲部門（行動処）行動部行動科出身でテロ対策のエキスパートと聞いている。

ともにエリートと言っていいのだが、ウォンの方が階級が上であるにもかかわらず、ゴウはときとして越権とも強圧的とも思える発言を上司に対して平気で行なう。果たしてそれは、ゴウの専横的な性格から来るものとのみ解釈していいのだろうか。

「ハリエット」

専用のデスクに向かったウォンが穏やかな広東語で語りかける。

「我々は警察官だ。君ほどの人材が過去に拘泥するあまり自らの職責を見失うとは、正直に言って失望した」

「いえ、そんなことは決して……」

決してなんだと言うのだろう。ハリエットは発しかけた言葉をかろうじて呑み込んだ。

ウォンは哀《かな》しげに首を振り、

「今日の君の態度は、日本側に不審を抱かせるに充分なものだった。キャサリン・ユー逮捕のためには彼らの協力が必要だ」

「彼らに不必要な情報を与えるようなことはしていません」

「日本警察を甘く見ないことだ。特に水越管理官には注意するように。君の不安定さはすでに彼女の注意を惹《ひ》いていると見るべきだ」

それほどの脅威なのだろうか、日本側のトップとは言えあの子供のような官僚が――

ハリエットの一瞬の疑念を鋭く察したのか、デスクの側に立っていたゴウが発言する。

「日本側はナンバーワンとナンバーツーに女性を持ってきた。日本政府、特に警察は性差の問題に対し前世紀的な観念に固執していると聞いていたから、私も最初はこちらを侮っているのかと疑った。しかしグレアムの言う通り、水越は単なる飾りでも道化でもないようだ。現に彼女は、キャサリン・ユーの容疑について疑義を呈するような挑発を仕掛けてきた。これ以上水越によけいな詮索をさせてはならない。彼女の能力はただキャサリン・ユーの逮捕にのみ向けられるべきなのだ。今回の事案には国家の威信が懸かっている。君もそのことはよく理解しているはずだ」

「お言葉ですが副隊長」

ハリエットは意を決して言った。

「隊長は最初に我々は警察官だとおっしゃいました。警察官としての任務は身命を賭してやり遂げるつもりです。しかし香港警察の任務は、国家の威信を守ることではなかったはずです。また我々は同じ警察官として日本警察を利用するのではなく、ともに協力して――」

「自分の立場をわきまえろ」

ゴウが怒りを抑えかねたように叱咤《しった》する。

「香港は中国の一部だ。国家を守ることこそ香港警察の最たる使命ではないか」

「もういい、ブレンダン」

ウォンが鷹揚《おうよう》にゴウを遮る。

「ハリエット、君の気持ちも分かる。しかし時代は変わったんだ。香港も、香港警察もね。ブレンダンの言うことは間違ってはいない。日本側にすべての情報を与えることが任務遂行の妨げになると判断したからこそ、私もこの方針を了承したんだ。理解してほしい」

ハリエットは無言で敬礼し、退室した。

分かっていた――分かっていたことだった――

キャサリン・ユーをこの手で必ず確保する。それさえできれば、真実は自《おの》ずと明らかになるはずだ。


「やりすぎだったんじゃないですか、管理官」

上司の執務室で二人きりになってから、七村星乃は水越に向かって言った。

「あれくらいでちょうどいいんじゃない？　でないと牽制にもならないし」

その体格に比して大きすぎるデスクに向かった水越は、あどけないとさえ言えそうな表情で応じる。

「それに星乃ちゃんだって、キャサリン・ユーのこと、わざと民主活動家とか言ったりしてたじゃない」

「そこはツーカーというものです。管理官の考えくらいお見通しですよ」

「さすが星乃ちゃん。あなたが来てくれてホント助かる」

「でも、香港側からまた本庁に抗議されでもしたら逆効果なんじゃ……」

「いいのいいの。向こうが何を隠しているのか、それを炙《あぶ》り出すのがこっちの狙いなんだから。反応してくれなきゃ意味ないもの」

星乃はわざとらしくため息をつく。この上司に見せつけるためだ。

「ゴメンねー、星乃ちゃんには気苦労ばっかりかけて」

「心にもないこと言わないで下さい。そのために私を引っ張ったんでしょう」

「うん」

まったく、この人はいつも――

水越はデスクの上に積んであった書籍の山を丁寧にどかし、多数の写真が添付された書類を手に取った。

「キャサリン・ユー、四十六歳。九龍塘城市大学元教授……アグネス・チョウが若い世代の民主派の象徴だとしたら、ユー元教授は上の世代の象徴よね。素敵な人……単にきれいってだけじゃなく、なんて言うか、強さみたいな、そう、信念を感じさせる。それに意志の力ね。彼女の著書以外にもいろんな本を読んでみたけど、すっごく理性的な穏健派。信奉者も多いし。この人に過激思想の兆候なんて見出《みいだ》せない。にもかかわらず、422デモを計画した。暴徒化した市民に対し、警察が発砲、双方合わせて死者七名の大惨事。キャサリン・ユーほどの人が、こういう結果を予想できなかったってのがまず不思議」

「国安法成立で香港に対する中国の締め付けが強化され、焦っていたのでは」

「だったらなおさら慎重になるはずよ。なのに取り締まってくれと言わんばかりの暴挙じゃない。それにね、この助手殺し」

引き出しを開けた水越は厚めのファイルを取り出し、付箋の貼られたページを開いた。そこに添付された写真には、縁なし眼鏡をかけた線の細い中年男性が写っている。

「エディ・ホウさんか、このエディさんを殺したってのもよく分からない」

「それはユー教授の逃亡を阻止しようとして……」

「香港警察の資料には確かにそう書いてある。口封じだった可能性もあるって。証拠だっていっぱいある。もうありすぎるくらい。でもね、エディさんて教授の協力者で長年一緒にやってきた人でしょう？　教授の著書にも出てくるけど、本当に聡明《そうめい》で立派な人だったみたい。そんな人が教授を捕まえようなんてことするかな」

「国安法のせいで教授も助手も、互いにぎりぎりまで追いつめられていたわけですよね。そんなとき、人間は得てして思いがけない行動を取ったりするものです」

「現場経験の豊富な警察官らしい意見ね。だけど、一つ一つは小さな違和感でも、これだけ揃《そろ》うとどうしたって気になる。そもそもウチが設立されたのも――」

「そもそも論はやめて下さい。どうしてウチが設立されたのかなんて、私達が調べるべき問題ではありません」

するとと水越は心から愉《たの》しそうに微笑んだ。

「そうよね、星乃ちゃんの言う通りよね」

出た、この笑顔だ――

今度は心の中でため息をつく。とびきりの悪戯《いたずら》を思いついた童女の顔。それが出たときは不穏な結末が待っていることを、星乃は経験的に知っている。嫌というほど。

「私達は分室設立の本義に則《のっと》り、香港側と協力してキャサリン・ユー元教授を確保する。その結果、どういう事実が判明したとしても関知しない、と。それでいいわね？」

「管理官」

星乃は努めて冷静に告げた。

「『分室』ではありません。『特殊共助係』です」

2

シドニー・ゲンは山吹蘭奈とともに留学生の互助団体や支援者組織への聞き込みを続けた。中国人は地縁血縁をはじめとする横のつながりが広く、調べるべき対象だけが幾何級数的に増えていく。対象が増えてもほとんどは空振りなのだが、サーダーンとのつながりに絞っていくとさらに収穫は乏しくなった。

「あんたさあ、そんなに目ェ吊《つ》り上げて仕事しなくってもいいだろ。ちょっとは手ェ抜くってことも覚えねえとやってらんねえぞ」

パートナーとなった山吹という女はやたらと柄が悪い上に、警察官とは思えぬほど怠惰であった。格闘には多少の心得があるようだが、これが標準的な日本の警察官だとすると、協力し合う必要などないのではないか、いや、むしろ邪魔ではないかとさえ思えてくる。

「香港警察ってのは日本と違ってよっぽど給料がいいのかねえ。あたしなんて年がら年中借金に追われてるってのにさあ。まったくうらやましい限りだぜ」

山吹の無駄口は初めて組んだその日にすべて聞き流すと決めたが、単にうるさいだけでなく、神経に障って仕方がない。

それでも山吹に先導してもらわねばならない我が身が歯がゆくてたまらなかった。なんと言ってもこちらは日本の地理や風土には不案内なのだ。

江東区にある板金工場の裏庭で、バイトの休憩中であった留学生の李《り》を発見した。彼もまたサーダーンに近い筋で危険な〈下請け〉をやっているという情報があったのである。

「李さんですね、警察の者なんですけど、ちょっとお話ししていいですかあ」

最初に話しかけるのは山吹の役割だ。

「キャサリン・ユーって人なんですけど……」

いつも通り山吹が写真を見せようとしたとき、李がいきなり激昂《げっこう》した。

「ユー先生は犯罪者じゃない。立派な思想家だ。訂正しろっ」

「ちょっと、落ち着いて下さい、私達はまだなんにも言ってませんよ。ただこの人を探してるだけで――」

「警察はどの国でもおんなじだっ。ユー先生を犯罪者に仕立てて民主派を弾圧してるんだ。アグネス・チョウを思い出せ。ジミー・ライを思い出せっ」

「あっオイ、てめえ、コラ、落ち着けって言ってんだよっ」

興奮してつかみかかってきた李と揉み合っている山吹を引き離し、シドニーは男をコンクリートブロックの壁に押し付けた。

「何をするんだっ」

顔を真っ赤にして李が喚《わめ》く。

「市民を守るのが警察なんじゃないのかっ」

市民。守る。警察。群衆。押し寄せる群衆。罵る群衆。暴れ回る群衆。そして、発砲。

周囲の光景が変わっている。自分の服装も。

ここはどこだ。ここは、そうだ、香港のネイザンロードだ。

二〇二一年四月二十二日。被《かぶ》っている青いベレー帽『藍帽子』は、甲部門行動部警察機動部隊PTUの特殊任務連SDU、通称『飛虎隊《フライングタイガース》』の証《あか》しである。

何もかもが誇らしかった。何もかもが輝いていた。

香港の治安を紊乱《びんらん》する暴徒鎮圧の命を受け、仲間達とともに出動した。

暴徒の抵抗は凄《すさ》まじかった。飛来した火炎瓶が仲間に当たった。親友のパトリック・チェンだった。

目の前でパトリックの体が燃え上がる。全員で消し止めた。遅かった。パトリックの体は炭となり、魂は消滅した。

命令が下った——発砲せよ。

積み重ねた訓練のままに体が動く。トリガーを引いた。暴徒が倒れた。血を流してそのまま死んだ。

思い知ったか。

だが死んだのは凶悪な暴徒ではなかった。ただの市民だった。五人の家族を養うパン職人だった。

その日、全部で七人が死んだ。

誰のせいだ、誰のせいだ、誰のせいだ——

「どうしたんだ、シドニー」

女の声で我に返る。山吹の声だ。

周囲も板金工場の裏庭に戻っていた。

「なんでもない」

「でも、どう見たってオメエ――」

「なんでもない」

掌で額の汗を拭い、怯《おび》えている李の襟をつかむ。

「キャサリン・ユーは思想家でも学者でもない。ましてや英雄なんかじゃない。テロリストだ。市民を扇動して死に追いやった。そして口封じに助手を殺して自分だけ逃げた」

「違う……ユー先生は、そんなこと……」

「いいか、キャサリン・ユーは恥知らずの犯罪者だ。あの女のシンパも同罪だ。さあ吐け、知ってることを残らずだ。吐け、吐くんだっ」

「やめろって。殺す気かよオメエは」

山吹がシドニーの腕を取り、振りほどいた。

苦しそうにうずくまった李が大きく咳《せ》き込んでいる。

「香港じゃどうだか知らねえけどな、日本じゃそういうやり方はできねえんだよ。え、聞いてんのかよオイ」

目の前に立ちふさがった山吹が憤然と突っかかってくる。この女は先日、すでに倒れていた馬に蹴りを入れていたのではなかったか。

「おい、なんだ」「ケンカか」「警察って聞いたけど」「警察でもあれはないんじゃないか」

建屋の方から工員達が集まってきていた。こちらを遠巻きにして敵意に満ちた視線を投げかけてくる。覚えがある。ネイザンロードで見たデモ隊の視線だ。

「あっ、すみません、こちら警察です。外国人同士でちょっと揉めてるだけなんですよー。もう収まりましたからどうかご安心下さいねー。あ、通報の必要はありませんから。あたし、警察なんでー」

身分証を高々と掲げ、山吹が不出来な作り笑いを浮かべて弁解している。

シドニーは李の側にしゃがみ込んでもう一度ゆっくりと言った。

「吐け」


ハリエットは在日香港人実業家の担当となった。一見「サーダーンの線に絞る」という捜査方針から外れるようだが、中国人のネットワークは広大で複雑だ。表向きは堅実なビジネスマンであっても、どこで誰がつながっているか、表面だけでは決して分からない。

まず手始めに、千代田区にオフィスを構える投資企業のオーナーを訪れた。理由は一番早くアポイントメントが取れたこと。そして何より、キャサリン・ユー本人と面識があることだった。

「422デモは大きな悲劇でした。当時私は商談で北京にいましたが、リアルタイムで中継を見ました。とても悲しい事件でした。アグネス・チョウをはじめとする若い世代のリーダー達も沈黙したままですし、香港国安法は422デモによって初めて完成したと言ってもいいでしょう」

日当たりのいい応接室で、ソファに座した初老のオーナーはそう言って目をしばたたかせた。

「『井水不犯河水』……江沢民《こうたくみん》の言葉です。井戸水と河の水は相容《あいい》れない。すなわち中国と香港は互いに混ぜ合わせるべきではない、相互不干渉が最善という意味です。胡錦濤《こきんとう》はこの精神を継承したが、習近平《しゅうきんぺい》は違っていた。何もかもが変わっていく。善悪の問題ではありません。ただ変わっていくのです」

ハリエットには痛いほど理解できる。この人は本土意識、つまり香港人としての意識を未だ捨てきれずにいるのだ。

香港の大学を卒業し、日本での留学経験もある彼は、明言こそ避けているものの心底からの民主派だ。少なくともハリエットはそう見て取った。諦観を滲《にじ》ませる彼の仕草は、青春を謳歌《おうか》したであろう香港での日々を振り返っているようだった。

「ところで、本日伺いました件ですが……」

「ああ、キャサリン・ユー先生の逃亡先ですね。申しわけないが、その件についてはお力になれそうもない。いえ、隠しているわけではありません。本当に知らないのです」

「キャサリン・ユーを拉致しそうな集団について心当たりは」

サーダーンという固有名詞は避けて質問を投げかけてみる。

「それは国家による犯罪を意味しているのでしょうか」

オーナーの面上に怯えの色が浮かぶ。当然だ。彼もまた中国の張り巡らせた網の目からは逃れられない身なのだから。領事館員や大使館員の肩書を持った中国情報機関の〈友人〉も数多くいることだろう。

「いいえ、そうではありません」

「残念ですが、単純に信じるわけにはいきません。あなたの来訪自体にまったく別の意味がある可能性も――」

「ご心配なく。私は香港警察の警察官で、中国公安部（中国警察）の職員ではありません」

「香港警察は今や公安部の下部組織だ」

「そう思われても仕方ないでしょう。しかし私はあくまで香港という都市の警察官であることに誇りを持っているつもりです」

オーナーはハリエットの目を覗き込み、

「どうやら嘘はついておられぬようだ」

「ご信頼頂き感謝します」

依然疑いの気配を残しつつも、納得してくれたようだった。

「先ほどの質問は、国家への批判を引き出そうと意図するものではありません。私の任務はキャサリン・ユーを見つけ出すことです。それ以外は私の管轄ではありません」

「分かりました。失礼はお許し下さい」

「お尋ねしましたのは、なんらかの見返りを期待してキャサリン・ユーを匿っている人達もいるのではないかということです」

「なんらかの見返り……」

オーナーは口の中で繰り返し、

「ユー先生に期待できるものがあるとすれば、それは民主主義の精神です。『民主はないが自由はある』。かつての香港についてよく使われた表現で……ああ、香港人のあなたには言うまでもないことでしたな」

柔和に、そしていささか自嘲的な笑みを微《かす》かに漏らし、オーナーはソファにもたれかかる。

「警察には不愉快に聞こえるかもしれませんが、今の香港に自由はない。その中で、キャサリン・ユー先生こそ常に変わらぬ信念を持ち続けられる人だと私は信じて疑いません」

そうだ――そういう人だったのだ、ユー先生は――

「儚《はかな》げで脆《もろ》そうに見えながら、誰よりも強い人だった。いや、実際は弱い部分もあったかもしれない。しかし心から人を信じ、ためらうことなく理想を語れる人だった。あんな人は他にはいない。先生を信奉する人達が周囲に集まったのも無理からぬことでしょう」

彼の語る教授の人物像は、心地よいまでにハリエットの想《おも》いと一致した。

「だが、それが先生の不幸だった。いつの間にか民主派のリーダーに祭り上げられ……挙句の果てに……」

そこでオーナーは言葉を切った。つらすぎて、422デモについて触れることができないのだろう。

これ以上、彼から聞き出せることはなさそうだ。

「ありがとうございました。お時間を割いて頂き、感謝します」

礼を述べて立ち上がったハリエットは、自分でも言うつもりのなかったことを口にしていた。なぜか伝えずにはいられなかったのだ。

「私は警察官ですが、同時にユー先生の教え子でもあるのです。二〇一四年、雨傘運動の年です。当時二十歳だった私は、ユー先生の講義を聴講し、民主主義のなんたるかを学びました。そうです、あなたがおっしゃった民主主義の精神です。それは今でも私の中で生きています」

「そうでしたか……ユー先生の……」

オーナーはもう何も言わず、窓の外に目を遣った。哀切な感傷は言葉をたやすく阻害する。

ハリエットも今度こそためらわずに出口へと向かった。

「遅かったな、嵯峨。もうちょっと早けりゃサーダーン系組織のガサ入れに間に合ったのに。練馬署の管轄だが、現場指揮はウチの山本《やまもと》だ」

そう言ったのは、国際犯罪対策課の疋田《ひきた》係長だった。

嵯峨は七村係長と手分けして組対に蓄積されているサーダーンの情報を集めて回っていた。

「えっ、そりゃあないですよ」

「まあ、たとえ間に合ったとしても分室の主任様をご案内するほどウチは甘くねえぞ。練馬署だっていい顔はせんだろう」

それでなくても縄張り意識の強い警察内部での情報共有は、信じ難いほどなされていないのが現状だ。組対も例外ではないどころか、二〇二二年四月の組織改編により一層根深いものとなった感さえある。

実際にこうして頭を下げて回っても、どの係もろくに対応さえしてくれなかった。予想していたこととは言え、この分では七村係長も苦労しているに違いない。

「分かりました。またなんかありましたらよろしく頼んます」

「おう、任しとけ。そんなことは金輪際ないだろうけどな……あ、そう言やさあ」

「なんでしょう」

期待を込めて振り返る。

「誰かは分からねえが、関西の大物ヤクザがひと月ほど前からこっちに来てるって噂がある。万一密輸絡みならウチの案件だ。おまえ、なんか聞いてねえか」

「さあ、聞いてませんけど」

そのとき、デスクで電話が鳴った。嫌みに笑っていた疋田がすぐに受話器を取り上げる。

「おう、俺だ、どうした……えっ、今ウチには誰も……急にそんなこと言われたってよう……あっ、ちょっと待て」

受話器を握ったまま、疋田は立ち去ろうとしていた嵯峨を呼び止めた。

「おい嵯峨、練馬署のガサ入れが終わったそうだが、押収品が思った以上に多くて手が足りないそうだ。おまえ、ちょっと手伝いに行ってくれないか」

「嫌ですよ。俺だって忙しいんで。第一、係が違うでしょ」

「どうだっていいんだよ、そんなの。行ってくれたらウチの捜査資料、見せてやるから」

「ホントですか」

「ああ、ホント。ただしサーダーン関係だけだぞ。他のはダメだからな」

疋田係長の返事を最後まで聞かず、嵯峨は国対のフロアを飛び出していた。

公用車を運転して急ぎ練馬署に向かう。着いてみると、バンから押収品を詰めた大量の段ボール箱が次々と運び出されているところであった。

なるほど、こいつは確かに多すぎる——

「おう嵯峨、こっちだこっち。聞いてるぞ。すぐに手伝ってくれ」

顔見知りでもある国対の山本班長が早速声をかけてきた。

「おう。何をすればいいんだ」

「まずはあっちから頼む。いやあ、助かったよ」

否やはない。嵯峨も大勢に交じって作業に加わる。バケツリレーの要領で段ボール箱を署内の道場へと運び込んだ。そこで押収物目録が作成されるのだ。

畳の取り払われた広い道場には、一面に白いシートが敷かれていた。段ボール箱に入っていた押収物がその上に整然と並べられ、一つ一つに番号の記入された札がつけられる。係員がそれらを順番に目録へ記載していくのである。同時にキャップを後ろ前に被った別の係員が写真を手際よく撮影する。

ブランド品のバッグ、アクセサリー、時計、スマホ、ゲーム機など高価な物から日常雑貨等の安物まで、さまざまな品が次々と並べられていく。すべて密輸品であるということだった。

サーダーン系の組織はそれだけ手広く〈ビジネス〉を展開しているのだ。

多角経営にもほどがあるぜ――

嵯峨も捜査員達の列に交じって段ボール箱を黙々と開梱《かいこん》し、中身を丁寧に並べ続けた。

しばらくやっているだけで腰が痛くなる重労働だ。こういう作業が年々つらくなる一方であることを、最近とみに痛感する。

俺もいいかげんトシかなあ――

水越管理官と同じ三十三歳になったばかりだが、そんなことを心の中でこぼしながら嵯峨は作業に専念した。

煎餅の商品名が記された四角いアルミ製の箱を取り上げたとき、中でゴトリと音がした。

こいつはまたずいぶんと重たいな――

蓋はガムテープで止められていた。箱をシートの上に置き、ゆっくりとテープを剝がす。

中には中国語の新聞紙でくるまれた物が入っていた。全部で三個。いずれも平たい長方形で、ちょうど板チョコのような形状をしているが、それにしても重すぎる。

なんだろう――

首を傾げつつ新聞紙を無造作に開く。その途端、金色の眩《まばゆ》い光が目を刺した。

嵯峨は我知らず呻《うめ》いていた。

新聞紙にくるまれていたのは金塊――インゴットであった。

3

「練馬区豊玉上《とよたまかみ》の倉庫から押収されたブツの中にあったのが、これです」

神田神保町にある特殊共助係の捜査員室で、嵯峨主任が全員に対し報告する。

各員の手許《てもと》にあるパソコンのディスプレイに、押収物の写真が表示された。

「重量一キログラム、縦一一・三センチ、横五・二センチ、厚さ一センチのインゴット、つまり金地金が三枚。一枚当たり時価九百万円に及ぶそうですので、三枚合わせて二千七百万円相当ということになります」

山吹と小岩井が「うおおっ」と分かりやすい嘆声を上げた。

日本の警察官は職務に対しどうも真剣味を欠いている——それともあの二人が特別なのか——

少々不快に思いつつ、エレイン・フーは無言でディスプレイを見つめる。他のメンバーは自分と同様にじっと嵯峨の報告を聞いていた。

「日本は金《きん》の密輸大国と言われています。なぜなら日本では金の持ち込み自体は違法ではなく、密輸が発覚しても罰金と超過分の消費税を払いさえすれば現物を没収されることがないからです。香港には消費税がないため、香港から日本に金を密輸すれば、消費税分の十パーセントを上乗せした形で販売できるわけです。つまり、たとえ罰金を払っても充分以上にペイするという計算が成り立ちます。その結果得られた利益は国外に持ち出され、新たな金の購入に充てられる。同時に日本国内で買い取られた金は、その後正規の流通経路に乗り、国際金市場に還流する。こうして金密輸のサイクルは合法性を高めながら続いていくという仕組みです」

報告に耳を澄ましながら、エレインは各画像を拡大する。

金塊が包まれていた新聞紙は『東邦日報』。香港最大の発行部数を誇る広東語の日刊新聞である。

この新聞紙から辿《たど》るのは不可能か——

エレインは自分のパソコンにメモを打ち込む。

「言うまでもなく、日本への金密輸が近年激増した背景には消費税引き上げがあり、統計にもはっきりと出ています。金をアクセサリーに変えて持ち込むなど、手口も巧妙化する一方。肝心の密輸犯ですが、在日中国人の半グレを中心とするグループで、練馬署でも前々から目をつけており、本部の国対とも打ち合わせの上、今回のガサ入れに踏み切ったという話でした」

「マル被のガラは」

七村係長が質問する。口調は穏やかだが、タイミングは的確だ。以前から七村という女は副官として極めて優秀な人物であるとエレインは見ていた。

パソコンではなく、心の中のメモパッドに書き加える――［要注意］と。

「それが練馬署の方で押さえてて、直接ウチで聴取できない状態が続いています。ですが国対と話をつけて、いくつかネタを流してもらいました。それによると田宇航《でんうこう》、主犯の半グレですが、こいつのバックにサーダーン系の組織がついていたようです」

室内がざわめいた。エレインもパソコンから顔を上げる。

サーダーン。自分達が追っている組織である。

「田はセコい密輸を繰り返してたようで、それでも手広くやってた分、結構な稼ぎになっていたわけですが、今回発見された三枚のインゴットは、バックにいるサーダーン系の組織が試しに運ばせたもののようです。つまり、これがうまくいったら今後もどんどん金の運び屋をやらせようと。田とサーダーンとの窓口についてはネタを拾えませんでした。自分からは以上です」

嵯峨が着席すると同時に、ブレンダン・ゴウ副隊長が発言する。

「つながったわけだな、我々の追っている線と」

「そう断定するのは早計では」

七村が反論する。

「金の密輸とキャサリン・ユーがどうつながるのか、現時点では不明としか言いようはありません」

エレインも七村と同意見であった。

だがゴウは少しも意に介さず、

「キャサリン・ユーは殺人までやってのける凶悪犯だ。密輸という国際犯罪に関わっていたとしても不思議ではない」

「副隊長、よろしいですか」

発言したのはハリエット・ファイ主管であった。

「なんだ」

「サーダーンと関係する組織から密輸の金塊が発見された。それだけでキャサリン・ユーと関連づけるのは少々飛躍がすぎるのではと思われます。失礼ですが、副隊長のお考えには合理的根拠が不足していると言わざるを得ません」

一切表情に出すことなく、エレインは上席に当たるハリエットを興味深く眺める。

ハリエットは直接の上司を真っ向から批判した——

日本側の面々も驚いているようだった。やはり日本警察でも公の場における上長の批判はタブーなのだろう。

ハリエットがユー元教授の教え子であり、彼女に個人的な関心を寄せていることは知っている。警察官として今それを表に出すほどハリエットは愚かではないし、主張の正当性は彼女の方にあると言ってもいい。

しかしゴウ副隊長の性格からすると、部下の批判を許すはずがない。ハリエットもそれは充分に理解しているはずだ。

「君の言う通りだ。今のは私の勇み足だったね」

予想に反して、副隊長が素直に詫《わ》びた。

そのことに対し、誰よりも意外そうな顔をしているのはハリエットだった。

エレインはようやく理解する。何もかも承知で副隊長はあの乱暴且つ不合理な発言を行なったのだ。

その目的は果たして――

「ブレンダン、君の性急さも時と場合によるね。ハリエットでなくても困惑するよ」

グレアム・ウォン隊長が口を開いた。

「しかしブレンダンの言うことにも一理あると私は思う。サーダーンを追っている過程で金の密輸が発覚したのだ。根拠が薄いにしても、キャサリン・ユーとの関係の有無はこの際究明しておくべきだろう」

これが目的だったのか――

エレインは密《ひそ》かに得心していた。隊長の発言を引き出すため、副隊長はあえて〈気の短い強引な上司〉を演じてみせたのだ。ブレンダンとグレアム、絶妙とも言える二人のコンビネーションであった。伊達に海外調査専業隊を任されているわけではないということか。

ハリエットも瞬時に悟ったらしく、後悔するような苦い顔を見せている。

「そうですね、私もなんだか関係あるような気がしてきました」

二人の意図を知ってか知らずか、水越管理官がにこにこと言う。

「もともとサーダーンの線を追ってたわけですから、それをさらに絞って、金密輸について調べてみるのも一つの手ですよね」

このわざとらしい喋《しゃべ》り方。間違いなくすべてを見通している。

心の中にメモ――［要警戒］。

七村係長は無表情を装って何も言わない。この二人のコンビネーションもまた堂に入っている。

「主犯の田や犯行グループの聴取については、早急に行なえるよう動いてみます。並行して金密輸の方は香港側の皆さんにお任せしたいと思うんですけど、いかがでしょうか」

「ご理解に感謝します」

水越の隣に座ったウォン隊長が一礼する。

ゴウ副隊長が微かに笑ったのを、エレインは見逃さなかった。

捜査方針がご自分の意図した通りに決まったとお考えなのでしょうが、副隊長、あの子供のような管理官はそれほど甘い相手ではないと思いますよ――

「サーダーンの捜査については従前通りということで。係長もそれでいいですよね？」

「はい」

七村係長が同意する。エレインはそのやり取りをあらかじめ定められていた儀式であるかのように見た。


神保町の路地裏にある中華料理店『沙楼《さろう》飯店』で、小岩井は嵯峨、山吹とともに遅い昼食をとることとなった。正確に述べると、「おまえも来いよ」と山吹に無理やり同行させられたのである。

「いやー、煎餅の箱から金の延べ棒が出てきたときは、さすがの俺もびっくりしたぜ」

タンメンを啜《すす》りながら嵯峨主任が言う。

「ガメちまおうとか思わなかったんすか」

チャーハンを頬張る山吹の問いに、

「正直ちょっと思ったな」

「あ、やっぱりー」

「けど横にいた練馬署の奴《やつ》が先に大騒ぎしてよ。おかげで現物もマル被も横取りされちまった」

「横取りって、もともと練馬署のヤマだったわけでしょ」

小岩井が思わず突っ込むと、山吹が箸を伸ばして彼の春巻きを摘《つ》まみ、

「おまえ、小岩井のくせに生意気だぞ」

「あっ、僕の春巻き」

「いいじゃねえか、減るもんじゃなし」

「減ってますよ、物理的に」

「二人とも飯時くらいおとなしくしろ。ガキじゃねえんだから」

うんざりとした顔で言い、嵯峨がタンメンのスープを飲み干す。

「それにしてもあの管理官はやり手だよな。相手の言うことに賛成するふりをして、結局は自分の思うように持っていった。田や犯行グループの聴取はこっち、面倒な密輸ルートに関しては香港の連中に押し付けてよ。ま、実際にあいつらの方がコネもあるだろうし、向いてるのは確かだろうけどな」

そういう捉え方もあるのかと、小岩井は少しばかり驚いた。

「以心伝心の係長もスゴいっすよね」

「分かってるじゃねえか、山吹」

山吹まで——小岩井はいよいよ驚いた。

ただのヤンキーだとばかり思っていたのに、どうやらそうでもないらしい。

二枚目と言えなくもないが、どうにも得体の知れない嵯峨秋人。

あからさまに元ヤンでがさつで乱暴な武闘派の山吹蘭奈。

一体どういう人達なんだろう——

最後に残った春巻きを囓《かじ》りつつ、小岩井は考え込んだ。

香港の面々もそうだが、日本側のメンバーも単に組織から持て余されたはみ出し者ではなく、何か裏がありそうだ。

ともかく分室、いや特殊共助係の設立の経緯からして不可解な点が多すぎる。それはどう解釈すべきなのか。

「……じゃあ先に行ってるぜ」

山吹の声に顔を上げると、二人が店を出ていくところだった。

「やられたっ」

テーブルの端には、三人分の伝票が残されていた。

エレイン・フーは神田駅から山手線に乗り、御徒町《おかちまち》に向かった。

金の買取業者を手分けして当たること。それがウォン隊長から与えられた任務であった。

法律上、香港警察には日本での捜査権はない。しかし権限が定められていない事柄や、法令で禁止されていない行動なら問題はない。例えば、個人が他者と会話し情報を集めること自体は日本のいかなる法令でも禁止されていない。従ってこれは「捜査」ではないという解釈が成り立つのだ。形式主義とも言えるだろうが、そうでなければ日本に拠点を設置した意味が失われてしまう。

グレアム・ウォンは組織犯罪捜査の、ブレンダン・ゴウはテロ対策のエキスパートだ。どちらも充分な実績があるが、日本に派遣される海外調査専業隊のトップに選ばれたということは、北京からなんらかの特命を受けているものと考えた方がいい。

かく言う自分は乙部門保安部でテロ対策を担当していた。ハリエット・ファイと同じ保安部出身ということになるが、要人警護担当のハリエットとは、互いに面識がある程度の関係でしかなかった。

それでも保安部内では、ハリエットがキャサリン・ユーの教え子であることはよく知られていた。他ならぬ彼女自身が誇らしげに語っていたからだ。二〇二〇年六月三十日――香港国安法が成立するまでは。

そのキャサリン・ユーを確保せよとの命令を受けた今となっては、ハリエットの行動にも注意する必要がある。こちらから言わなくても、隊長も副隊長も、そのことを明確に理解しているはずだ。

民主主義の精神を重んじるハリエットが、本土意識と国家への忠誠心との狭間《はざま》で揺れているであろうことは想像できる。

その結果、彼女がどう動くのか。エレインにとっては大いに興味を惹かれるところである。そして、自分自身はどう動くべきか。

隊長や副隊長が北京の意を受けて動いているのであるならば、自分は彼らに従う方が得策に決まっている。また警察官として、上司の命令に逆らうという選択肢はあり得ない。

いつも同じ結論に至る——すべては大局を見極めてから考えればいい。自分がこの泥船とともに沈まぬように。

御徒町駅で降車したエレインは、スマホを取り出し住所を確認する。自分が担当する買取業者の一人が、御徒町に店舗を構えていた。

国際情勢がかつてないほど混乱している今日、金の資産価値、取引量は増大する一方だ。金の取引業者は世界的に急増している。そうした業者をしらみ潰しに当たっている余裕はない。ウォン隊長が香港の本部とも連携し、自身の専門分野とも言える犯罪組織のデータから関連のありそうな業者をリストアップしたのである。

日本語は誰よりも得意だった。自分がメンバーの一人に選ばれた理由はいくつかあるのだろうが、日本語に堪能であるというのは大前提であったはずだ。

日本の警察官を装い、話を聞き出す。

うまくやってのける自信はある。むしろ失敗するパターンが想定できない。自分ならどんな突発事があったとしても切り抜けることができるだろう。

駅を出ると、湿気を含んだ重い風が吹きつけた。長い髪がわずかに揺らぐ。埃《ほこり》が付着しなければいいのだが。

香港とさほど変わらぬ喧噪《けんそう》の中、エレインは細く長い足を颯爽《さっそう》と踏み出した。

4

まったく大した手腕じゃねえか、水越さんは——

練馬署の廊下を歩きながら、嵯峨はそう独りごちた。

水越管理官は「主犯の田や犯行グループの聴取については、早急に行なえるよう動いてみます」と言っていたが、その翌日には呆気《あっけ》なく実現させてしまったのである。

本庁とどのような駆け引きを行なったのかは分からないが、よほどの手練手管を用いねば、本部の主導するヤマに割り込むなど容易なことではないはずだ。

現に案内する練馬署員も、並んで歩く国対の山本も、この上なく不機嫌そうな態度を隠そうともしていない。

「苦労して所轄と信頼関係を築いたってのに、おまえらのせいで台無しだ。こっちまで嫌われたらどうしてくれるんだよ」

山本が小声でぼやく。

「いやあ、どうもすんませんねえ。俺だってつらいんすよ。変な部署にトバされたと思ったら、あれこれいいように使われるばっかでねえ。でも上に逆らうわけにもいかないし」

愚痴めかして適当に応じる。ここで揉めてもいいことは一つもないどころか、せっかくの管理官の苦労が水泡に帰してしまう。

取調室では田宇航が先に座っていた。他の被疑者達は山吹や小岩井が手分けして聴取する段取りになっている。

「警視庁組織犯罪対策部国際犯罪対策課特殊共助係の嵯峨です。こちらは同じく国対の山本さん。取調補助者を務めてくれます」

そう言ってから机を挟んで田の向かいに腰を下ろす。

相手は不遜な目つきで嵯峨を一瞥《いちべつ》し、ふて腐れたように横を向いた。ステロタイプの〈チンピラ仕草〉だ。

嵯峨は持参した書類に目を落とし、

「田宇航さん、三十歳、自称実業家。本籍地、千葉県柏《かしわ》市青田新田飛地。現住所、東京都練馬区豊玉南。日本生まれの日本育ちか。お父さんは湖南《こなん》省の生まれで昭和六十年日本に帰化、と。お父さん、ずいぶん苦労なさったようだねえ。立派な人だったんだねえ。でも、あんたはろくでもない半グレに育ったんだねえ」

昨今の潮流からするとあり得ない切り出し方に、山本が目を剝《む》いた。取調べの一部始終は録画録音が建前である。

「ふざけんじゃねえ、俺はれっきとしたビジネスマンだ」

「れっきとしたビジネスマンはな、百均で売ってるような小物の密輸なんてしねえんだよ」

「それで利益が出てるんだ。立派なビジネスじゃねえか」

嵯峨はわざと嫌らしく見えそうな笑みを浮かべ、

「あのさ、俺さ、密輸って言ったんだよ、今。輸入じゃなくて。つまりおまえは自分で密輸やってるって認めたわけ」

「てめえっ」

立ち上がった田を山本が押さえつける。

「座りなさい」

そして嵯峨を睨《にら》みつけ一喝する。

「嵯峨っ」

「分かってるって」

嵯峨は田に顔を近づけ、

「別におまえを引っ掛けようと思ってるわけじゃない。ただ普通に質問してるだけだ。偽ブランド品の雑貨とかはともかくさ、金《きん》はやべえな」

「俺の会社だ。合法的にやってるんだ。何が悪い。これは不当逮捕だ」

「半分合法的にやってるから半グレって言うんだよ。つまり残りの半分は真っ黒で、混ぜ合わせると灰色だ。どこまで行っても白じゃねえんだ」

「違法じゃない。罰金は払うし、消費税も――」

「そういう知恵をつけたのは誰かって訊いてんだよ」

「そんな奴はいねえ。自分で考えたんだ。そもそも消費税を十パーセントも取る日本が悪いんだ。日本人はよく我慢してるもんだな」

「日本の政治が悪いってとこには同意するが、それじゃおまえが主犯ってことになるぞ。それでいいのか」

田が黙った。

「訊き方を変えようか。おまえの密輸、じゃなくて輸入か。取引先は誰だ」

「知らねえ」

「取引先を知らねえだと。呑気《のんき》なビジネスマンもいたもんだな……どう思います、山本さん」

さすがに山本も険しい顔で腕を組み、

「そんな言いわけは通用しませんよ、田さん」

「ほらな」

嵯峨は田から目を逸《そ》らさずに続ける。

「おまえらのケツ持ちがサーダーン系の組織だってのはもう割れてんだよ。おまえの会社の口座から上納金が月々振り込まれてる。『十月貿易《シーユエ》』って会社にな。サーダーンのフロントだ。名目はなんだったかな、そうそう、顧問料とかコンサル料とかだ。捜査二課の凄《すご》いベテラン様が隅々までキレイに洗ってくれたぞ。言い逃れは利かねえ」

そこまでは警視庁でもすでに把握していることだった。

「俺が知りてえのは誰が金の話を持ってきたかだ。そいつを教えてくんねえかな」

嵯峨はさらに身を乗り出すふりをして田の耳許に口を寄せ、録音されないように小声で囁《ささや》いた。

「ここで話しとくと心証が全然違うぞ。裁判が早くなるしラクにもなる。どのみち起訴されるんだ」

司法取引を仄《ほの》めかしているが、そんな権限が嵯峨にあるはずもない。

田はなおも無言のままである。

身を引いた嵯峨は椅子の背もたれに体を預け、

「裁判てさあ、長引くとタイパ悪いよな」

タイパとはタイムパフォーマンスを意味する流行《はや》り言葉だ。そんな言葉は好きではないが、嵯峨は意図的に使用した。

「どっちが得かよく考えろ。ここで間違うとえらい損をするぜ」

昨今の若い世代は、対象がなんであろうと「損をする」という概念を本能的に忌避したがる。「タイパ」を何より重視するのと同じ心理である。つまり「時間がかかる」のは何よりも「損」なのだ。その言葉はてきめんに効いた。

「……呂《ろ》って男だ。『セントラル・アジアン総業』って会社の呂子雄《しゆう》。うまい儲《もう》け話があるって……違法じゃないし、万一バレても罰金と消費税さえ払えば大丈夫だって言うから……」

「そのセントラル・アジアン総業が、日本人じゃないおばさんを匿ってるって話、聞いたことあるか」

「その噂なら知ってる。本当らしいぜ。ウチの若いのがセントラル・アジアンの倉庫に使いに行ったとき、どう見てもカタギのババアが暇そうにしてたって。それも閉じ込められてるっていうか、なんて言うの、そう、軟禁されてるって感じだったらしい」

一度自供した容疑者によく見られる現象だが、田はもう抵抗する気が失《う》せたように話し始めた。もともと仁義や忠誠心といった概念を持たない半グレであるから、仲間を売ることに罪悪感など微塵《みじん》もない。

嵯峨は内ポケットからキャサリン・ユーの写真を取り出し、

「この女性を知っているか」

「見たことあるな。有名人なんじゃないか」

「そうだ。会ったことは」

「あるわけないだろ。たぶんテレビかネットで見たんだと思う」

「セントラル・アジアン総業に使いに行ったっていう若い奴な、そいつの名前は」

「井上《いのうえ》タカオ。通名じゃない。本名だ。母親が中国人だと聞いた。言っとくが、今どこにいるかは知らない。ヘマばっかやりやがるんでクビにした」

「そいつの住所は」

「そんなバイトみてえな奴の家なんていちいち覚えてねえよ。他の奴に訊いてみたら」

その後もいくつかの質問を行なったが、収穫はなかった。

聴取を切り上げ、山本とともに取調室を後にする。

「さっきの写真はなんだ」

並んで歩く山本が鋭く訊いてきた。

「あれか。香港の学者さんだよ。行方《ゆくえ》不明になってるらしくて」

「分室の本丸はそっちだな」

「うん。内々に探してくれって香港から頼まれててさ。本庁もピリピリしてるみたいだから、ここだけの話にしといてくれよ」

秘匿を厳命されているが、隠すとかえって追及されるおそれがある。適度に打ち明けつつ、それとなく釘《くぎ》を刺す。

「分かった。おまえらも大変だな」

山本は納得してくれたようだった。


墨田区向島《むこうじま》にある『平田屋《ひらた》貴金属店』。シドニーが担当する〈限りなくグレーに近い〉買取店の一つである。

元は商店であったと思われる廃屋の並ぶ一角に、その店はあった。営業しているかも定かでないような寂れた佇まいだった。

あれか——

スマホの地図を確認し、その店に足を向けた途端、前後を二人組の男に挟まれた。

「ちょっとお尋ねします、あの店に何か御用でも」

前に立った地味なスーツの男が訊いてくる。

「人に質問するなら、まず自分から名乗って下さい」

日本語でそう言うと、男は聞こえよがしに舌打ちし、身分証を取り出した。

「警察です」

すぐにしまおうとする相手に重ねて要求する。

「もっとよく見せて下さい」

男はいよいよ不愉快そうに身分証を再度示す。

所属は［警視庁生活安全部生活経済課］とあった。

生活経済課――容疑は密輸か。

「で、あんたは」

「自分も警察官です」

シドニーは自らの身分証を示す。

「なんだこれ」

「日本のじゃないぞ」

二人の捜査員は顔を寄せ合ってシドニーの身分証を調べている。

「あっ、こいつ分室だよ、ほら、香港警察の」

「そうか、道理でなあ」

ようやく理解したようだ。

「では、そこを退《ど》いて下さい」

「そうは行かないよ」

二人揃って行手をふさぐ。

「ここじゃなんだから、あっちで話そう」

一人が横目で店の方を見ながら言う。

やむを得ず二人に従い、今にも崩壊しそうな廃屋の陰に移動する。

「俺らはさ、前からあの店をマークしてたんだ。今応援の到着を待ってるとこ。だからよけいな真似《まね》はしないでほしいわけよ」

それで一般人には見えない男に声がけしたというわけか。

「そもそもあんた、一人じゃ捜査できないんじゃないの」

「捜査ではありません。個人的な用事で訪れただけです」

「そんな言いわけが通じると本気で思ってんの。国は違ってもあんただって警察官なんだし」

無意識のうちに闘争前の威嚇的な顔付きになっていたらしい。二人が怯えたように後ずさる。

「もしかして抵抗しようっての」

「そんなつもりはありません。任務を焦るあまり……」

嘘ではない。キャサリン・ユーを捕らえるまで——パトリックの死を償わせるまで——自分の魂に安寧は決して訪れない。

「まあ、刑事として気持ちは分かるけどね」

「ありがとうございます」

礼を述べて店に向かおうとすると、二人が慌てて立ちふさがる。

「待てって。なに聞いてたんだ、おまえ」

「ウチのヤマだって言ってんだろ。早くどっか行けよ」

これが話に聞いていた日本警察の縄張り根性というやつか。香港警察にもそういう慣習はないでもないが、ここまで露骨ではなかった。

いずれにせよ、こんな場所で騒ぎを起こしたら平田屋貴金属店に気づかれてしまうかもしれない。それは貴重な情報源の消滅を意味している。

シドニーは自制心を振り絞ってその場から立ち去った。

歩きながら、握りしめていた拳を開いてみる。あの四月二十二日の夜と同じく、粘つくような汗で濡《ぬ》れていた。

捜査会議の席上で全員の報告を聞いた水越管理官とウォン隊長は、協議の末、捜査方針を以下のように決定した。

一つ、セントラル・アジアン総業の内偵を進めること。

二つ、同社役員の呂子雄なる人物について徹底的に洗うこと。

三つ、井上タカオの所在を突き止め、目撃したのがキャサリン・ユーであったかどうか確認すること。

四つ、ただし捜査には常に日本側メンバーが同行し、他部署からの批判を招かぬよう留意すること。

五つ、水越管理官が平田屋貴金属店に関する捜査情報の提供を警察部内に強く要請すること。

会議終了後、七村星乃は例によって水越とともに管理官執務室に入った。

「ちょっと気になるよね、星乃ちゃん」

管理官はいきなりそう切り出した。

「嵯峨さんの報告じゃ、井上タカオが目撃した女性について田は『軟禁されてた』って言葉を使ったそうじゃない。潜伏と軟禁とじゃ、だいぶニュアンスが違うと思わない？」

「その点は私も気になりました」

星乃は同意を示しつつも、

「ですが、いずれにしても曖昧な証言ですので、目撃者の状況や主観に左右される点もあろうかと」

「その可能性は否定できないけどね」

「それより大丈夫ですか、管理官」

「え、何が」

「捜査方針の五つ目ですよ。あんな安請け合いしたりして。組対部長経由でお願いしてもらうにしても、網代木《あじろぎ》生安部長がそう簡単に渡してくれるものでしょうか」

「そんなわけないでしょ。ケチの国からケチを広めに警察に入ったような網代木さんよ。気前がよくて度量の広い網代木さんなんて、きっと宇宙人が化けてるニセモノだわ」

宇宙人はあんたの方だ——とは言わず、

「じゃあ、どうなさるおつもりですか」

「本庁と外務省を巻き込む」

危険極まりないことをさらりと口にした。

「刑事局組対部の諏訪野《すわの》さんと生安局の八雲《やくも》さんに話すつもり」

諏訪野は警察庁刑事局組対部薬物銃器対策課の課長補佐であり、八雲は生活安全局生活経済対策管理官付の理事官である。

「同時に外務省の堀切《ほりきり》さんに〈いらんこと〉言ってみる。『このままじゃ北京がカンカンになって文句言ってきますよー』って」

「誰です、堀切さんて」

「アジア大洋州局で中国・モンゴル第一課の課長補佐やってる人。私の一コ上の先輩」

「そんなこと頼めるくらいにお親しいんですか」

「うーん、むしろ仲は悪い方じゃないかな」

星乃はすでに目眩《めまい》を覚え始めている。

「仲が悪いのに、協力してくれるんでしょうか」

「協力じゃないよ。官僚は自分の保身のためにしか動かない。そこを利用するの」

楽しそうな笑みすら浮かべている管理官の意図は理解できた。しかしそれは、一つ間違うと自分自身をも滅ぼしかねない危険な行動である。なぜなら、水越もまた〈官僚〉に他ならないからだ。

「心配しなくても大丈夫だって」

こちらの内心を見透かしたように水越が微笑む。

「つまりは力学。それさえ理解していれば、私みたいな小石でも大岩を動かすことが可能ってわけ」

現実はそううまくいくものではない。そしてそのことを、目の前の管理官も熟知している。

今はこの人を信じるしかないと星乃は思った。

5

三日後、捜査の成果が順次報告された。

まず嵯峨主任からの報告。小岩井は息をつめてそれを聞く。

「セントラル・アジアン総業は資本金二百万、社長として商業登記簿に明記されている加藤晋作《かとうしんさく》六十四歳は名義貸しに近く、現在所在不明。呂子雄をはじめとする役員達は前科こそありませんが、うさんくさいのが揃ってます。半グレ出身も多く、生安のリストに載ってる奴が何人も名を連ねてます。十月貿易と同じで完全にサーダーンのフロントです。十月貿易が一次受けとすれば、セントラル・アジアンは二次受けといったところでしょうか。生安でも目をつけていて、近いうちに密輸容疑で大々的なガサ入れをやるんじゃないかと思います。薬銃対（薬物銃器対策課）も動いていることから、覚醒剤、それに武器の密輸もやっているものと見て間違いないでしょう。以上です」

次は小岩井とエレイン組の番だが、報告はエレインが行なった。

「呂子雄、遼寧《りょうねい》省生まれ、現住所は荒川区東尾久《ひがしおぐ》。年齢三十六歳。二歳の頃母親に連れられて来日。母親は勤務先である風俗店で知り合った作業員の男性と内縁関係になるも八年後に別居。呂は施設と母親のもとを往《ゆ》き来するように成長し、地元不良の先輩に引き込まれる形で犯罪の世界に入ったようです」

自分も同行していたにもかかわらず、エレインの滑らかな日本語による報告は、小岩井自身が驚くほど簡明にして要を得たものであった。

「サーダーンとのつながりは在日中国人コミュニティで生まれたものと思われます。サーダーンのフロントとして主に十月貿易から仕事を受けていたようで、その際に呂は持ち前の弁舌の巧みさを発揮して交渉役、調整役を務めていた模様。呂の関わった仕事の詳細についてはデータで配布しましたファイルをご参照下さい。彼の立場では、サーダーンからのオーダーはどんな無理難題であろうと断れるものではなかったと推測されます。サーダーンの傘下である以上、キャサリン・ユーの保護を依頼された呂が引き受けることは充分にあり得るものと考えます」

エレインと入れ替わりに山吹が立ち上がった。

「えー、自分らが担当した井上タカオですが、コンビニや宅配のバイトをクビになった挙句、建設現場を転々としていたらしく、まあ探し出すのに散々苦労しまして、高田馬場の漫喫に寝泊まりしているのを発見、確保して駅前の交番に引っ張りました。あっ、もちろん任意ですけど。抵抗しようとしたんで二、三発食らわしてやろうかと思いましたがやってません。で、キャサリン・ユーの写真を見せたところ、セントラル・アジアン総業の倉庫で見た女かどうかよく分からないと言うばかりで、もっとよく見ろって何度も言ったんですけど、はっきりとは覚えてないって言うんです。というのも、倉庫にはガラの悪いセントラル・アジアンの社員が詰めていて、女に気づいて足を止めたところ、何見てんだよって後ろから蹴りを入れられたそうで、よく見るヒマもなく早々に追い出されたそうです。えーと、以上です」

エレインとは比較にもならない冗漫な報告を終え、山吹が着席する。

「キャサリン・ユーが潜伏している可能性が少しでもあるのなら、すぐにでもセントラル・アジアン総業の倉庫を捜索すべきです」

ゴウ副隊長が野太い声で言う。

その主張に対し、七村係長が反論する。

「待って下さい。確認が取れない状況で捜索令状は請求できません」

「しかし係長、薬銃対や生安がいつガサ入れに踏み切ってもおかしくない状況なのは確かです」

嵯峨主任が割って入った。

「ヨソに先を越されるとややこしいことになりますよ。キャサリン・ユーが見つかって確保された日にゃ、それこそ保秘どころじゃありませんからね。名前が漏れたら日本に駐在している各国マスコミの特派員が一斉に群がってくるでしょう」

「嵯峨主任の言う通りだ」

副隊長が語勢を強める。

「香港からの要請はあくまで秘密裏にということだ。逮捕したキャサリン・ユーの身柄はただちに香港へ移送せねばならない。日本で起訴されるような事態は絶対に避けたい」

「へえ、それはどうしてなんですか、ゴウさん」

水越管理官が興味深そうに尋ねる。

一瞬躊躇《ちゅうちょ》したかのように見えた副隊長が、厳粛な態度で言った。

「香港の犯罪者は香港の法で裁く。それが香港当局の揺るぎなき方針であるからです」

本当にそれだけなのか――

小岩井は危うく声に出すところであった。

自分でさえ抱いた疑念を、この管理官が見逃すとは思えない。

「それは困りましたねえ」

しかし管理官は軽い口調で受け流し、

「日本では令状なしに踏み込むなんてできませんからねえ」

それは香港でも同じだろうと小岩井は思ったが、香港側の五人からは、なぜか切迫した空気が感じられた。

香港当局の、いや北京の意思とはそこまで彼らを縛るものなのだろうか。小岩井には窺い知るすべもない。

「よろしいでしょうか」

エレインが礼儀正しく挙手をした。礼儀正しく、と言うより、機械のようにと言った方が正確かもしれない。

「どうぞ」

七村係長の許可を得てエレインが発言する。

「平田屋貴金属店に関する捜査情報の件がどうなったか、まずその報告を伺ってから検討してもよいのではと」

それは水越管理官の担当であった。

「あっ、ごめんなさい」

まるで忘れ物を咎められた子供のように水越が手を合わせる。そんな仕草までもが計算ずくとは小岩井にはとても考えられないが、香港側が少なからず脱力し気を削《そ》がれたのは確かである。

「平田屋は系図買い、つまり故買屋でして、生安も組対も現場に出張ってたようですが直接逮捕したのは刑事部の捜三（捜査三課）でした。もちろん組対としても聴取を申し入れてますが、まだ実現には至ってないそうです」

香港側の五人が呆《あき》れたような呻きを漏らしている。日本警察の常軌を逸した非効率性は、日本の警察官として恥ずかしいくらいだ。

「ですが、こっそり聞いたところによると、平田屋がセントラル・アジアン総業の持ち込む金を買い取っていたのはほぼ間違いないようです。平田屋の店主である平田幸造《こうぞう》は黙秘を続けているとのことですが、薬銃対も生経（生活経済課）も裏付けが取れ次第、セントラル・アジアンの強制捜査にかかるつもりみたいですね」

「ならばいよいよ以《もっ》て急ぐ必要があるじゃないですか」

ゴウ副隊長が机を叩く。意図してやっているのだろうか、大仰にすぎるジェスチャーであった。

「そうですねえ」

一方の水越管理官はどこまでもマイペースを崩さない。ゴウの威圧を柳に風と受け流している。

キャサリン・ユーが倉庫にいるかどうかは分からない。しかし呂の捜査を名目に倉庫に踏み込もうにも、密輸の容疑は他の部署が手掛けている。一方で、少しでも早く動かないと他部署が踏み込んでしまうリスクが高まる。

「提案します」

エレインがまたも挙手しながら、しかし今度は七村係長の指名を待たずに発言する。捜査会議の在り方としては異例であるとしか言いようはないが、特殊共助係とは文字通り特殊な場であると読み切ったのだろう。

「私の調査によると、呂には多数の余罪があるものと思われます」

捜査を行なったのはエレイン一人ではなく自分もだ——小岩井は驚いて対面のエレインを凝視するが、こちらなど眼中にもないかのように彼女は続ける。

「我々の目的はあくまでキャサリン・ユーの確保です。ならば薬銃対が追っている密輸ではなく、倉庫に踏み込む名目はいくらでも――」

「別の容疑で捜索差押許可状を取れってことだな」

嵯峨主任がぼそりと言う。

「合理的な提案であると考えますが」

「香港警察はどうか知らないが、日本の警察はね、それでも縄張り荒らしだって騒ぎ立てる奴ばっかりなんだよ。そうなるとこっちはますます動きにくくなっちまう。よくある話さ」

自嘲的とも聞こえるそれは、嵯峨の述懐であったろうか。

「聞いてほしい」

立ち上がったゴウが、演説するかのような口調で一同に熱弁を振るう。

「エレインの作成したファイルを見ると、確かに呂子雄の犯歴は多岐にわたっている。容疑はいくらでも固められるだろう。日本警察の感情論はともかくとして、手続きは完全に合法である。サーダーンとキャサリン・ユーとの関係を明らかにするためにも、呂の身柄もこちらで押さえられればそれに越したことはない」

「副隊長、立場上進言しますが、キャサリン・ユーの潜伏がはっきりと確認されていない段階でそのやり方は強引にすぎると思われます。井上タカオが目撃したという女性がキャサリン・ユーであったとしても、すでに移動している可能性を排除できません」

ハリエットが異を唱えた。

小岩井は確信する。やはり香港側も一枚岩ではないのだ。

「仮にだよ、キャサリン・ユーがもし仮にサーダーン系組織に監禁されているとしたら、ハリエット、君は彼女の身が危険であるとは思わないのかね」

「それは……」

ゴウの詭弁《きべん》めいた指摘、いや恫喝《どうかつ》にハリエットが声を失う。どうやら彼女にはキャサリン・ユーに対する特別の思い入れがあるようだ。

「水越管理官」

ウォンが横にいる水越に向かい、

「ブレンダンの言う通り、キャサリン・ユーが本当に監禁されているのなら事は一刻を争う。サーダーンは危険な犯罪組織だ。私もやむを得ないと考えます。日本警察の他部署から猛抗議を受けるでしょうが、呂の身柄を最終的にあっちへ渡すということで話をつけられませんか。たとえ空振りに終わったとしても、最悪の事態よりははるかにましだ」

隊長だけあって、ウォンの話しぶりには誠実さがあふれ、何より説得力があった。実際にキャサリン・ユーが殺されでもしたら、それこそ取り返しがつかない。

だがその提案に対し、水越は束《つか》の間《ま》考え込んでからきっぱりと言った。

「それ、やっぱりやめときましょう」

ウォンは怒るでもなく、興味深そうに問うた。

「なぜでしょう。ご説明をお願いしたい」

「だって、問題の倉庫にキャサリン・ユーがいるかいないか、それがはっきりしないから困ってるわけでしょう?　いることさえ分かれば入国法違反で拘束したっていいわけですから。そんな面倒なことしなくても、呂の逮捕さえ断念するなら、もっと簡単にやる方法がいくらでもありますよ」

煙に巻く、という言葉がある。小岩井は今この室内に煙が充満しているように思った。他ならぬ水越管理官の発した煙である。


江戸川区瑞江《みずえ》にあるセントラル・アジアン総業の倉庫は、三年前に経営破綻した民間の老人ホームを建物ごと買い取ったものだった。地上三階建てで、一見すると普通のマンションのようにも見える。だが道路に面していることへの配慮か、中の様子が窺えるような窓は設けられていない。ある意味モダンなデザインであるとも言えた。

正面玄関脇に設置されているインターフォンのボタンを押した嵯峨は、応答した相手に身分姓名を正直に名乗った。

間もなくドアが開かれ、スーツを着用した社員が顔を出した。

嵯峨は名刺を渡し、同じことを繰り返す。

「警視庁組対部の嵯峨と申します。井上タカオさんへの暴行事件について、責任者の呂さんにお伺いしたいことがあって参りました」

呂が倉庫内にいることは確認済みである。

「呂はそんなことはやってないって言ってます。どうかお引き取り下さい」

「いや、それはこっちも薄々分かってるんですよ。でもね、井上さんが被害にあったって主張している以上、形だけでも調べないことには……正直、ウチもヒマじゃないんで、早いとこ片づけたいってのが本音でして。裁判にでもなったら面倒なんで、その前になんとか穏便に収めたいと思ってるんですよ」

　嵯峨がいかにも申しわけなさそうに言う。

　社員は嵯峨の背後に立つハリエットと山吹の顔を見渡し、

「しばらくお待ち下さい」

　一旦引っ込んだ社員が、数分後再び戻ってきた。

「お入り下さい。呂が少しだけならって言ってます」

　裁判にならないようにしたいという文言と、総勢三名のうち女性が二名という組み合わせが狙い通りの効果を発揮したのだ。

　社員の後に従い、殺風景なエントランスの奥にある階段を使って二階まで上がる。建物全体が広い中庭を囲むように設計されていた。すべての窓が明るい庭に向けて設置されている。病院にも似た通路を進み、社員はドアの一つを開けた。

「こちらです」

　元は談話室かそれに類する部屋であったのだろう、中央に置かれたソファに派手な赤いジャージを着た固太りの男がだらしない恰好《かっこう》で座っていた。

　案内してきた社員は、ドアを閉めて内側に立つ。

「おう、そっち座って」

　横柄に片手を上げたジャージの男に勧められるまま、嵯峨達は向かいのソファに腰を下ろす。

「失礼します。呂子雄さんですね」

「そうだけど、あんた、組対だって？　組対がなんでそんな細かい事件調べてるの」

なんの前置きもなく、呂がいきなり訊いてきた。厚く腫れぼったい瞼《まぶた》の下に覗く三白眼が、じっとこちらを見据えている。

嵯峨は少しも動じることなく、

「被害者の井上タカオって人がね、半グレのパシリやってたんですよ。その半グレをウチが捕まえちゃったもんだから、井上の件についても報告書を作らなくちゃならなくなって」

すべて事実である。セントラル・アジアン総業社員による井上への「暴行」も、山吹が聴取した中にあった。ただし、報告書云々は水越管理官の考案した口実である。

「ふーん。でもさ、オレ達、なんもやってないよ」

「あ、それはこっちも疑ってないです。こう言っちゃなんですけど、井上さん、ずいぶん面倒くさい人みたいで、ウチでもいいかげん手を焼いてましてね。だけどその人が当日こちらに来てるってのは事実なんですよ。証人もいるんで、ウチとしては、まあ、しょうがなく、ね。それで手っ取り早く片づけたいと思って、ご協力をお願いしてる次第でして」

これがもっと大きい事案ならば警戒したであろうが、使いのチンピラに蹴りを入れた程度の話である。呂もすぐに終わると思ったのであろう、比較的気安い様子で話してくれた。

「社員にも一応訊いてみたけど、そんなの誰も覚えてないってさ」

本当の話であろう。むしろ覚えている方が不自然なくらいである。

「ふんふん……あ、ちょっと待って下さい」

嵯峨は手帳を取り出し、もっともらしくメモを取り始める。もちろん形だけである。

「井上さんは帰り際に蹴られたって言ってんですけど、暴行を加えるようなことはしていない、と」

「ああ」

「分かりました。報告書にはその通りに書いときます。で、井上さんはこちらに何分くらいいらっしゃいました？」

「そんなこと訊いてどうすんだよ」

「だから、先方の主張には明らかに矛盾点があることを証明できればと思いましてね。なにしろ向こうは告訴するって息巻いてるもんですから、そういう状況証拠を突きつけてやれば黙るしかないだろうと」

手っ取り早く、と言っておきながら、嵯峨の話は一向に終わらなかった。時折事件に関係ない世間話——世間と言っても裏社会だが——を交えながら、調子よく喋り続けている。

「あの、お話の途中すみません」

手筈《てはず》通りハリエットが立ち上がる。

「お手洗いを拝借できますか」

「しょうがねえな……おい、莫《ばく》」

「はい」

ドアのすぐ横に立っていた社員が、呂の合図でドアを開ける。

頼んだぜ、主管さん——

先に立った莫は、ハリエットを振り返って言った。

「どうぞこちらへ」

「はい」

長い内廊下の左右には無数のドアが並んでいた。密輸品はそれらの部屋に隠されているのだろう。

嵯峨が呂の注意を惹いている間に、隙を見て倉庫内を捜索する。捜査ではなく、あくまで「道に迷った」のである。その過程で何かを見てしまってもそれは「偶然」でしかない。陳腐と言っていいほどありふれた手だが、実際に効果的であり、違法ではないと言い抜けられる点が重要であった。警備の男が付いてくるのも想定通りだ。自分の後から、山吹捜査員も手洗いに立つことになっている。彼女は社員に因縁をつけて騒ぎを起こす。そういうことには自信があると本人が得意げに語っていた。

いずれにしても、短時間で捜索を済ませねばならない。

ここにキャサリン・ユーがいるかいないか——それさえ分かればいいのだ。決して不可能ではないはずだ。

突き当たりの角を曲がったとき、莫がいきなり足を止めた。

「なんだ、これは……」

莫の肩越しに前を見たハリエットは、危うく驚愕《きょうがく》の声を上げそうになった。

廊下の先で男が二人倒れている。ともに両眼を見開き、おびただしく流血していた。凄惨としか言いようのない死にざまであった。

莫を押しのけて前に出ようとしたとき――

生温かい飛沫《しぶき》が頬にかかった。

莫の喉から噴出した鮮血であった。

すぐ左手の部屋に潜んでいた何者かが、ナイフで頸動脈《けいどうみゃく》を切断したのだ。

ハリエットは咄嗟《とっさ》に莫の体を殺人者に向かって突き倒し、その隙に背後へと飛びすさる。そして持参したバッグからオレンジゴールドのアルミ合金製特殊警棒を取り出した。官給品ではない。護身用に携帯している市販品で、普段は二〇センチ強だが、最大六〇センチまで伸長する。

バッグを敵に向かって投げつけ、距離を取って身構える。明らかに莫と同時にこちらを始末するつもりであった殺人者は、思わぬ反撃に遭い、腰を低くして体勢を立て直した。この場から逃がす気など毛頭ないようだ。

黒い目出し帽に黒いジャンパー。瞳の色は黒。おそらくはアジア人。莫を始末した手際からしても、相当な実力であることが分かる。アマチュアではあり得ない。〈プロ〉だ。

じりじりと迫る敵に対し、ハリエットは焦らず呼吸を整える。要人警護担当官として香港警察で徹底的に特殊訓練を積んできた。この程度の窮地は何度も経験している。

男の手が閃《ひらめ》いた。銀色の光が流れるようにハリエットを襲う。軍用ナイフだ。メーカーまでは分からない。紙一重でその切っ先をかわしつつ、特殊警棒を突き出す。リーチでは男に敵《かな》わないが、武器の間合いでは特殊警棒の方が有利である。極めて軽量なアルミ合金製なので、手首に負担が掛からず、自身の腕の延長であるかの如く意のままに操れる。瞬時の攻撃、及び繰り返しの動作の多い防御においてそのメリットは計り知れない。

　しかし敵は冷静な動きでこちらの攻撃をかわしていく。やはり場数を踏んだ殺し屋だ。普通の人間ならここまで冷静さを保てるものではない。

　助けを呼ぶ余裕などまるでなかった。少しでも集中力が途切れたらその瞬間に絶命する。相手の動きを見極めながら攻撃を続けるしかなかった。敵に攻撃の隙を与えてはならない。これ以上接近されたら危険だ。

「あっ」

　床一面に広がっていた血で足が滑った。怯《ひる》まず即座に体勢を立て直したが遅かった。

　眼前に敵の黒い顔。一瞬で間合いを詰めてきたのだ。目出し帽の下で男が声を立てずに笑うのが分かった。

　敵のナイフが、ハリエットの肝臓に向かって突き出された。

　肝臓は人体の急所の一つであり、刺されると大量出血し死に至る。

　これを待っていた――

　相手がプロであるだけに急所を確実に狙ってくると読み、体勢を立て直しつつわざと隙を見せたのだ。

　ハリエットは自分から大きく踏み込み、ナイフを握った男の手を特殊警棒のグリップエンドで上から押さえつけるように叩いた。同時にそれを支点として、左手でシャフトを思い切り横に押す。顎を横から強打された男は、脳震盪《のうしんとう》を起こして失神した。

　際どいところであった。タイミングを誤れば肝臓を貫かれて死んでいた。ショートにした髪が吹き出た汗で重く濡れる。

用心深く男の状態を確認したハリエットは、次いで所持品を調べようとした。

突然屋内で銃声が響いた。反射的に顔を上げる。大勢の怒号も伝わってきた。

セントラル・アジアン総業に入り込んでいた殺し屋は一人ではなかったのだ。

何者だ――何人いる――

考えるよりも早く、ハリエットは銃声の方へと駆け出した。


突然の銃声に、呂と話していた嵯峨達も驚いて立ち上がった。全員が蒼白《そうはく》になっている。

そこへ呂の手下らしい男が奥のドアから駆け込んできた。よほど取り乱しているのか、右手にトカレフを握ったままだ。

「黒指安《こくしあん》のカチコミですっ」

「なんだと、見張りは何やってたんだっ」

呂の叱責に対し、男は泣きそうな顔で叫んだ。

「みんな殺《や》られたようです。出口は全部押さえられてます」

それはつまり、自分達の脱出口もないということだ。

「ふざけやがって、構わねえ、皆殺しにしろっ」

「ちょっと待て、皆殺しってオイッ」

嵯峨の制止が聞こえなかったのか、手下とともに駆け出した呂は途中で思い出したように振り返った。

「これは正当防衛だからな、あんたらが証人だっ」

「正当防衛でも銃器不法所持は免れないと思うけどな」

奥のドアから飛び出していった呂に、嵯峨の呟きが届くはずもない。

銃声はもはや開き直ったように激しさを増すばかりであった。

『黒指安』とは、サーダーンと敵対する犯罪組織である。香港の伝統的な黒社会の流れを汲《く》む組織で、日本への新規参入組とも言えるサーダーンとは抗争状態にあり、組対でもかねてより重点的に警戒していた。

まさかこのタイミングで襲撃してこようとは――

「どうするんすか、主任。このままじゃ自分らも巻き添え食らいますよ」

携帯していたシグ・ザウエルP230JPを抜き、弾倉の装填を確認しながら山吹が言う。

嵯峨はS&W M360J SAKURAとスマホを同時に取り出し、銃口を正面側のドアに向けつつ手早く水越に発信した。

〈水越です〉

「セントラル・アジアン総業倉庫内にて銃撃事案発生。現在も継続中。未確認ですが黒指安による襲撃の模様。出入口は完全に押さえられたようです」

〈現在位置は〉

「倉庫内です。つまり俺達も逃げ場はないってことです」

半ば自棄《やけ》気味に報告する嵯峨に対し、水越は的確に指示を下す。

〈110番に通報し、通信指令室経由で状況を共有するように。それが一番早い。こちらは刑事部長にSITの出動を要請、その上で各部署との調整を行ないます〉

「了解」

指示通り110番通報で場所の詳細やこちらの態勢、その他状況について連絡した嵯峨は、山吹と背中合わせになってそれぞれ銃口を双方のドアに向け、

「近所の住民もガンガン110番してる頃だろう。最初に飛んでくるのは小松川《こまつがわ》署の地域課員だ。武装した刑事課員が到着するまで十五分から二十分、刑事部の機捜（機動捜査隊）が四十分てとこだな」

「肝心のSITは」

「管理官の調整次第だが、早くて一時間くらいか」

「それまで持ちこたえられますかね」

「呂の兄貴の奮戦に期待しようぜ」

「勘弁して下さいよ」

「じっとしてるつもりはねえ。俺達はハリエットと合流してなんとか離脱する」

「離脱って、出入口は押さえられてんすよね。どうやって逃げるんすか」

「だから〈なんとか〉さ」

入ってきた方のドアが開き、黒い目出し帽を被った二人の男が乱入してきた。それぞれショットガンを構えている。拳銃を両手把持した嵯峨は山吹と同時に二人の侵入者を正確な射撃で撃ち倒していた。

嵯峨は傍らの山吹を見る。動揺した様子はない。

「やるじゃねえか」

「訓練通り動いただけっす。もうメチャクチャ真面目にやりましたから、訓練」

「実戦経験でもあんのかよ」

「あるわけないすよ」

「そのわりには余裕じゃねえか」

「そんなことないすよ。もう心臓バクバクっす」

そうは見えねえけどな、と呟きつつ、嵯峨は死体が手にしているショットガンに視線を落とす。どちらもノリンコＱＪ12‐１０１ライオット・ショットガンだった。

「こりゃあタダのチンピラじゃねえな」

「逃げる前に殺《や》られるんじゃないすか」

「その前に応援が到着してくれるのを祈るしかねえな」

嵯峨はドアの内側に身を隠して廊下の様子を窺う。誰もいない。しかし銃声は倉庫内の至る所から聞こえてきた。

「ハリエットはどっちへ行った」

「左っす」

「よし」

嵯峨は先に立って廊下を左へと進んだ。彼女を残して撤退することはできない。一刻も早く合流する必要があった。自分達と違ってハリエットは銃の所持を許されていない。

無事でいてくれるといいのだが、これだけの銃声の中では、途轍《とてつ》もなく淡い望みに思われた。

神保町の執務室で嵯峨からの連絡を受けた水越管理官は、側《そば》にいた七村係長に状況を手短に説明し、

「現場指揮は捜査一課長の武島《たけしま》さんになると思う。星乃ちゃん、あなたはすぐに現場に行って武島課長を補佐して。ウチの捜査員が中にいる状況についていろいろ訊かれると思うけど、判断は任せるわ。私は草壁《くさかべ》刑事部長に連絡してから本部に赴き調整に当たります。状況によっては機動隊やSATの出動も要請する」

「ウォン隊長らへの連絡は」

ウォン以下香港警察の面々は、各自の分担をこなすため出払っている。

「小岩井君に連絡させて。至急こっちへ戻るようにって。彼らを現場に行かせちゃ絶対ダメ。機捜やSITと揉めたら大変なことになる」

「了解しました」


ところどころに倒れている死体の間を縫うようにして廊下を進むと、やがて厨房《ちゅうぼう》に突き当たった。もともと老人ホームだった建物だから、大きな厨房があるのも不思議ではない。そこでセントラル・アジアン総業の社員達が目出し帽の一団と銃撃戦を繰り広げている。

呂の組織は密輸品だけでなくこれだけの武器を隠匿していたのか——

状況を理解しながらもハリエットは呆れるしかなかった。もしかしたらそれらの武器も〈商品〉たる密輸品なのかもしれなかったが。

ハンドガン中心のセントラル・アジアン総業に対し、敵はノリンコのショットガンを装備して

いる。当然ながら敵の方が圧倒的に優勢で、ハリエットが駆け寄る間もなく社員達は次々に孔《あな》だらけの肉塊と化した。

眼前で弾けた社員の血飛沫を全身に受けたハリエットは、本能に従い俊敏に移動する。広範囲に散弾の広がるショットガンが相手ではいつ巻き添えになって被弾するか知れたものではなかった。

不意に横の壁が破砕された。無数の細かい破片が片頬を打つ。目に入らなかっただけ幸運だった。肩越しに振り返ると、目出し帽の一団が自分を追ってくるのが見えた。

セントラル・アジアン総業だけでなく目撃者も皆殺しにするつもりか――

今度は足許の床に弾痕が穿《うが》たれた。廊下を横切るように身を投げ出し、近くに倒れていた死体の手からグロック19をもぎ取る。そのままの勢いで目の前の部屋に飛び込んだ。即座に体勢を立て直し、ドアの陰からグロックで追手を狙撃する。二人まで斃《たお》したところで部屋から飛び出し、すぐ先の角を曲がる。

そこにあった階段を三階まで駆け上ると、特殊警棒を腰のベルトに差し、壁に身を斜めに隠すようにして片膝を立て、拳銃による狙撃体勢を取った。

すでに息が上がっている。グロックをうまく固定できない。

落ち着け――呼吸を整えろ――

追ってきた敵が踊り場に到達して方向転換する瞬間を狙い、一人ずつ撃つ。追手を迎撃するのに高い位置からの狙撃は有効だった。

隙を見てスマホを取り出す。嵯峨主任達がすでに通報しているだろうが、彼らに自分の位置を伝える必要がある。発信しようとした刹那《せつな》、頭上の壁に複数の孔が穿たれた。衝撃でスマホを取り落とす。振り返ると、別の敵が廊下を走ってくるのが見えた。

敵は三階にもいたのか――

新たな敵に向かい、二発の威嚇発砲を行なってから走り出す。スマホを拾っている余裕はなかった。

その二発で弾は尽きたが銃は捨てない。敵に弾切れを知られるわけにはいかないからだ。スライドが後退してホールドオープンした銃を見られても同じなので、背後の敵から目視されないよう体の前に隠して駆け続けた。

長い廊下を必死で走り抜ける。前方に死体。その手に拳銃を握っている。ジェリコBだ。グロックを捨て、床に転がってジェリコをつかむ。その途端、前方のドアが開き、ショットガンを構えた敵が現われた。うつ伏せの姿勢のまま発砲して前方の敵を斃し、すかさず身を捻《ひね》って仰向《あおむ》けになり後方からの追手を撃った。


「ひでえな、こりゃ」

死体の転がる廊下を進みながら嵯峨が呻いた。

「見ろ山吹。こいつらは喉を裂かれてる。ショットガンで殺《や》られたんじゃない」

「つまり、最初に侵入した何人かが密かに見張りを始末して回ってたってことっすか」

「そうだ。相手が本当に黒指安かどうかは分からないが、そいつらは本気でここの連中を皆殺しにするつもりだ」

「あたしら、いよいよヤバいじゃないすか」

「そういうことになるな」

階段に到達。銃声は上階からも下階からも聞こえてくる。スマホを取り出してハリエットに連絡しようとしたとき、三階から目出し帽の二人組が駆け下りてきた。こちらを見つけた二人は、容赦なく発砲する。

「下だっ」

嵯峨は山吹とともに一階へと向かう。敵は発砲しながら追ってきた。階段を下りきったところで左右に分かれた嵯峨と山吹は、それぞれ壁際に身を隠して応戦した。頭部を撃ち抜かれた二人が階段から転がり落ちてくる。

「こっちだ」

嵯峨は自らの勘に従い、正面玄関とは反対の方向へと走る。根拠はない。正面の出入口には多数の敵が待ち構えているだろうと思ったからだ。

廊下を進むと、すぐ右手の部屋で応戦している赤いジャージの背中が見えた。呂だ。

元はリハビリルームであったらしく、埃を被った歩行器やトレーニング用品などが放置されている。積み上げられたマットの陰から、呂は部下達とスプリングフィールドXDMを撃っていた。

一方の襲撃者集団は中庭から撃ってきている。伸び放題に伸びた雑草の向こうで銃火が閃いた。

嵯峨は山吹と一緒に呂の横に駆け寄って身を隠し、

「そんないい銃まで密輸してやがったのか」

「こんなときに何言ってやがる。そっちこそなんだ、チャカなんか持ってやがったのか」

「警察が銃を持ってて何が悪い。それより状況を教えろ」

「なんだよ、状況って」

「まず敵は何人だ」

山吹は銃口をドアの方に向けた恰好で耳を澄ましている。

「分からねえ」

「敵はどこから入ってきた」

「分からねえ。気がついたらあちこちにいやがった」

応戦していた手下の一人が血を噴いて倒れた。

嵯峨はその死体を横目に見て、

「逃げられそうな場所はあるか」

「分からねえ」

「なんだよ、分からねえ分からねえって、そればっかじゃねえか」

「分からねえもんは分からねえんだよっ」

呂は顔を着ているジャージよりも真っ赤にして怒鳴る。

舌打ちした嵯峨はスマホでハリエットの番号を発信する。

だが応答はなく、留守電に切り替わった。

「ハリエットが出ない。もうやられちまったのかも」

「冷たいっすね」

視線と銃口をドアに向けたまま山吹が応じる。

「そうかな。このままじゃ俺達だってすぐにハリエットと〈合流〉することになるんだぜ」

捜査車輌《しゃりょう》のホンダ・インサイトを自ら運転して現場に直行した七村星乃は、想像以上の混乱に直面した。

小松川署員が現場に至る道路を完全に封鎖して、つめかけたマスコミや野次馬を懸命に抑えている。さすがに赤色灯を発光させている星乃の車は通してもらえたが、それでも現場倉庫からは相当離れた場所に駐《と》めざるを得なかった。

インサイトを降り現場まで全力で走った星乃は、指揮車輌の近くで声を荒らげている武島捜査一課長の姿を見つけた。

「武島課長っ」

振り向いた武島に敬礼し、

「組対特助係、係長の七村です。状況をお願いします」

「状況だと？」

武島が大きな顔を赤黒く染めて怒鳴った。

「それを訊きたいのはこっちだっ。警察に包囲されていながら、奴ら、平気で銃撃戦を続けてやがるんだぞっ」

言われるまでもなく、警官隊に包囲された建物の中からは激しい銃声が間断なく響いてくる。

「それだけでも前代未聞の重大事案なのに、中にはおまえらの仲間がいるっていうじゃないか。一体どういうことなんだっ。説明してみろっ」

「内部にいるのは主任の嵯峨以下三名の捜査員で、セントラル・アジアン総業関係者の聴取を任意で行なっていた最中、彼らと敵対する組織の襲撃に遭遇したとのことです。従って――」

「従って自分達には責任はないとでも言いたいのか、え、分室の係長さんよ」

星乃は黙った。ここまで激昂している相手に弁解は逆効果である。

「その聴取ってのが怪しいって本部で聞いたけどな。どうなんだ、おい」

一瞬返答に窮したが、管理官からここでの判断を任されている。思い切って口を開こうとしたときだった。

武島は強引に己の感情を抑えつけたのか、一転して理性的な口調になって、

「まあいい。その話は後でじっくり聞かせてもらうとして、今は鎮圧が第一だ」

ポリカーボネートの盾に身を隠し、狙撃態勢を取ったまま待機している警官隊を指差していましげに言う。

「見ての通り、道に面した壁面には人が入れるような窓もない。所轄署員と機捜が突入しようとしたが、奴ら、どっち側の組織か知らんが、正面口をがっちり固めてて近寄ることもできなかった。いずれにせよ、この人数と装備では強行突破も難しい。正面以外の三方はビルに隙間なく囲まれてるからこっちは突入できないし、向こうも逃げ道はない。膠着《こうちゃく》状態もいいところで、SITの到着を待つしかないというのが現状だ。分かったか」

警察官三名が中にいるにもかかわらず突入を図ったのか――

星乃は慄然《りつぜん》としたが、それもまた口に出すわけにはいかなかった。

「刑事部長によると上は機動隊やSATの出動も視野に入れて対策を練っているそうだ。すでに

「SATが出動準備に入ったという情報もある」

SATが来てくれるなら心強い。しかし刑事部に所属するSIT——警視庁刑事部捜査一課特殊犯捜査係と異なり、SAT——警視庁特殊急襲部隊は警備部の所属である。できればSITだけで解決したいというのが草壁刑事部長と武島一課長の本音だろう。

「本部より連絡っ」

駆け寄ってきた私服警官が武島に報告する。

「SITはあと五分で到着するとのことです」

「分かった」

武島は大きく頷《うなず》いたが、星乃は動揺を押し隠して元は老人ホームだったという倉庫を見上げる。

その五分を、嵯峨達が生きて切り抜けられるという保証はどこにもない。むしろ三人を殺すのに五分というのは充分以上に充分な時間であった。


三階を走りながらハリエットは考える。

今はとにかく生き延びることだ。嵯峨主任達と離れてしまったのは痛いが、状況的に避けようはなかった。

どこかに電話のある部屋はないか——

見つからないよう細心の注意を払い調べて回ったが、どの部屋も密輸品が詰まっていると思われる段ボール箱や木箱が積み上げられているばかりで、固定電話はすべて撤去されていた。倉庫に使われている施設であるから当然と言えば当然である。固定電話が残されているとすれば事務室だろうが、それはたぶん一階だ。

せめてスマホがあれば――

廊下を進んでいると、またも死体が目に入った。しかも二つ。目出し帽の男とスーツの男。どうやら相討ちになったようだ。周囲を警戒しながら駆け寄って、まず目出し帽の死体を探る。血まみれの生温かい体をまさぐる感触。おぞましいとしか言いようがなかった。強烈な血の臭いが鼻腔《びこう》をえぐる。

内ポケットにそれらしい感触。あった。死体からスマホを奪い、急いで画面を確認する。駄目だ。パスワード式のロックが掛かっていた。

それを放り出し、続けてスーツの死体を探る。脇腹に軍用ナイフが突き立っていた。目を背けたいがそうもいかない。血の臭いが酷《ひど》くなった。吐き気をこらえて集中する。

スマホは右のポケットに入っていた。それを抜き取り、同様に確認する。ロックは指紋認証式だった。死体の指を取り、指紋センサー部分に押し当てる。ロックが解除された。

廊下の一隅に積み上げられた古い車椅子の陰に身を潜めたハリエットは、右手にジェリコを握り、記憶している嵯峨の番号を左手で入力する。それでなくても手が震えているのに、付着した血のせいで指先が滑ってうまく入力できない。

焦ってはならない――

自らに言い聞かせながら、数字を一つ一つ入力していく。反応が悪い。どうしても入力できない。時間ばかりが加速度的に早く過ぎていくような気がしてならなかった。

落ち着け、深呼吸をしろ――

入力完了、発信する。

出てくれるか、どうか――

呼び出し音は一向にやまない。

用心しているのか――あるいは、すでに嵯峨は――

呼び出し音が不意に途切れた。

〈誰だ〉

出た――嵯峨だ――

「ハリエットです」

〈無事だったんですか〉

「二人ともまだ内部ですか」

〈ええ。逃げ場がない上に足止めを食らってます〉

「現在位置を教えて下さい。一刻も早く合流して――」

背後に気配。振り向くといつの間にか接近していた目出し帽の男が、手にしたショットガンを大きく振り上げたところだった。弾を撃ち尽くしたので撲殺するつもりなのだ。

ジェリコの銃口を向ける余裕はなかった。振り下ろされた銃床部を咄嗟にスマホで受ける。鈍い音がしてスマホがへし折れた。間一髪だった。まともに食らっていたら頭蓋骨を叩き割られていただろう。

即座にジェリコを向けようとしたが相手の方が早かった。素早く旋回してきた銃身部で右手を打たれ、ジェリコを取り落とした。苦痛の呻きを上げる間もなく、男が全身で組み付いてきた。

もつれ合って床に倒れる。相手を思い切り蹴りつけて体を起こした。すかさず逃れようとしたが、寸前で足首をつかまれた。相手は獰猛《どうもう》に跳びかかってくる。上を取られた。抵抗する間もなく両手で首を絞め上げてきた。このままくびり殺す気だ。腕力と体重では男に分がある。

意味不明の叫びを上げながら、男は両手に一層力を込める。全力であがくが、男の体をどうしても撥ね除《の》けることができない。視界が次第に昏《くら》くなってきた。

まずい、このままでは――

腰に差した特殊警棒を使おうとしたが、床に貼り付いたように動かなかった。シャフトが男の膝の下敷きになっている。引き抜くのは不可能だ。

何かないか、何か――

両手を伸ばし、懸命に周囲を探る。左手が何かに触れた。スーツの男の死体であった。

ハリエットは必死でスーツの端をつかみ、死体を自分の方へと引き寄せる。

まだ固まっていない血の上を滑り、死体が徐々に近づいてくる。

もう少し――あと少しだ――この死体の脇腹には、確か――

そうだ、死体の腹部にはナイフが刺さっていた。

手探りで死体をまさぐったハリエットの指がナイフの柄《え》に触れた。

次の瞬間、一気に引き抜いたナイフを男の喉に突き立てる。

錆びついた排気管から腐敗した空気が漏れるような音を立て、男は絶命した。同時にすべての力を失った男の全体重が一気にのしかかってくる。

呻きながら死体をどかし、立ち上がる。頭が割れるように痛み、手足に力が入らない。体力気力とともに限界に近かった。

数メートル先に落ちていたジェリコを拾い、喉を押さえて咳き込みながら壁伝いにゆっくり進む。

不意に——

前方の部屋から女性の悲鳴が聞こえた。それに何かが崩れるような物音。

急いでその部屋に飛び込んだハリエットは、目出し帽の男が積み上げられた段ボール箱の陰にノリンコの銃口を向けるのを見た。その指はトリガーに掛けられている。

こちらに気づいた男が銃口を巡らせる。わずかに早く、ハリエットは男の体に銃弾を二発叩き込んだ。

胴体部に弾痕を穿たれ男が崩れ落ちる。その側に駆け寄り、段ボール箱の陰を覗き込んだ。

そこにうずくまっていた女性を見て、ハリエットは小さな叫びを漏らした。

「ユー先生!」


ハリエットからかかってきた電話が異音とともにいきなり途切れた。嵯峨はすぐさまかけ直したが、つながらなかった。

どう考えても最悪の兆候である。楽観できる要素は微塵もない。

横では呂が派手に応戦を続けている。

「おい、ここの出入口はいくつある」

サツマイモのような指でＸＤＭの弾倉を交換している呂に、訊き方を変えて質問する。

「正面口を含めて三つだ。全部に見張りを置いてたってのによ」

「正面口は道路側だよな。残りの二つはどこにある」

「東と西に非常口と従業員口があるが、どっちも裏の塀でふさがれてるんで、どのみち正面の道路に出るしかない」

正面道路は警察によって封鎖されているはずだ。

「東京でこれだけの騒ぎを起こしてんだ、奴らだって逃げる算段くらいしてきてるだろう。おまえならどうする」

呂はしばらく考え込んでから「あっ」と声を上げた。

「南だっ。裏の塀だっ」

「待て、分かるように話せ」

「南側に潰れた製材工場がブロック塀一枚で接してる。工場といっても完全な廃墟《はいきょ》でガワだけ残ってるようなもんだ。車で乗りつけて中に隠したに違いねえ。塀の上に立てば二階の窓を破ってこっちに入れるし、逃げるときもそこから車で裏通りに抜けられる。チクショウ、考えやがったな」

「たぶんそれだな」

嵯峨はスマホを取り出して水越に連絡する。

「セントラル・アジアン総業倉庫の南に廃工場が隣接しています。襲撃グループはそこから侵入した模様。同じルートで逃走する可能性大」

〈了解、現場指揮官に伝えます。そちらの状況は〉

背後のドアから現われた敵を、山吹が冷静に射殺する。

「聞こえましたか、今の」

〈ええ。状況は分かりました〉

「早く応援をお願いします。このままじゃとても保《も》ちそうにありません」

〈分かりました。もう少しだけ頑張って〉


星乃のスマホに水越から着信があった。間髪を容れず応答する。

「七村です」

〈武島さんに直接伝えて。嵯峨主任から連絡、現場の南側に廃工場がある。黒指安はそこから逃走する可能性が大きい〉

「了解しました」

急いで指揮車輛へと走る。数人の部下に囲まれた武島は、スマホで長々と通話中だった。口調からして相手は刑事部長か、それ以上の役職だろう。管理官が自分に伝達を命じるはずだ。

「武島課長、倉庫内の捜査員から緊急連絡です」

武島の通話を強引に遮って、

「現場の南側に廃工場あり、犯行グループはそこから脱出を図っている可能性大とのことです」

「なんだとっ」

慌てて通話を打ち切った武島が、パトカーのボンネットに広げられた周辺の地図を見る。星乃も武島の横から地図を覗き込んだ。

「南側……これかっ」

武島が呻く。現場倉庫の南側は『佐古田《さこた》製材』と記された大きな工場で広くふさがれている。完全にノーマークだった。

「おい、南側の配置はどうなってるっ」

振り返った武島が大声で小松川署員達に質《ただ》す。

「えっ、南側と言いますと」「そんな命令は受けておりませんので……」「北側の幹線道路は指示された通りに……」「近隣の住民は退避させているところですが……」

そのリアクションだけで星乃にも状況の察しはついた。中規模署である小松川署はこうした大事件の対応に慣れているとは到底言えない。

「すぐに南側に人員を配置しろっ。すべての路地や抜け道を完全封鎖だ。急げっ」

そこへマイクロバス、資器材搬送車、無線中継車等の警察車輌が次々にやってきた。

SITが到着したのだ。

先頭のマイクロバスから隊員達が俊敏に飛び出してくる。抗弾性シールド付きのヘルメットに防弾ベスト、屈曲性向上型パッドに身を固めた精鋭達。武装はベレッタ92ヴァーテックとMP5。ただしSITのMP5は連射機能を省いた法執行機関用のシングルファイア・モデルである。

その威容は現場に一層の緊張をもたらした。

地図を手に走り寄った武島に対し、先頭に立っていた隊長らしき男が敬礼する。

「SIT芹沢《せりざわ》班、現着しました」

敬礼を返した武島は星乃に向かい、

「班長の芹沢だ。芹沢、こっちは組対特助係の七村係長。倉庫内にこいつの部下三名が取り残されている」

手短に双方を紹介し、すぐに作戦会議に入る。

「倉庫内部では現在も双方が銃撃戦を展開中である。セントラル・アジアン総業は多数の武器を隠匿していた模様。一方の襲撃グループはショットガンを装備している。説得や交渉を検討する余地はない。刑事部長の許可を待って突入するしかあるまい」

険しい顔で武島が大まかな方針を告げる。それに従い、正面に配置する人員、及び南側の佐古田製材周辺を固める人員が振り分けられた。

内部にいる嵯峨からの情報を武島や芹沢らに伝えながら、星乃は高まる一方の焦燥を抑えることができなかった。

間に合うだろうか、果たして。


「先生、ユー先生ですね。私です、ハリエット・ファイです」

胸をつまらせながら呼びかけると、白髪交じりとなった女性が目を大きく見開いた。

「ハリエット……本当にあなたなの」

「はい」

「でも、どうしてあなたが……」

屋内から断続的に聞こえてくる銃声は一向にやむ気配を見せない。一瞬振り返ったハリエットは、すぐにキャサリン・ユーに向き直り、手を差し伸べて抱き起こす。まるで老女のように痩せていた。その軽さに言葉を失う。四十六という年齢からすると信じ難いほど老けていた。ハリエットの記憶の中に在るキャサリン・ユーは、物静かでありながら常に力強く覇気に満ちた女性であった。

「それよりも早く……走れますか」

「ええ」

青ざめた顔色ながら、キャサリン・ユーはしっかりと頷いた。デニムの上にベージュのジャケット。そう汚れてはいないが、間に合わせの古着であることは一目で知れた。

ドアの隙間から廊下の様子を窺う。誰もいない。

「さあ、今のうちです」

恩師の手を取って走り出した。間もなく日本警察による突入が開始されることは間違いない。それまで身を隠せる場所を探すのだ。


ＳＩＴの本隊は相当な大回りを余儀なくされつつも南側へと移動した。武島の手にした通信機に芹沢からの報告が入る。

〈偵察員が佐古田製材内に侵入。停車中のバン三台を確認〉

指揮車輌内でも現場から送信される映像を確認している。武島や彼の部下達とともに、星乃もまたモニターに映し出される光景を身じろぎもせず注視した。

小さなモニターの中に、何もないがらんどうの空間が広がっていた。コンクリートの床には埃だけが積もっている。その上には新しい足跡が入り乱れ、奥に小さく見える非常口の前では、ハンドガンを手にした目出し帽の男が警戒に当たっていた。

間違いない。嵯峨の推測した通り、襲撃グループはここからセントラル・アジアン総業に侵入し、同じルートで逃走を図るつもりだ。

星乃は焦燥を募らせる。ハリエットの位置は未だ特定できていない。嵯峨からの連絡によると彼らも現在移動中であるらしい。突入は無謀とも言えるが、市街地での銃撃戦を一刻も早く鎮圧する必要があることも確かである。

「芹沢班、偵察員をすぐに撤収させ、突入準備にかかれ」

〈了解。突入準備に入ります〉

武島の命令を、芹沢の声が復唱する。

そのとき、制服警官の制止を振り切って指揮車輛に私服の男が入ってきた。

「七村係長っ」

シドニー・ゲン調査員であった。

「誰だ、こいつは」

怒りを含んだ武島の問いに、苦々しい思いで星乃は答える。

「ウチの一員で香港警察のシドニー・ゲン警長です」

そしてシドニーに向かって強い口調で、

「あなたには待機命令が出ているはずですが」

「自分も突入に参加させて下さい。自分はＰＴＵ特殊任務連の出身です。最高レベルの訓練を受けています。必ず役に立ってみせます」

「ここは香港じゃない、日本だっ」

武島が雷のような大声で怒鳴りつけた。

「ですが、自分の技術は――」

「それがいかにあり得ない要求か、香港警察とは言え君も警察官なら分かっているはずだ」

武島の叱咤に対し、シドニーはなおも食い下がる。

「お願いします。決して邪魔はしませんっ」

「もう邪魔をしてるのが分からんのかっ」

「お願いしますっ」

武島は呆れたように星乃を見て、

「七村係長、この馬鹿をつまみ出せ」

「それはどうでしょうか」

「なに？」

激怒の前兆を見せた武島に対し、七村は冷静に告げる。

「一人にすれば何をするか分かりません。現状で人手を割くのは苦しいですが、何人かで拘束しておくべきです」

「なるほどな」

頷いた武島が、指揮車輛の出入口近くにいた警官二名に命じる。

「あっちのパトカーにこの男を放り込んどけ。何があっても目を離すんじゃないぞ」

「はっ」

シドニーは未練がましい視線を指揮車輛内部に投げかけたが、おとなしく連行されていった。

「今のも上に報告するぞ、七村。覚悟しとけよ」

「結構です」

内心の動揺を押し隠し、星乃は努めて従順に応じた。


呂とその部下、そして嵯峨の防戦にもかかわらず、黒指安はじりじりと距離を詰めてくる。

残弾数を確認し、嵯峨は限りなく絶望に近い呻きを漏らした。

突入はまだか——もう保たねえ——

「おい呂、38スペシャル弾の在庫はねえか」

呂は嵯峨の持つM360JSAKURAを一瞥し、

「デコスケ専用の弾なんか扱ってねえよ」

「品揃えの悪い密輸屋だな。まあいい、おまえ、黒指安は南の工場から入ってきたと言ったな。そこから逃げるつもりだとも」

「ああ、それがどうかしたか」

「このままじゃ応援が来る前に皆殺しだ。奴らに気づかれず、南側に回り込むルートはないか」

「奴らの逃げ道からこっちが先に逃げだそうってわけか」

「まあ、そういうこった」

「ないことはない。西側の二号階段から二階に上がれば、ベニヤ板で封鎖された通路がある。大事なブツを隠してあるだけだから、貼ってある板を蹴破ってブツの箱の隙間を進めば——」

「なんだよ、大事なブッって。金《きん》か」

「どうでもいいだろ、そんなことはよ」

呂が明らかに狼狽《ろうばい》を示した。図星のようだ。しかし今は確かにどうでもいい。

「山吹、そっちの廊下を確認しろ」

銃を構えたまま無言でドアに駆け寄った山吹が、すばやく左右を見回した。

「大丈夫です」

「よし、呂、案内してくれ」

「えっ、オレが」

「他に誰がいるんだよ。山吹は呂を掩護《えんご》しながら後に続け」

「ウス」

「次におまえとおまえだ」

生き残っていた呂の部下二人に告げ、そのうちの一人に手を差し出す。

「俺はここで奴らを牽制してから最後に行く。その銃と弾を貸せ」

当の部下が、判断を仰ぐように呂の方を見る。

「貸してやれ」

呂の部下がスプリングフィールドＸＤＭと予備弾倉を嵯峨に渡す。

「いいか、二発撃ったら走り出せ」

言うなり敵に向けてＸＤＭを二回撃った。同時に呂がその体軀《たいく》に似合わぬ速度で走り出した。

「えッ、早《はや》ッ」

山吹、そして二人の部下が慌てて後を追う。

こちらの動きを察して前進しようとした敵を数度の射撃で牽制し、嵯峨もまた背後のドアからその場を脱した。

キャサリン・ユーを連れ、ハリエットは通路を進む。前方に階段。しかし複数の足音が駆け上がってくる。セントラル・アジアン総業か目出し帽の一団かは分からない。どちらであろうと見つかるわけにはいかなかった。

「こっちへっ」

すぐ横にあった部屋へやむなく飛び込む。他の部屋と同様、中には段ボール箱がうずたかく積み上げられていた。その隙間に恩師と一緒に身を隠す。出入口は入ってきたドア一つだ。逃げ場はない。

階段を上りきった足音が、ドアの前に差しかかった。

息を殺して足音が通り過ぎるのをじっと待つ。背後にうずくまったユー元教授の激しい鼓動がじかに伝わってくるようだった。

数人の足音がドアの前を通過していく。

行ってくれたか――

安堵《あんど》の息を漏らしかけた途端、一番後ろの足音が止まった。しばしあって、その足音はこちらへと引き返してくる。恩師が身を強張《こわば》らせるのが分かった。

滲んだ汗で手の中のジェリコBが今にも滑り落ちそうだった。ハリエットはジェリコをより強く握りしめる。残弾が何発なのか調べている余裕はなかった。

ドアが開けられた。足音が入ってくる。一人だ。段ボール箱の後ろを隅々まで調べているようだ。

ためらっている場合ではなかった。採るべき手段は一つしかない。

段ボール箱の陰から飛び出し、両手で構えたジェリコBを侵入者に向ける。目出し帽だった。ノリンコの銃口を急いでこちらに向けようとする。一瞬早く、ハリエットはジェリコのトリガーを二度引き絞った。

頭部に赤い孔を穿たれた男の死体を乗り越え、ドアに駆け寄る。そして一斉に引き返してきた男達に向け発砲する。

先頭の一人を斃したところでスライドが後退したまま戻らなくなった。

息が止まる——弾切れだ。

先頭に立った呂が、廊下の壁全体を隠すように貼られたベニヤ板を派手に蹴りつける。板はすぐに破られ、その背後に隠された段ボール箱の山が露わになった。

「急げっ」

嵯峨に急《せ》かされ、一同は段ボール箱の隙間を一列になって進んだ。

最後尾の嵯峨は、追手に向かってＸＤＭを発砲する。敵の放った銃弾がすぐ横の段ボールに当たり、鈍い金属音を発した。

こいつは——

嵯峨はすぐさま箱の山を崩しにかかる。異様なまでに重い。それでも歯を食いしばり全力で押すと、地鳴りのような音を立てて崩れ、隙間をふさいだ。破損した箱から、黄金色をした金属の一部が覗いている。やはり金だ。これを排除するには相当な時間がかかるだろう。

これでいい――

身を翻し、嵯峨は急いで呂や山吹らの後を追った。

突入の許可が出たと聞き、星乃は小松川署幹部との調整を中断して指揮車輛へと駆け戻った。中に入ると、まさに武島が無線機に向かって発令するところであった。

「突入開始」

内部側面に並んだモニターに、ＳＩＴ突入の中継映像がさまざまな角度から表示されている。警戒中だった襲撃グループの男を無力化し、非常口からすぐ外のブロック塀に金属製の梯子《はしご》を架ける。ＭＰ５を構えた男達が次々と梯子を登り、襲撃グループが破ったと思《おぼ》しき窓の中へと消えていく。

星乃は祈るような思いで彼らの作戦行動を見守るしかなかった。

「おい、南側の廊下ってどっちなんだよっ」

「南側に決まってるだろっ」

そんなことを大真面目に呂と怒鳴り合いながら、嵯峨は狭い隙間を走る。突き当たりを左に曲がると、そのすぐ先が同じベニヤ板でふさがれているのが目に入った。

あの先か――

ほっとしたのも束の間、ベニヤ板が外から剝がされ、ノリンコQＪ12‐101の銃口が突き出された。段ボール箱の隙間から目出し帽の男が嗤《わら》っている。こちらの行動を読んで待ち伏せしていたのだ。

縦一列になったこの態勢でショットガンを撃たれたら一瞬で全滅だ。

だがそのとき、凄まじい銃声がして目出し帽の男が血を噴きながら踊るような恰好で倒れた。

「ＳＩＴだっ」

山吹が歓喜の声を上げる。

ハリエットはホールドオープンしたジェリコを捨て、キャサリン・ユーを自分の体でかばいながら奥へ戻る。

だが逃げ道も隠れ場所もない。段ボール箱の壁を背に立ち尽くすしかなかった。

目出し帽の男達はドアの前に立ち、なんの躊躇もなく銃口を向けた。

頭の中が空白になる。もう何も考えられない。祈りの文言など消し飛んでいる。

斉射の銃声。男達が倒れ、ヘルメットを被った特殊部隊が飛び込んでくる。ＳＩＴだ。

「人質二名確保っ。一名は負傷している模様っ」

隊員がヘルメットの通信機に叫んでいる。

全身の力を完全に使い果たし、ハリエットは意識が急激に薄れていくのを感じていた。

「救出成功、犯人グループの牛き残りはこれを確保、人質は全員無事っ」

通信を受けた武島が発するや否や、指揮車輌内は歓声に包まれた。

だが武島は依然厳しい表情を崩すことなく命じる。

「双方のグループに死傷者多数、救急車をありったけ増やすと同時に急いで捜査員を入れろ。マスコミは絶対に近づけるな」

「はっ」

車内にいた捜査一課の係長らが飛び出していく。

星乃も嵯峨達の様子を確認すべく外に出ようとしたところ、武島に呼び止められた。

「七村、ちょっと来てくれ」

「なんでしょうか」

怪訝《けげん》に思いつつ近寄った星乃に、武島が声を潜め、

「中にいる分室の人間は三人だと言ったな」

「はい、それが何か」

「両グループの生き残りを別にすると、救出されたのは四人だそうだ。もう一人は中年の女。こいつは誰だ」

叩き上げの強烈な眼光が星乃を射すくめる。

「たまたま掃除に来ていたヘルパーだとかトボケたことぬかすんじゃねえぞ。分室は一体何を隠してる」

「それは……」

星乃は肚《はら》を決めた。管理官が「判断は任せる」という言い方をするわけだ。

「当該人物を直接確認したわけではないので断言はできませんが、おそらくは我々が探していた人物ではないかと」

「だからそれが誰かって訊いてんだよ」

「キャサリン・ユー九龍塘城市大学元教授です」

「誰だ、そりゃあ」

「詳しくは組対部長、刑事部長同席の上でご説明します」

「現場ナメてんのか」

激怒した武島が星乃の胸倉をつかんだ。

「これはセクハラ及びパワハラに該当する行為ですが、私を男性と同列に扱って頂けたものと解釈します」

武島の無骨な手をやんわりと払いのけ、

「SITの活躍は拝見させて頂きました。賞賛に値する実力かと」

「当たり前だ。あいつらが普段どれほどの訓練を積んでると思ってんだ」

「我々は香港当局からの要請に従うよう、本庁から厳命されています。正直に申し上げて、私も背後の事情をすべて知らされているわけではありません。むしろ私達が知ることを上層部は望んでいないと考えます」

武島は黙った。

「失礼します。ご説明はのちほど必ず」

一礼して指揮車輛を後にする。武島は挨拶を返しもしなかった。

シドニーは左右を制服警官に挟まれた恰好で、パトカーの後部座席に座らされていた。気まずい時間ばかりが無為に過ぎていく。

こんなことをしている場合じゃない――

だが左右の警官に話しても埒《らち》が明くとは思えなかった。

そこへ「突入成功」の一報が飛び込んできた。二人の警察官も興奮してまくし立てる。

「凄《すげ》え、さすがはＳＩＴだ」「人質は全員無事だってよ」

人質は全員無事――

その中にキャサリン・ユーは含まれているのか。シドニーの忍耐力は限度に達した。

「おい、突入が終わったんならもういいだろう。出してくれ」

「そうはいかないよ。目を離すなって命令なんだから」

強引に車外へ出ようとしたが、左右の警察官は頑《かたく》なにシドニーを押し戻すばかりであった。

「何をする気だ。黙って座ってろって」

シドニーは右側の警察官を殴りつけ、彼の体を突き飛ばすようにしてパトカーから出た。そして倉庫の正面玄関に向かって疾走する。

「どけっ、どいてくれっ」

入り乱れる警察関係者や救急隊員を押しのけ、前へと出る。

誰もが大声で喚いている。だが耳には入らない。そんなことはどうでもいい。

早く——早く——

警察官達が正面玄関の上に大きなブルーシートを渡しているところであった。側面はまったくと言っていいほど間に合っておらず、マスコミによる上空からの撮影を遮るのが精一杯だ。

両手でブルーシートの端をつかんだ大勢の向こうに、女性警察官に支えられた女が小さく見えた。

キャサリン・ユーだ——

「待てっ」

夢中で駆け寄ろうとしたとき、背後から押し倒された。二人の制服警官だった。

「捕まえたぞっ」「こいつ、警察官のクセしやがって」「とんでもない奴だ」

放せ、あの女がそこに——そこにいるんだ——

あらん限りの力を振り絞って抵抗する。

「暴れるなっ」「凄え力だっ、とても抑えられんっ」「仕方がない、手錠を使えっ」「いいのか、後で問題になったら」「早くしろ、このままじゃもう限界だ」

顔を地面に押し付けられる。そして両手に手錠を掛けられる感触。

片頬にアスファルトの熱を受けながら、シドニーはなおも目で追った。

俯いたキャサリン・ユーが女性警察官に付き添われて救急車に乗り込んでいく。

「待てっ、そいつはっ」

「おとなしくしろって言ってんだろっ」

後頭部をさらに押された。片頬に細かい砂利が無数の針となって食い込んだ。

「待てーっ」

シドニーの見ている前で、キャサリン・ユーの乗る救急車はサイレンを鳴らして走り去った。

6

都内で白昼、武装集団同士の銃撃戦が行なわれ、多数の死傷者が出た——まさに前例のない大事件である。現場の封鎖と保全、遺体の搬送、押し寄せた報道陣への対応などに追われ、非番のみならず公休の職員まで緊急招集した小松川署は、創設以来と言ってもまったく過言ではない混乱に陥った。

それにしても死傷者の数が多すぎた。とても一つの病院で収容できる数ではないので、動員された救急車は、受け入れ先の医療機関を探しては都内各地へと走り去った。

指揮車輌内で嵯峨からの連絡を受けた星乃は、彼をはじめとする三人の部下が全員病院へ搬送中であることを知った。嵯峨と山吹は極度の疲労状態にあるだけだが、ハリエットは意識不明であるらしい。その嵯峨も〈四人目〉についてはまったく知らず、目撃さえしていなかった。

指揮車輌を飛び出した星乃は、セントラル・アジアン総業倉庫の正面玄関へと走り出した。右往左往する警察官をかき分けてようやく辿り着いてみると、〈身許不明の中年女性〉はすでに救急車で搬送された後だった。被疑者ではなく被害者であり、相当に衰弱していたための処置ということらしい。近くにいた小松川署員に尋ねて回ったところ、女性警察官が二人付き添っていたことまでは判明したが、どの病院に運ばれたかまでは分からなかった。しかも付き添いで同乗した警察官の氏名さえ不明であるという。

「すぐに調べて下さい。大至急です」

「そう言われましても、こんな状態では……そのうち署に連絡が入ると思いますけど」

小松川署員が迷惑そうに言う。

「そもそも、あんたはどういう権限があって——」

「本庁の重大事案です。権限と言うなら、あなたの上司を呼んで下さい」

そこへ自分を呼ぶ声がした。

「係長、七村係長っ」

振り返ると、数名の制服警官に押さえつけられたシドニーが見えた。自分に向かって叫んでいる。

「キャサリン・ユーは救急車で運ばれましたっ」

驚いて駆け寄る。シドニーを取り囲んでいた警察官達が反射的に下がった。よほど暴れたのか、シドニーは後ろ手に手錠まで掛けられている。日本へ出向中の警察官に手錠を使用するとは、後で香港側から抗議されかねない行為であったが、今はそんなことを言っている場合ではない。第一シドニーを拘束するように進言したのは自分自身だ。

「すぐに解錠して下さい」

小松川署員に命じる一方、シドニーに質す。

「本当ですか。本当にキャサリン・ユーだったんですか」

「見間違えるものか。香港人ならあの女を絶対に忘れない」

立ち上がったシドニーは赤い痣《あざ》の付いた手首をさすりながら、

「救急車のナンバープレートを見ました。足立×××、×の××-××です」

星乃はすぐにスマホを取り出した。

関係各所とのやり取りの後、キャサリン・ユーを乗せた救急車が向かった病院名が判明した。

「浦安《うらやす》総合病院ですね。ありがとうございます」

スマホを切って走り出す。

「シドニー、あなたも来なさい」

「はっ」

捜査車輛のホンダ・インサイトに飛び乗り、すぐに発進させる。シドニーは助手席に乗った。

カーナビに浦安総合病院までの経路を表示させる。そう遠いわけではないが、近いとも言えない。当然ながら県境を越えている。シドニーの話ではキャサリン・ユーは自力で歩行できる状態で、大きな外傷は見受けられなかったという。近隣の病院は一刻を争う重傷者を優先したものと思われた。

ルーフに赤色灯を載せ、サイレンを鳴らして走行する。進路を遮る一般車に対し、シドニーが広東語で低く罵るのが聞こえた。

浦安総合病院に到着。受付で警察手帳を示し、件《くだん》の救急車で運ばれてきた患者について訊く。

受付の職員は、救急一般病棟までの経路を教えてくれた。

シドニーとともに教えられた区域に到達した星乃は、廊下の端で電話をしている女性の制服警官を見つけた。

「お電話中すみません、組対特助係の七村です。セントラル・アジアン総業から女性を搬送してきた小松川署員はあなたですか」

「そうですけど」

女性警察官がスマホから顔を上げる。

「その人はどこに」

星乃の質問に対し、彼女は困り果てたような様子で、

「それが……いなくなったんです」

「いなくなっただと。どういうことだ」

荒々しく詰め寄ろうとするシドニーを片手で制し、女性警察官に問い質す。

「状況を説明して下さい」

「私達……もう一名は捜索中でここにいませんが、ただ病院までこの女性に同行しろって命じられただけなんです。マスコミを近づけるなとも言われました。本人はショックを受けているようで、あ、でも名前は教えてくれました。スズキ・ヨシコです」

新人だろうか、まるで警察官らしからぬ混乱した話しぶりだった。

「大きな外傷はなかったんですが、念のため精密検査をしようっていうことになって、看護師の方にお任せして、私達は側の待合室にいたんです。そしたら、しばらくしてその看護師さんが来て、患者さんはどこですかって……驚いてあちこち探したんですけど、どこにもいなくて……」

そこまで聞いた星乃は、救急病棟の奥へと向かって走り出した。避難口の表示があちこちに設

置されているのが目に入った。

複雑に分岐した通路の一つに踏み込むと、立ったまま話していた看護師三人と別の女性警察官が同時に振り返った。星乃はその場に立ち止まり周囲を見回す。いくつものドアが開かれたままになっており、中には窓が開放されている部屋もあった。逃亡の機会はいくらでもあったということだ。

同様にシドニーも状況を察したようで、広東語で今度は大きく吠《ほ》えた。

「屌佢老母、佢走左路（クソッ、逃げやがった）」

「はいちょっと、なんですか、あなた達は」

女性警察官が歩み寄ってくる。シドニーに対し露骨に不審そうな視線を向けていた。

星乃は警察手帳を開いて見せ、彼女ではなく看護師達に要請した。

「防犯カメラの映像を確認できる集中管理室に案内して下さい」

すると女性警察官が不快そうに、

「失礼ですけど、管轄が違うんじゃないですか」

「責任を問われたくなければ退《ど》いて下さい」

「はあ？」

湧き起こる怒気を懸命に抑えてそれを無視し、看護師達に対して同じ文言を繰り返す。

「集中管理室に案内して下さい。早く」

神保町にある特殊共助係のオフィスでは、小岩井がゴウ、エレインと手分けして頻繁にかかってくる電話への応対に追われていた。水越とウォンは警察庁に行ったきり戻ってくる気配もない。

新たな情報が入るたび、エレインが状況を時系列に沿って分類し整理していく。

現在判明しているだけでも、黒指安と思われる武装集団の死亡者数十七名、セントラル・アジアン総業の死亡者数十九名。驚愕の大惨事であった。

「ここは本当に日本なのか。我々は間違ってメキシコに来たんじゃないのか」

ゴウ副隊長が大真面目な顔でそう怒鳴ったほどである。

嵯峨と山吹に怪我《けが》はないが、念のため入院となった。無理もないと小岩井は思う。武装した犯罪者が相手とは言え、二人は複数の人間を射殺しているのだ。精神を正常に保つことさえ難しいだろう。それでなくても日本では、状況の如何《いかん》にかかわらず発砲した警察官に対して厳しい処分が下される。普通ならそのまま依願退職してもおかしくないところだ。

そして、ハリエット。彼女は今も意識を失ったままである。断片的に入ってくる情報から、彼女は単身で相当数の敵と遭遇したものと思われる。体力的にも精神的にも限界を超えているに違いない。

これが自分だったら三回、いや五回以上は死んでるところだ――

香港では要人警護を担当していたと聞いていたが、ハリエットは一体どれほど厳しい訓練を積んでいるのか。何もかもが小岩井の想像の埒外だ。

それだけではない。彼女は官給品ではない武器を使用して多数の人間を死に至らしめている。法的にも外交的にも、特殊共助係が無傷でいられるとは思えなかった。少なくとも始末書や訓告程度で済む話ではない。最悪の場合、殺人や傷害で立件される可能性もある。通常ならば監察官によって調査される監察事案となるはずだ。水越管理官を含む特助係全員が聴取されることとなるだろう。無論この自分も例外ではあり得ない。本庁の監察官が今にも踏み込んでくるのではないか。そう思うと全身が小刻みに震えてくる。

「現時点での状況、共有ファイルEの9更新しました」

エレインの冷静な声が響く。小岩井はすぐに当該ファイルを開いて目を通した。

現場で保護されたのは四人。特助係の三人以外に、もう一人、セントラル・アジアン総業関係者でも黒指安の構成員でもない第三者がいた。白髪交じりの中年女性で、スズキ・ヨシコと名乗ったという。

もしかして、この女性が――

「現場で撮影された写真から見て、スズキ・ヨシコはキャサリン・ユーに間違いありません」

小岩井の思考を読んだかのように、エレインが先回りして言う。

「同人は小松川署員による監視の下、浦安総合病院へと搬送された模様。負傷の程度は不明です」

パソコンのディスプレイから顔を上げ、小岩井は対面に座したエレインの様子を窺う。

さぞ得意げな顔をしているかと思いきや、何事もなかったかのようにパソコンのキーを叩いている。それが自分に対するパフォーマンスのように思えて、小岩井はかえって反感を募らせた。

「ともかく、キャサリン・ユー確保という我々の目的は達せられたわけだ」

ゴウが極めつけに渋い顔で言う。当然だろう。自分達の責任ではないにせよ、これだけの面倒に巻き込まれてしまったのだから。

副隊長のデスクで固定電話が鳴った。ゴウはすかさず受話器を取り上げる。

「ブレンダン・ゴウ……ああ、はい、こちらでもキャサリン・ユーの情報は受け取りました……ええ、そうです……」

口振りからして、相手はウォン隊長のようだった。小岩井は再びファイルへと視線を落とす。

嵯峨主任達とセントラル・アジアン総業の呂との面談中に黒指安が襲撃を仕掛けてきたことは、時系列的に間違いないらしい。つまり、セントラル・アジアン総業側は一方的に守勢に回らされたことになる。倉庫内に隠匿されていた多数の密輸銃器を使用して呂と部下達は全力で応戦し、かろうじて全滅を免れた。

それにしても――

小岩井は微かな引っ掛かりを覚えた。

サーダーンと黒指安はかねてより敵対関係にあったため、いつ襲撃があったとしてもおかしくはない。だがよりにもよって特助係との面談中に襲ってくるとは、本当に偶然と言い切っていいものだろうか。

「なんですって」

受話器を手にしたゴウが突然それまで以上の大声を上げた。かそけき想念を断ち切られ、小岩井は思わずゴウを見る。

「……は、承知しました」

受話器を戻したゴウはエレインと小岩井に向かい、

「キャサリン・ユーが病院から逃亡した」

「なんですって!」

皮肉にも小岩井はエレインと同じタイミングで同じ言葉を発していた。しかもゴウが発したばかりのものと寸分違《たが》わぬフレーズだ。さしものエレインも、この知らせには仰天したようだ。

「小松川署は一体何をやってたんですか」

珍しく感情の片鱗《へんりん》を覗かせたエレインに対し、ゴウは厳しい表情で告げる。

「我々にそれを知るすべはない。病院には七村係長とシドニーが行っている」

「どうしてシドニーが。我々には待機命令が出ているのに」

エレインならずともそれは小岩井も疑問に思った。

「命令を無視して独断で現場に行ったんだ。あいつらしいとも言えるが、警察官失格だ。処分は隊長が追って下されるだろう」

道理でここにシドニーの姿がないはずだった。

「隊長と管理官がお戻りになるまで、我々は情報の分析に全力を尽くす。それが隊長からの命令だ」

この場の指揮官はゴウである。小岩井は彼の指示に従うよりない。

刻々と入ってくる情報は膨大で、結局終電を逃した小岩井はオフィスに泊まりとなった。しかし宿泊設備が完備されているわけではない。日中共用の休憩室のソファで束の間の仮眠を貪った。エレインは終電間際に切り上げオフィスを出ている。秒単位で生活しているのかと思えるほどの正確さだった。ゴウは深夜一時まで残業していたが、タクシーで帰った。

水越管理官とウォン隊長がこの日オフィスに戻ることはなかった。

「おい、起きろ」

備品の毛布を剝ぎ取られて目を覚ます。見知った顔が二つ、自分を見下ろしていた。

小岩井は驚いてソファから飛び起きる。嵯峨と山吹であった。

「二人とも、入院中だったんじゃないんですか」

「うん、ホントはもうちょい病院で寝ていたかったんだがな。山吹が医者とケンカしてさ、一緒に追い出されちまった」

嵯峨が真顔で冗談を言えば、山吹が面白くもなさそうに、

「特に怪我したとかじゃないんすから、一晩も寝れば充分でしょ」

「おまえはいいよ、若いんだから。三十超えるとキツイんだよ」

「いつまでも寝てられるような場合じゃないすよ、ウチは今」

昨日の事案は常識的に考えて「キツイ」で済むようなレベルではないはずだが――

どう見ても二人とも依願退職にはほど遠い様子である。たとえ一日でも心配した自分が馬鹿に思えるほどだった。

一体どうなっているんだ、この人達のメンタルは――

「早くしろよ小岩井。これから緊急会議だってさ」

「えっ、これからって、あ、ちょっと、ちょっとだけ待って下さい」

給湯室で慌てて顔を洗い、スマホで時刻を確認する。午前十時に近かった。疲れが溜《た》まっていたとは言え、こんな時間まで寝入ってしまうとは不覚であった。ついでにニュースサイトのヘッドラインに目を走らせると、昨日の銃撃戦に関する報道一色になっていた。記事を読んでいる暇

はないが、少なくともキャサリン・ユーの固有名詞はヘッドラインのどこにも見出せなかった。

捜査員室に入ると、水越とウォン、それに入院中のハリエットを除く全員が集まっていた。

「おはようございます」

小声で呟き、自席に着く。昨日以上に重苦しい空気が部屋全体を圧していた。

「あの、管理官と隊長は」

おそるおそる訊いてみると、七村係長が教えてくれた。

「今日も本庁。霞《かすみ》が関《せき》中から関係省庁の偉い人が集まってるわ」

さもありなんと思われた。もしかしたら、夜通し会議をしていた可能性さえあり得る。

「だけど一旦閉会になって、もうすぐこっちに戻られると管理官から連絡が――」

係長が言い終わる寸前、水越管理官が慌ただしい足取りで入ってきた。一人だ。

「お待たせしました」

さすがにいつもの無邪気さは多少――あくまで多少――影を潜めている。

室内に嵯峨と山吹の姿を認めた水越は、

「霞が関で連絡は受けましたけど、嵯峨さんも山吹さんも、こんなに早く退院して本当に大丈夫なんですか」

「実は、俺はまだ――」

「はいっ、もう全然大丈夫っすよ！」

二人が同時に返答する。しかし山吹の声がやたらと大きく、嵯峨の声はすっかりかき消されてしまった。

「ならよかった。ウォンさんは中国大使館に呼び出されて、そっちに回ってから来るそうです。私よりだいぶ先に霞が関を出ましたから、間もなくいらっしゃるはずです。時間を無駄にできないので早速始めましょう。まず私の方から皆さんに御報告ですが、いろんな人にメチャクチャ怒られて参りました」

冗談めかして言っているが、それがいかに苛烈なものであったか、一警察官でしかない自分にも充分に想像できる。

「結論から申しますと、ウチ、つまり分室、じゃなかった、特助係に対する処分は行なわれないということになりました」

全員が目を見開く。もちろん小岩井もである。

「ですがこれは、一時的な処置でしかありません。昨日の事案は重大すぎて、下手にどこかに責任を負わせようとすると、全員が無傷では済まなくなるからです。警察庁、警視庁は言うに及ばず、外務省、経産省、法務省、それに内閣官房——要するに各省庁のパワーバランスが生み出したエアポケットに嵌《は》まり込んだ恰好です。その中にいる間はいいけど、そこから少しでも外れると、ウチはたちまちバラバラに分解され、押し潰される、とまあ、そういうわけ」

「それだけではないのでは」

鋭く発したのはゴウだった。

「この際ですので申し上げる。中国からも日本側に至急の相談があったはずです。それも検討された結果では」

「その通りです」

水越は疲れを感じさせることなく微笑んだ。

「ならばご理解を頂けたものと思います。我々は従前通り捜査に取り組めばいい」

「ゴウさんのおっしゃりたいことは分かります。その通り、日本は結果としてウチに捜査を継続させると決めた。だから今だけはお咎めナシなんです」

「あの、それって、俺達を働かせるだけ働かせて、その後で首を絞めようって話では」

特殊共助係にとっては死活問題とも言える嵯峨の問いを、水越は内心の見えぬ微笑で無造作に弾く。

「そうなるかもしれませんねえ」

「そんなあ」

頓狂な悲鳴を漏らしたのは山吹だ。

「でも、ものは考えようですよ。香港警察と一体となって活動するのが特助係ですから」

明るく言いながら水越はゴウに視線を向ける。ゴウはゴウで、その視線を正面から受け止めた。

「香港はあくまで当初の思惑通りに事を進めたい。日本としてもその点に変わりはない。そのための捜査継続ですが、私達が一体となって動いている限り、逆転の目は必ずあると踏んでいます。そうじゃないですか、ゴウ副隊長」

「保証はできかねますが、〈正しい結果〉を我々が出すことさえできれば、中南海《ちゅうなんかい》は信義に基づいて適切に動いてくれると信じています」

「それだけおっしゃって頂ければ大安心です。ではこれから力を合わせて精一杯、捜査に取り組んで参りましょう、ね」

小岩井は今、恐るべき駆け引きを目の当たりにしたと思った。

ゴウは香港でも中国でもなく、「中南海」と言った。中南海とは中国政府や中国共産党の建物群がある北京市西城区の地区名で、すなわち中国国家権力の最中枢を意味している。

到底現場レベルの話ではない。末端の部署でしかない特殊共助係の管理官が、日中双方の鍔迫《つばぜ》り合いの中で死の綱渡りを演じようとしているのだ。

そのことは他の面々も感得したらしく、日本側は言うまでもなく、香港側のシドニー、それにエレインさえも、唖然《あぜん》とした顔を見せている。

しばしの沈黙に閉ざされた捜査員室のドアが開き、ウォン隊長が入ってきた。

「遅れて申しわけない」

「あ、ウォンさん。私もさっき着いたばっかりで、ちょうど今、上の方針について説明してたとこなんですよ。ゴウさんも、私達が一丸となって捜査に取り組めばきっと中南海も認めてくれるはずだって言って下さいました」

ウォンはゴウをちらりと見て、

「その話は後でゆっくり聞かせてもらうとしよう、ブレンダン」

それから自席に着き、隣の水越を促した。

「どうか続けて下さい」

「はい。ええと……ウチの捜査は継続となりましたが、全体の指揮を執るわけではもちろんありません。刑事部や組対、生安等の各部署には上から〈指示〉がなされることになっています。どんな指示か聞いてみたいもんですけどね。今回の銃撃事案解明には警察の総力を挙げて取り組む必要がありますから。組対の一部局ではありますが、私達はある種自由な立場でそれぞれの現場を横断的に捜査できるというだけです」

それだけでも大変なことだと、小岩井は瞠目《どうもく》する。

処罰されるどころかそんな特権的な立場を与えられるとは、管理官は一体どんな話を上としてきたんだ――

各勢力がせめぎ合った結果のエアポケット説も正鵠《せいこく》を射ているのだろうが、ゴウ副隊長の言う、中国からの〈至急の相談〉も大きく与《あずか》っているものと思われた。

では、〈至急の相談〉とは具体的になんだったのか。

中国がどうしても自分達に――香港警察東京分室に捜査させたい理由。

考えられるとすれば、何かを隠蔽するため。

頭脳のどこかでまたも微かな閃きを感知する。国家安全部や中央統一戦線工作部など日本で活動する数多の情報機関を通したとしても、中国は日本警察と正面から交渉することはできない。だが、『特殊共助係』というオフィシャルな部署を作って間に立てればどうだ。両国は少なくとも表向きは正式な交渉が可能となる。

それこそが〈分室〉設立の目的ではないのか――

「現実問題として、各部署の現場が納得しているかというと、そんなことはないと考えるべきでしょう。つまり我々の捜査に対して、これまで以上の妨害が現場から入るものと覚悟して下さい」

改めて言われずとも、そのことは全員が予感している。

「私からは以上です。続けて現時点での最新情報について。はじめに、最も心配されるハリエット・ファイ主管の容態から。七村係長、お願いします」

「はい」

指名された七村は、厳粛な表情で報告する。

「担当医に問い合わせましたところ、依然意識不明の状態にあるようです。全身に見られる打撲等を除いて大きな怪我などはなく、脳にも異常はありませんが、極度の疲労とストレスによって心身ともに衰弱しており、まだ数日の入院を要するとのことです。倉庫内でのキャサリン・ユー発見時の状況についてはハリエットの回復を待たねばなりません。我々としては担当医の許可が下り次第、彼女の聴取を行なう必要があります」

そこで七村は自席のパソコンにUSBメモリを挿入し、

「次に肝心のキャサリン・ユー逃亡時の状況について。小松川署は『適切に対応した』の一点張りで、これはある意味その通りであると言わざるを得ません。付き添いの女性警察官二名はキャサリン・ユーの名前はおろかその重要性をまったく知らされていなかったわけですから。重大事案の関係者から目を離したという責任は免れるものではありませんが、むしろ小松川署は本部の情報隠匿であるとして抗議の姿勢を見せています。それは一旦置くとして、問題はユー元教授がどこへ逃亡したかです。浦安総合病院の救急病棟には多くの非常口があり、各所に防犯カメラが設置されています。その映像をすべてコピーし、逃亡経路を特定しました。ファイルJの1をご覧下さい」

七村によって新たにアップされたファイルを各員が開く。再生された映像には、周囲の様子を窺いつつ非常口から出ていく中年女性の姿が映っていた。

「シドニーの証言によると、この女性はキャサリン・ユーに間違いないということでしたが、他の皆さんにもご確認をお願いします」

「写真でも確認した。老けてはいるが、確かにキャサリン・ユーだ」

ウォン隊長が肯定した。ゴウとエレインも頷いている。

「この西三番非常口は西側の幹線道路に面しており、タクシーを拾うことも簡単です。病院のタクシー乗り場は正面出入口に近い北東側に設けられているのですが、その手前に当たるこの箇所で客を乗せるタクシーも少なくないということです。道路の前後にある防犯カメラにはキャサリン・ユーの姿が残っていないこと、何者かがこの場所へ彼女を迎えに来たとはタイミング的に考えにくいことなどから、この近辺でタクシーを停《と》め、乗車したものと推測されます。現在は警視庁刑事部がタクシーの割り出しに当たっており、こちらはその結果を待つしかありません。次に両組織の逮捕者について。Gの2のファイルです」

各員が指定されたファイルを開く。たちまち不穏そのものといった顔貌が画面を埋め尽くす。

「セントラル・アジアン総業の生き残りは呂子雄をはじめとして四人。一貫して『いきなり襲撃されたため、やむを得ず応戦した』と供述しています。その点は嵯峨主任の証言とも一致します。一方の襲撃グループは逮捕者の人定《じんてい》から黒指安の構成員であると特定されました。しかし生きて逮捕された五人は黙秘を続けており、未だ身許が特定されていない死亡者も少なくありません。不法入国者も含まれているものと推測されます。組対では両組織の関係者にも当たっていますが、主だった者は皆地下へ潜ったらしく所在もつかめていません。現在ウチで把握している情報は以上です」

七村の報告が一段落したのを見計らったように、嵯峨が挙手する。

「ちょっといいでしょうか」

「どうぞ」

七村の許可を得た嵯峨は、何事か考え込むように、

「生き残って逮捕された連中ですけどね、こっちで聴取することはできませんか。キャサリン・ユーの潜伏に関しては奴らに訊くのが一番の早道と考えます」

「彼らを聴取するのは当然だろう。君は何を言っているんだ」

いぶかしげに言うゴウに対し、水越が気まずそうに応じる。

「それがですねゴウさん、日本ではそうもいかないんですよ」

「どういうことでしょう」

「どこがどう聴取するか、刑事部と組対とで綱引きの真っ最中みたいですから、ウチが割り込むなんて、とてもとても」

「つまり、日本警察内部の勢力争いということですか」

「そうなんです」

ゴウが呆れたように絶句する。シドニーは憤然と何かを言いかけたが、ウォンに目で制止された。

嵯峨は未練がましく食い下がる。

「せめて呂だけでもなんとかなりませんかね。一緒に生き残ったせいか、ヤツにはどうも親近感が湧いちゃって」

「無理ですね」

無垢《むく》な笑顔できっぱり言うのが水越管理官という人だ。

「第一、取調官が被疑者に親近感持っちゃダメでしょう」

「……ですよね」

「聴取の結果はすぐにこちらへ回してもらえるようお願いしてますから、現状ではそれを待つしかありません」

「それだと部分的に隠蔽される可能性があるんじゃないですか。さっきおっしゃってた、現場の妨害ってやつで」

「可能性は否定できませんが、警察庁刑事局の審議官にその点はくれぐれも念を押しておいたので、現場の皆さんもさすがにそこまではしないでしょう。いつもの意地悪で隠蔽なんかして万一バレたりしたら、今回に限ってはどんな責任を負わせられるか」

「分かりました」

管理官の説明に嵯峨は納得したようである。

「でもまあ、ホント言うとウチも聴取したいのはやまやまなんで、ダメもとで上の方の人に話してみましょう」

「お願いします」

そこで腕時計を見た水越は、

「申しわけありませんが、私達はまた本庁に行かねばなりません。やるべきことは山積していますので、後は係長と副隊長の指示に従って下さい……ウォンさん」

「はい」

互いに目配せした水越とウォンが立ち上がり、早足で退室していった。

「霞が関のダンジョン巡りか。キャリアの人も大変だねえ」

嵯峨の軽口を七村係長が注意する。

「嵯峨主任、勤務中は口を慎んで下さい」

「すみません、なにしろ山吹に無理やり退院させられたものですから、まだ頭がぼーっとして」

「あっ、部下のせいにしないでくれます？」

「山吹さん、あなたもです」

「はいっ、すんませんっ」

そんなやり取りを、ゴウとシドニーは苦々しげに眺めている。エレインは例によって素知らぬ顔だ。

一人、小岩井のみは、頭の中でつかみ損ねた何かを追っていた。

自分が感じた疑問、あるいはそこはかとない違和感。それは一体なんだったのだろうかと。

第二章

香港冇民主、但有自由

香港に
民主はないが
自由はある

第二章　香港冇民主、但有自由

1

一面の血の海だ。そこに無数の死体が浮いている。前方にドア。ハリエットはおずおずと手を伸ばし、ドアを開ける。中にユー教授が隠れていた。懐かしさに胸がつまる。だが不意に出現した目出し帽の男が恩師に銃口を向けた。

――先生っ！

反射的に男を撃つ。弾は出ない。どうしても出ない。黒ずくめの男が振り向いた。ショットガンから放たれた散弾が、恩師と、そして自分の体にめり込んで、ゆっくりと皮膚に食い入り、筋肉繊維を引きちぎっていく――

全身を貫く熱さに悲鳴を上げて飛び起きた。

見知らぬ場所。だが病室であることはすぐに分かった。腕に点滴の針が刺さっている。

「大丈夫よ、安心して、ハリエット」

すぐ側で誰かの声。七村係長だ。

「今シドニーが看護師さんを呼びに行っているわ。私達、さっきお見舞いに来たところなの」

「私はいつからここに」

「ＳＩＴ突入の直後から。あれからまだ一日しか経ってないわ」

窓から覗く日はすでに傾いている。

丸一日以上も寝ていたのか――

「ユー先生は……先生は無事ですか」

「無事よ。でも搬送先の病院から姿を消した」

「何があったんですか」

「分からない。小松川署員が目を離した隙に自分から……警察は全力で行方を追っています」

「申しわけありません。すぐに復帰します」

「無茶言わないで。今は休息を取ることがあなたの任務よ」

そこへ二人の看護師とシドニー、少し遅れて壮年の医師が駆け込んできた。

「何やってんの。ちゃんと寝てないとだめじゃない」

医師が女性のように柔らかい声で叱りつける。

「ドクター、私の診断を教えて下さい」

「え？　ああ、大きな外傷こそないものの体力の消耗が激しく、安静を第一に――」

「つまり疲れているだけということですね」

「何を言ってるんですか、あなたは。さあ、早く横になって」

医者の言葉を無視して強引に立ち上がる。その動きで点滴の針が外れた。

「ハリエット、先生のおっしゃる通り、あなたはまだ――」

「お願いです、係長」

ハリエットは七村にすがりつく。こんな所で寝ている場合ではなかった。

「私は見ました。はっきりと見たんです。襲撃者は隠れていたユー先生を殺そうとしていました。

あれはただの抗争事件じゃありません。彼らの目的は先生の暗殺だったんです」

七村とシドニーが顔を見合わせた。


午後十時を過ぎても、エレインは自席で現場写真の分析を続けていた。

本来なら直接現場に赴き自分達の目で検分し撮影するところだが、あそこまで大規模で、今なお混乱の極にある現場である。いくら上層部の許可を得ていても、自分達の現場入りを許すほど日本警察が寛容であるとは思えなかった。幸い写真をはじめとする各種資料だけは大量に提供されている。しばらくはそれらの分析に専念するのが賢明だろう。

隊長と副隊長もまだ帰宅していないが、執務室で密談を続けている。もしかしたら香港からの連絡を待っているのかもしれない。嵯峨と山吹は二時間前に、小岩井は二十分前に帰った。なんと言っても嵯峨と山吹は命懸けの修羅場から生還したばかりであるし、小岩井は昨夜泊まりであった。無理などせず適度に休息を取るのが合理的というものだ。

人気《ひとけ》のない捜査員室で、エレインは一人パソコンのディスプレイを凝視する。

黒指安は香港で覇を唱える洪門《ホンメン》系組織の一つである。日本の黒指安はその尖兵《せんぺい》を自認しており、実際に本国の組織とも密に連絡を取り合っている。伝統があるだけに、在日中国人の半グレを主体として日本で約十年前に組織されたサーダーンをことのほか敵視しているという。

死亡した黒指安構成員の大半はまだ名前も判明していない。つまり日本警察には彼らの記録がないということだ。死体の写真は来ているが、指紋等の情報は未着である。単なるミスか、それとも嫌がらせなのかは分からない。いずれにしても、こちらから要請して届くのを待つ時間が惜しい。エレインは死体の顔写真と、自分の権限でアクセスできる香港警察のデータベースにある黒社会構成員の記録とを照合した。使用するのは最新の顔認識アプリである。中国政府が新疆《しんきょう》ウイグル自治区全体を監視するため開発した技術を利用したもので、公安警察に特化した仕様となっている。言うまでもなく日本警察は所有していない。

数分後に表示された結果一覧を目にして、エレインは思わず声を上げそうになった。

いずれも兵役経験のある凶悪犯で、容疑は嘱託殺人。つまり殺手《サーッサウ》――殺し屋だ。出入国の記録はない。全員が日本に不法入国したものと思われる。

これは一体どういうことか。

逡巡《しゅんじゅん》の末、パソコンを持って立ち上がったエレインは隊長の執務室に向かい、ノックした。

「入れ」

その返事を待って入室する。

「失礼します」

隊長と副隊長が怪訝そうにこちらを見ていた。

「ご報告したいことが……これをご覧下さい」

パソコンを開き、ディスプレイを二人に示してみせる。説明は不要であった。それが表わしているものの意味を、二人は即座に理解したようだ。

「あれは単なる抗争ではなかった可能性があるということか」

「はい」

「だとすれば、黒指安がわざわざ殺し屋を日本に送り込んだ目的は……」

そこでウォンは慎重に言葉を濁し、黙り込んだ。

「どうしましょう、この件について日本側へは」

「秘密にしておくわけにもいくまい。明日の会議で共有しよう」

「グレアム、分かっているだろうが、我が国の独自技術を日本に供与するわけにはいかんぞ」

念を押すように言うゴウに、

「もちろんだ。あくまでも捜査情報を共有し、解決への道筋を探る。それだけだ」

「ならいいが」

ゴウは再度ディスプレイに視線を落とし、つくづく感じ入ったように漏らした。

「ハリエットはこんな連中とやりあったのか」

「そういうことになるな」

ウォンも同様の表情で頷いた。

「本部の人選は間違っていなかった。我々は頼もしい部下に恵まれたものだ」

翌日の午前十時、オフィスに集合した特殊共助係の面々は、出勤してきたハリエットの姿を見て一様に驚きの声を上げた。

「もう退院して大丈夫なんですか、ファイ主管」

間抜けな声を上げているのは小岩井だ。

「はい、もうすっかり。ご心配をおかけして申しわけありません」

蒼白《あおじろ》い顔で微笑んでみせ、ハリエットは着席する。その顔色や動作からも、まだ本調子でないことは明らかだった。

「無理はしないで下さいよ」

「そうっすよ、主管。いくらなんでも早すぎじゃないすか」

嵯峨と山吹が心配そうに声をかける。

シドニーは密かな苛立ちを抑え黙っていた。日本警察の生温《なまぬる》さにはうんざりだ。

今日ハリエットが出勤してくることは知っていた。昨日、七村係長と一緒に病院に居合わせたからだ。ハリエットの体調を憂慮しつつも、七村は事態の重大性から自ら病院に掛け合ってハリエット退院の許可を得たのである。その判断は正しい。ハリエットは誰が止めようと病院を出たに違いない。そうと見たからこそ、七村は不本意ながらハリエットの復帰を認めたのだ。それでも即時退院を望むハリエットに言い聞かせ、もう一晩を病院で過ごさせたのは管理職としての責任感か。

ハリエットの早期復帰はシドニーにとっても好都合だった。一刻も早いキャサリン・ユーの確保。それこそが自分達に共通する目的であるからだ。もっとも、自分とハリエットとではその動機が百八十度違っているのだが。

水越管理官とウォン隊長が入室し、捜査会議が始まった。二人ともハリエットについては事前に聞かされていたらしい。

「ファイ主管より報告がありました」

水越はいきなり切り出した。

「セントラル・アジアン総業倉庫にはやはりキャサリン・ユーが潜伏していた。ファイ主管の話では、黒指安の構成員は銃口をユー元教授に向け、射殺する寸前であったということです。そうですね、ファイ主管」

「はい」

　ハリエットは顔色に反してはっきりした声で返答した。

「状況からして、黒指安はセントラル・アジアン総業襲撃に見せかけ、その実、潜伏中であったキャサリン・ユーを殺害するために侵入したものと思われます」

「すると主管は、セントラル・アジアンの連中はキャサリン・ユーの巻き添えで皆殺しにされかけたと言うんですか」

　対面に座した嵯峨が突っ込む。

「そうです」

「断定しちまうのはどうでしょうか。その逆も考えられるんじゃないんですか。セントラル・アジアンを皆殺しにしようとやってきたところ、たまたま中年の女がいた。当然目撃者も殺そうとする。現に俺達も殺されかけたわけですし」

「いくつかの点からそうではないと断言できます。黒指安は侵入当初、ナイフを用いて密かにセントラル・アジアン総業社員を殺害しながら倉庫内に展開していました。ただの殴り込みなら、最初からショットガンを使用しているのではないでしょうか」

「それだけ皆殺しに燃えてたんじゃないですかね。一人も逃がしたくなかったからこそ、最初はできるだけ静かに殺してたとか」

「まだあります。ナイフを用いていた一隊は、あきらかに並の犯罪者とは異なる技量の持ち主でした。それこそ熟練の殺し屋のような」

「多数を相手に生還した勇者には敬意を払いますが、言ってみればそれは全部あんたの主観だ」

「申しわけないが嵯峨主任、我々にはハリエットの推測を裏付ける証拠があるんだ」

ウォン隊長がはっきりと言明した。

聞いてないぞ――

シドニーは驚いて視線を周囲に巡らせる。

嵯峨と自分の他に驚いているのは、山吹、七村、小岩井の三名だった。

後の者はすでに知っているのか――

「エレイン」

「はい」

ウォンに指名されたエレインが自分のパソコン画面を皆に向け、顔認識アプリによる検証の結果を説明する。

「逮捕された黒指安の五人は、いずれも日本警察が把握していた面々で、戦闘訓練を受けた形跡すらありません。詳しい経緯は不明ですが、香港から日本に不法入国したメンバーが彼らと合流し、セントラル・アジアン襲撃チームに加わったものと思われます」

「つまりプロの殺し屋が香港から派遣され、助《すけ》っ人《と》っていうか、斬込隊として参加したってわけか」

「そういうことです」

「なるほど、そこまでやるってのはただ事じゃねえな」

嵯峨も他の面々も、改めて慄然としているようだった。

「顔認識アプリで特定できた構成員のデータは各人に送りますので、犯歴等はお手許の端末でご確認下さい」

エレインはいつもの冷ややかな仮面の下に、どこか得意げな色を覗かせていた。

尻尾《しっぽ》が見えてるぞ、女狐《ノイウゥ》——

だがそんなことはどうでもいい。シドニーはすぐさま送信されてきたファイルを開き、表示された男達の写真を順番にチェックする。どの男も殺人常習者に特有の眠そうな目付きで正面を向いていた。まぎれもなく職業として人を殺している者の目だ。

クリックしながら一人ずつ確認していたシドニーの視線が止まった。

この男は、どこかで——

名前は張文懐《ちょうぶんかい》。イングリッシュ・ネームはビリー・チャン。経歴を細かく追ってみても、自分との接点はまったくない。それでも張の顔は、シドニーの目を異様なまでに惹きつけて離さなかった。

確証はない。それどころか、どこで見たのかさえ判然としない。

だが自分はこの男を見ている——それも何度も——

「では次に——」

「待って下さい」

議題を進めようとした水越を大声で遮る。

「どうしたと言うんだ、シドニー」

怪訝そうに咎める副隊長に構わず、香港関係の写真を片っ端からディスプレイに表示する。

違う——自分と関係があるなら、おそらく〈あの日〉だ——

「おい、聞いているのか」

困惑を含んだ副隊長の声。全員の視線が自分に注がれているのも感じる。

どれだ——どれだ——

さまざまな〈あの日〉の写真を表示すればするほど、確信が高まっていく。

待ってくれ、もう少し——もう少しで——

「いいかげんにしろ、シドニー」

副隊長の声が怒声に変わった。

「これだっ」

ついに見つけた——

シドニーは自分のパソコン画面を隣席のエレインに示し、

「この写真に写っているこいつだ。こいつを顔認識アプリで洗ってくれ」

エレインが判断を仰ぐように隊長を見る。ウォンは無言で頷いた。

彼女の白く細い指がキーボードの上で滑らかに動く。

結果はすぐに出た。

「合致しました。九九・四パーセント。同一人物です」

「説明をお願いします」

七村の冷静な要求に対し、エレインが応じる。

「すぐに転送します。共有ファイルHの1」

全員が自分のパソコンに向かう。そして例外なく呻き声を漏らしている。

「こいつは、あれか」

「間違いないですよコレ、422デモの写真です」

声に出しているのは嵯峨と小岩井だ。

422デモ。親友のパトリックが死んだ。香港、ネイザンロード、四月二十二日の暴動。

先頭に立って市民を扇動している男。それが黒指安構成員『張文懐』であると特定された。

小さく写っているだけだが、別角度からの写真も数枚ある。

道理で俺が何度も見ているはずだ――

現場では市民の顔など判別している余裕はなかったが、事件の資料にはあれから何度も目を通した。その中にこれらの写真があったのだ。

「422デモで市民側にいた男が、実は黒指安の構成員で、日本に不法入国しキャサリン・ユーを殺害しようとして死んだ……どうなってんの、これ」

半信半疑といった体《てい》で山吹が首を傾げる。

「422デモを黒社会が煽《あお》っていたという噂は以前からあったし、私も耳にしている。しかし香港警察はデモ参加者の大半を割り出したはずだ。張のような男がまぎれ込んでいたなら、私も報告を受けている」

ウォン隊長の呻きにも深い苦慮が滲んでいる。無理もない。隊長は香港の犯罪組織捜査を担当する幹部の一人であったのだ。

「だとすると調査から漏れたか、意図的に隠蔽されたか……」

嵯峨の呟きに対し、ゴウが嚙みつく。

「嵯峨主任、根拠のない憶測を口にするのは慎んでほしい」

皆の頭を冷やそうとするかのように、水越管理官が口を挟む。

「ともかく、422デモに黒社会が関与していた、その決定的な証拠がこんなところで出てきたってわけですね」

場にそぐわぬ明朗な調子で水越は続ける。

「さあ、いよいよ厄介なことになってきましたねー」

心なしか、その声はどこか楽しげに弾んで聞こえた。

厄介なことか――

日本人にとっては他人事《ひとごと》かもしれない。だがシドニーにとってその謎は、必ずや解き明かし、太陽の下で消滅させねばならぬ檻《おり》であった。

四月二十二日に生まれたその檻に、パトリックの魂が今も囚《とら》われているように思えるからだ。

2

その日の午後一時過ぎ、警視庁刑事部から組対を通して特助係に連絡が入った。

スズキ・ヨシコ、すなわちキャサリン・ユーの逃走経路が判明したというのだ。

〈病院の西側非常口近くで問題の女性を乗せたというタクシーを発見した〉

電話を受けた嵯峨に対し、国際犯罪対策課の山本はせわしげな早口で告げた。

〈運転手の話によると、客の女は練馬区の住所を告げた。着いてみると普通の住宅があったそうだ。その家の住人が料金を払うと言うので客を降ろした。タクシー料金踏み倒しのカゴ抜け詐欺が疑われる状況だから、運転手が用心しながら見ていると、客はドアの横の呼び鈴を押した。すると中から出てきた女性がすぐに払ってくれたということだ〉

「住所は」

〈捜一の報告書に書かれている。今送ったメールに添付した〉

「報告書だと？　するともう——」

〈ああ、捜一がとっくに踏み込んだ後だ。そこは賃貸の借家で、すでにもぬけの殻だったそうだ〉

「もぬけの殻でしたで済むのかよ」

山本は声を荒らげた嵯峨をなだめるように、

〈落ち着け嵯峨。こっちにも事後報告だったんだ。俺だって頭に来てる。とにかくそこで女の足取りは途切れたってわけだ〉

「現場には行ったのか」

〈これから行く。そっちはどうする〉

「決まってるさ。現場で会おう」

〈分かった〉

受話器を置いた嵯峨は山本との会話を一同に報告する。全員が共有ファイルをすでに開いていた。

「すぐに現場へ行ってきます。小岩井、来い」

「あ、はい」

小岩井が応じたが、七村係長はそれを制した。

「待ちなさい。同行するのは、そうね、エレインがいいわ」

特殊共助係は香港側との協力関係が建て前である。係長はその点を配慮したのだ。香港側にいる二人の調査員のうち、シドニーはまだ落ち着きを取り戻していないと判断したのだろう。

「公正な指示に感謝します」

ゴウが厳粛に述べると同時に、エレインはパソコンを閉じて立ち上がっている。

嵯峨は彼女を連れて分室を出た。

特助係の香港側メンバーは全員、日本でも有効な香港発行の国際運転免許を取得している。もちろんエレインも例外ではない。

彼女の運転はかなりのレベルであった。プロ級と言ってもいい。日本の交通法規も完璧に頭に入っているようだ。

助手席で嵯峨はスマホを取り出し、捜査一課の報告書をチェックした。

当該物件の貸借人は小島美麗《こじまみれい》、五十九歳。香港出身。大手商社の香港支社に勤務していた日本人男性との結婚を機に日本に帰化、三十年前から日本で暮らしている。夫であった小島達夫《たつお》は十七年前に病死。美麗はその後日本で住居を転々としながら独り暮らしを続けていた。現住所である練馬区谷原《やはら》の戸建て住宅には四年前から入居しており、家賃の滞納等もなく、静かに暮らしていたらしい。

タクシー運転手の証言によると、ドアを開けた美麗は、非常に驚いたような表情を見せた。そして慌ててタクシー料金を払うと、女を家に入れ、人目を憚《はばか》るようにドアを閉めたという。

美麗はキャサリン・ユーを知っていた——

「あれじゃないですか、主任」

細い道を徐行していたエレインの声に前方を見ると、二階建ての古い木造住宅の前でいかつい男が三人、固まって立っていた。少し離れて小柄な男が二人。

「そうだな。そこらに駐められる場所は……よし、あそこに入れろ」

左側にあったコインパーキングを視線で示す。エレインは指示通り捜査車輌をそこへ入れた。機械のように精密な運転だった。

「すまない、待たせたな」

車を降り、三人に声をかけた。中心にいた山本が応じる。

「いや、俺達も今着いたところだ。この二人はウチの若いので、そっちは光《ひかり》が丘《おか》署の岡田《おかだ》さんと、『ネリマ住宅管理』の塩原《しおばら》さん」

「そうか、こっちはウチのエレイン・フー調査員」

「調査員？」

「日本で言う捜査員、つまり刑事だ。階級は警長で、巡査部長に当たる。そこら辺は日本と同じだ」

「よろしくお願いします」

正確な日本語でそつなく挨拶するエレインに対し、若い刑事二人と光が丘署の署員は友好的とは言い難い目礼を返したのみだった。

「じゃあ、中に入ってみよう。塩原さん、お願いします」

「はい」

山本の指示で、塩原が解錠しドアを開ける。令状に基づく捜一の捜索により、現在小島美麗の居住実態のないことが明らかになったため、管理会社の人間が立ち会っているのだ。

嵯峨は山本に続いて上がり込んだ。

家具や調度類は昭和のまま時間が止まったかのような、ある種レトロな趣を感じさせる。掃除も行き届いていて一見整然としているようだが、なんと言っても捜一による捜索の後だ。

試みに戸棚をいくつか開けてみる。中には何も残されていなかった。うわべだけは原状回復しているが、捜一はほとんどの物品を押収していったのだ。

居間に入った嵯峨達は、一渡り室内を見回し、壁面に目を留めた。煤《すす》けた壁紙の所々に、長方形の白い跡が残っている。

「小島さんご夫婦の写真が飾られてたんですよ、そこ。捜一の人達が全部外して持ってっちゃいました」

一同の視線に気づいたのか、背後から岡田が声をかけてきた。他にも屋内で発見されたアルバムやノート、書類等はすべて捜査一課が押収したという。

「これじゃ手がかりなんて残ってないだろうな」

山本の部下がうんざりとしたように言う。

続けてダイニングキッチンに入る。流し台には汚れた食器が積まれており、食卓には食べかけと思しきクッキーの皿とティーカップがそのまま残されていた。

「捜一が洗い物を片づけてなくて助かるよ」

嵯峨の皮肉を聞き流した山本が岡田に向かい、

「そちらでも地取り（聞き込み）は一通りされたと思いますが」

「ええ、本職の聞いてる限りじゃ、近所の評判は悪くなかったようですよ。ただ、人の出入りは多かったみたいです」

「どんな人が出入りしてたんですか」

「それが、どうにもはっきりしないんです。顔ぶれがそのつど違ってたみたいで。近所では何か習い事の教室でも開いてるんじゃないかって話してたそうです。詳しいことは本部の捜一の方が把握してると思います」

一階の奥は和室にベッドの置かれた寝室になっていた。クローゼットが開かれ、何着かの服がベッドの上に投げ出されている。古めかしい鏡台の引き出しもすべて開けられたままになっていた。

岡田の話では、寝室だけは捜一が調べる前、つまり最初からこの状態であったということだった。

よっぽど泡を食って逃げ支度をしたってことか――

傍らのエレインを振り返ると、こちらの考えていることが伝わってでもいるかのように、ごく小さく頷いた。

二階にも上がってみたが、これといった収穫はなかった。

岡田に礼を述べ、外に出る。

小島家の前で山本が言った。

「俺達は本部に戻って捜一に話を聞くつもりだ。手がかりが見つかったかどうか。これほどの重大事案だ、公安じゃあるまいし、まさかウチにまで隠し事はせんだろう」

「そうか、何か分かったらこっちにも回してくれ」

すると山本はなぜか渋い表情を見せ、

「おまえらには最大限協力しろって命令されてるからな」

「なんだよ、命令がなきゃネタは回さないってことかよ」

「甘えんな。そもそもおまえらがちゃんとネタをよこしてりゃ、こんなことにはならなかったんだ」

「勘弁してくれ。こっちはタマが飛び交う倉庫で死にかけたんだぞ。ネタよりも自分の命が惜しいに決まってる。渡せるモンなら喜んで渡すさ」

そう返すと、さすがに山本達も反論はしなかった。

彼らと別れ、コインパーキングに引き返す。

車を出しながら、エレインが口を開いた。

「現場の状況から、小島美麗がキャサリン・ユーの訪問を予期していなかったことが確定しましたね」

「ティーカップが一人分しかなかったから、だろう」

エレインが横目でこちらを見る。

「ちゃんと前見て運転しろよ」

助手席の嵯峨はシートを大きく倒しながら言った。

「俺だってそれくらいの推理はできるんだよ」

分室に戻ってから三時間後、捜査一課より資料のファイルが送信されてきた。

「山本も案外義理堅い奴だな。ちゃんと捜一に伝えてくれたらしい」

全員がすぐにファイルを開く。小島夫妻の写真をはじめ、押収された写真も数多くある。

報告書自体はごく簡潔なもので、要するに小島美麗の身辺に不審な点は見当たらないが、交友関係については引き続き捜査中、従って現在のところ立ち回り先についても捜査中ということだった。

捜一も大して手がかりをつかんでないってわけか——

ため息をついた嵯峨は、小島夫妻の写真を眺める。夫婦二人きりの写真だけでなく、親戚か友人か分からないが、何人かで旅行したと思われる際の写真もあった。場所は熱海や伊豆といった定番の観光地がほとんどだ。

「照合一致、ご覧下さい」

一人、しきりにキーを叩いていたエレインが一同にパソコン画面を示す。ちょうど嵯峨が眺めていた旅行写真の一枚だった。

「この集合写真に写っているのは全員が香港出身者か、香港となんらかのつながりがある者達です」

「小島美麗はもともと香港人なんでしょう？　在日香港人のコミュニティと交流があってもおかしくないのでは」

小岩井の発言を無視し、エレインは続けた。

「この右端に写っている男、この人物に注目して下さい。各種データベースと照合したところ、香港警察のデータに記録がありました」

なんだって――

香港警察のデータベースなら、日本の警視庁はアクセスできないし把握もできない。

「曾興国《そこうこく》、五十七歳。密輸容疑で逮捕歴あり。有罪判決を受け服役。現在は貿易業を営む。主な取引先は日本」

嵯峨のパソコンでもエレインの話す内容は確認できた。おそらく中国独自のアプリを使っているのだろうが、端倪《たんげい》すべからざる精度と言うしかない。もちろんそれを瞬時に使いこなしているエレインも。

そんな人物と接点のある女がキャサリン・ユーを助け、ともに逃亡した――

「やはりキャサリン・ユーは密輸と関わっていたんだ」

予期に違わず、ゴウが憤然と発した。

「香港での暴動扇動、殺人のみならず、日本への密輸にも関与していた。これで日本にとっても他人事ではなくなりましたな」

「私達にとっても最初から他人事ではありませんよ、副隊長」

七村がやんわりとたしなめる。

「七村係長の言う通りだ、ブレンダン。我々は当初から同じ目的のために協力し合っている。少しは口を慎みたまえ」

ウォンも自らの副官を注意する。しかしそれが、日本側に対するパフォーマンスでないとは言い切れない。

「失言でした。謝罪します」

ゴウもまた、ウォンに従いただちに謝罪する。それすらも嵯峨の疑念を深めるばかりであった。

「まあまあ、ゴウさんの熱意はみんな理解しておりますから。多少暑苦しいくらいでちょうどいいんじゃないですか」

褒めているのか茶化しているのか分からない発言で場を和ませてから――もちろんゴウ本人は面白くもなさそうだが――水越は隣席のウォンに向かって言った。

「これで当面の捜査方針が決まりましたね」

「ええ」

ウォンの同意を確認した水越が指示を下す。

「黒指安の主要メンバーは地下に潜ったまま依然消息不明。逮捕されたセントラル・アジアン総業の四人は、上部組織からキャサリン・ユーの保護を頼まれたことは認めているそうなのですが、それ以上の情報はなし。となると、キャサリン・ユーの確保が事件の全容解明につながる最短ルートであることは疑いを容れません。曾興国を中心とした香港人コミュニティを徹底的に洗う。特に密輸事案との関連に留意のこと。それと、曾に関しては捜一をはじめとする関連部署と情報を共有します。よろしいですね、ウォンさん」

「結構です」

そのとき、小岩井がおずおずと手を挙げた。

「あの……」

「どうしたの、小岩井君」

係長に問われ、小岩井が発言する。

「この、曾興国に関する資料ですが、データの欄の右下にある黄色いマークはなんの印でしょうか」

言われてみると、確かに各種データを示す欄の下に黄色い三角形のマークが表示されている。

「特に注意すべき凶悪犯を示すマークです」

エレインが機械的に応じる。その無表情が嵯峨にはなんとなく引っ掛かった。彼女が返答する直前、ゴウの見せた舌打ちするような表情も。

「待ってくれ。前に見せてもらった張文懐のデータにはこんなマークはなかった。危険度で言うなら、張の方がはるかに上だと思うけどな」

嵯峨の疑問に対し、エレインが即答する。

「システム上、黒社会の構成員は別カテゴリーとして扱われますので、マーク記載の対象外となっています」

「つまり黒社会が危険なのは分かりきってるから、最初からマークがついてないってことかい」

「その通りです。何か問題でも」

あるね、と言いかけて自重する。少なくともここでは口にしない方が賢明だと、耳許で理性という名の頼りない妖精が告げている。

「いいや」

ごく短く、そしてさりげなく、そう答える。隣に座る七村係長の気配が伝わってきた――それでいいと。

3

ものごころついたとき、母はすでにアルコール依存症だった。狭いアパートの中には驚くほど大量の酒瓶が転がっていた。何があったか聞かされたような気もするが、大方忘れた。不倫がどうの、浮気がこうのという、陳腐にもほどがある話だったと思う。とにかく母は酒に依存し、育児をやめた。もう二度と我が子を顧みようとはしなかった。腹を空《す》かせて泣いていたとき、誰かが通報した。自分は施設に収容され、母の名を呼んでは啜り泣いた。母がひたすら恋しかったが、誰も応えてくれなかった。その後間もなく、母は病院で死んだ。

だから自分には居場所がない。そう思い込んで生きてきた。

大筋においてその認識は正しかった。世の中は――少なくとも香港は――孤児に都合よくできていない。施設でも、学校でも、差別と偏見はついて回った。それを当然のこととして生きてきた。疑問など抱きもしない。みじめな世界しか知らない孤児には、理不尽を理不尽と、不公平を不公平と認識できないからである。

だから自分には居場所がない。その認識が、ある日突然変わったのだ。

成長して施設を出た自分に、選べる職業は多くなかった。ゆえに深い考えもなく警察に入った。正義感があったわけでも、人々のために働きたいという信念があったわけでもない。とにかく自分は警察官になった。ただ働いて日々の糧を得るために。

意外にも自分は警察官に向いていたらしい。警察学校では教官や仲間達から褒められた。素晴らしい、抜群だと。それは決して悪い気分ではなかった。いいや、最高の気分だった。

そして、そこで奴と出会った。同期であったその男は、微笑みながら自分に手を差し出した。

――友達になろう、シドニー。

友達？　施設でも常に孤立していた自分と友達になりたいだと？

黙っていると、怪訝そうに奴は言った。

――どうしたんだ、シドニー。僕はパトリックだ。君は本当に凄い。君と同期であることを心から誇りに思っている。

そのとき初めて悟ったのだ。警察こそが自分の居場所であったのだと。

友がいて、仲間がいて、信頼できる先輩もいる。先輩達はそれぞれ個性豊かな兄であり、上司達は厳しい父であり優しい伯父であり慕わしい祖父であった。

シドニーは日々の任務、日々の訓練に邁進《まいしん》した。傍らには常にパトリックがいた。彼とともに汗を流し、泣き、笑い、喜び合った。若い警察官を、香港の人達は笑顔と拍手で以て迎え入れてくれた。何もかもが初めての経験だった。

なんと幸せな日々であったことか。

自分には居場所がある。それを守るためなら命をも捨てよう。香港警察よ永遠なれ。

だがその輝ける時間は唐突に断ち切られた。唐突に、あまりにも無造作に。二〇二一年四月二十二日。自分の目の前でパトリックは紙のように燃え上がり、煤となって天に舞い上がった。パトリック・チェン。誰よりも優しく、誰よりも広い心を持ち、誰よりも人のために尽くそうとしていた男。

四月二十二日。自分はその日を決して忘れはしない。そしてデモを扇動した人間を未来永劫《えいごう》許すことはない。

海外調査専業隊の一員に抜擢《ばってき》されたのは幸いだった。一つには忌まわしい思い出の残る香港から一時的にせよ離れられたこと。そしてもう一つ、最大の幸運は、キャサリン・ユーが日本に潜伏中であると判明したことだった。これを天命と言わずしてなんと言おう。

俺がこの手であの女を逮捕する——

固く心に誓い、シドニーは日本での捜査に取り組んだ。邪魔する者、足を引っ張る者は許さない。ことに日本警察の間抜けどもは。

「あんたさあ、コワいんだよ、顔が」

同行する山吹蘭奈が突然振り返って言う。

「何が」

「だからさ、もっとこう、ニコニコしてないと相手が警戒して話してくれなくなるっての。分かる?」

シドニーは山吹と組んで曾興国の経営する貿易会社周辺の聞き込みを続けていた。

今も取引先の会社を訪ねたところだが、自分の態度が捜査の妨げになっているとこの女は言いたいらしい。

「俺に言わせると、おまえのうさんくさい薄笑いの方が逆効果だ」

「薄笑いじゃねえよ、微笑みって言えよ」

「俺の日本語は間違っていないはずだが」

山吹は気分を害したらしく歩調を速める。

単純な女のようだが、油断はできない。シドニーは己を引き締める。

この女も、嵯峨という男も、あの銃撃戦を潜《くぐ》り抜けて平然としている。他の日本人警察官とは明らかに違う。SDU出身の自分に匹敵する特殊訓練でも受けているのか。いずれにしても心を許すべきではないと警戒を新たにする。

それきり互いに黙り込んだまま、シドニーは山吹と調布市国領《こくりょう》町にある『芭蕉《ばしょう》商会』なる会社を訪ねた。零細に近い規模で、曾興国の取引相手としてリストアップされた会社の一つである。

「……見ろよ」

先に立って歩いていた山吹が、立ち止まって前方を指差す。

パトカーと警察車輛が停まっていて、芭蕉商会の入居しているビルから捜査員が段ボール箱を運び出している。

同時に駆け出した二人は、警備に当たっていた制服警官に阻まれた。

「ちょっと、ここは今通れませんから」

「本部組対の特助係です。責任者の方はどなたですか」

警察手帳を示す山吹の声に、日焼けした男が振り返った。

「なんだ、分室か」

視線をその男に向けたまま、山吹が囁いた。

「国対の大野《おおの》よ」

そして山吹は、それまでと打って変わった例の薄笑いを浮かべ、

「大野さん、ご無沙汰してます。あのこれ、なんなんですか」

「おまえ達とおんなじだ。遅かったな。見ての通り、手入れの真っ最中だ」

「手入れと言いますと」

「芭蕉商会は密輸をやってた。その物証を俺達が一足先につかんだってわけだ」

シドニーは密かに歯嚙みする。

他の部署に情報の共有を許したりするからだ――

「あの、あたし達にも中を覗かせてもらえませんか。ちょっとだけでいいですから」

「ダメダメ、部外者はあっち行け」

「そんな、おんなじ組対じゃないですか」

「なに言ってんだ、分室は観光ガイド専門だって聞いてるぞ」

詰め寄ろうとしたシドニーを山吹が後ろ手に制止する。

「キツイなー大野さんは。分かりました、じゃあ後で報告書と資料は必ず送って下さいねー」

部下達の指揮に手いっぱいの大野は、もうこちらを振り返ろうともしなかった。

「行こう」

山吹がシドニーの腕をつかむ。振りほどこうとしたが、その力の意外な強さにシドニーは思わず彼女を見た。その横顔には、まぎれもない怒りが浮かんでいる。

「ああいう奴なんだよ、大野って。そのうちボコってやるから、そんときはあんたも呼んであげる。だから今だけは我慢して」

シドニーはもう何も言わず彼女に従った。


全身の痛みをこらえ、ハリエットは嵯峨と並んで歩いた。

「やっぱりつらくないですか」

「え、何がですか」

とぼけてみせるが、嵯峨には通用しなかった。

「まだ痛むんでしょ。隠したって分かりますよ。歩き方に出てる」

一言もなかったが、構わず歩き続ける。

「あんたほどの人が隠しきれない。相当に痛いはずだ」

「だからどうしたって言うんですか。捜査には支障ありませんし、迷惑はかけません」

「それは分かってます。だから心配なんですよ」

「意外とお優しいんですね、主任は」

軽口めかして皮肉を言うと、嵯峨は表情を曇らせて、

「セントラル・アジアンみたいなことがもしまた突発したらどうします？　自分だけじゃあんたまでフォローできない」

またも言葉につまる。嵯峨けこちらの性格を完全に把握しているようだった。

「すみません」

我知らず俯いていた。嵯峨はなぜか狼狽したように言う。

「いや、そんな、別に謝らなくても」

「お願いします嵯峨主任、もう少しだけ、やらせて下さい」

ため息をついた嵯峨は、ポケットから聞き込み先の一覧を取り出し、

「どうせ今日回るのは次で最後だ。その代わり、今夜はゆっくり休んで下さいよ」

「はい、ありがとうございます」

ハリエットは嵯峨と一緒に在日香港人のコミュニティを当たっていた。捜査当初から行なっていた聞き込みだが、今回は小島美麗の交友関係を中心に調べ直している。

収穫はあった。捜査を進めるにつれ、小島美麗は香港の民主化を支援するグループと密接につながっていたことが判明したのである。小島家に出入りしていたのは、そのグループのメンバーであると推測された。

その日二人が最後に訪問したのは、香港国安法の成立前に日本へ移住した財界人のエドワード・タンだった。住居は江東区にあるタワーマンションの高層階である。

「亡くなった小島さんとは古い付き合いでした。奥さんの美麗さんともね。小島夫妻はとても感じのよい人達でした」

ハリエットを快く迎え入れたタンと妻のグレースは、広々とした応接室で面談に応じてくれた。

「ですが、最近の様子については存じません。なにしろ美麗さんとは、その、距離を置くようにしておりましたもので」

「それはどうしてでしょう。差し支えなければ理由をお聞かせ願えませんか」

ハリエットが突っ込むと、タンは表情を曇らせて、

「日本での美麗さんのご友人方です。どうか誤解なさらないで下さい。彼らはみな、香港を愛する善良な人達です。しかし、なんと申しますか、かつての香港を懐かしむあまり、少々偏った傾向がありまして……」

「すみません、偏った傾向とはどんなことでしょうか。もう少し具体的にお願いします」

なぜか言いにくそうにしているタンをあえて強く質してみる。隣に座る嵯峨は、黙って自分に任せてくれていた。

「彼らは皆キャサリン・ユーの信奉者でした。もちろん私も以前はユー教授を支持しておりましたから、香港自治のためと信じ、長らくカンパを続けてさえいました。しかし、422デモはとても看過できない暴挙でした。ご存じの通り、民主派のデモは和理非《ウォーレイフェイ》が原則です」

『和理非』とは、「平和・理性・非暴力」の略称であり、それを遵守する主流派を『大台』、反対する急進派を『本土派』と呼ぶ。

「一貫して和理非を主張していたはずのユー教授が自らの信念を覆し、その結果多くの犠牲者が出た。それで私は彼女を心の底から支持することができなくなったのです」

「美麗さんやその友人達は違っていたと」

「はい。あの人達は『本土派』ではありませんし、ましてやさらに過激な『勇武派』などではあ

りません。でも依然としてキャサリン・ユーを崇拝している。彼女のためにはどんなことだってやるでしょう。私には理解できません。どうして今もキャサリン・ユーを信じていられるのか……彼女は決して、皆が思っているような……」

そこでタンは語尾を濁した。

「422デモの責任のことでしょうか」

「もちろんそれもあります。でも、決してそれだけではないと申しますか、その……」

「では、彼女の何についておっしゃっておられるのですか」

ハリエットが鋭い口調で迫ったが、タンはやはり言いにくそうだった。

「まあ、その、倫理的に少々……」

「倫理的に、ですか」

予想外の言葉であった。

「ええ、まあ……」

「あなた、はっきりとおっしゃいましな」

痺れを切らしたのか、夫人のグレースが苛立たしげに口を差し挟んだ。

「グレース、慎みなさい」

「いいえ、この方達は警察なのですよ。真に香港のためを思うのなら、何もかも申し上げるべきですわ」

夫を尻目に、グレースはハリエットと嵯峨に向き直った。

「私からお話しします。香港では自由な空気を尊重するあまり、キャサリン・ユーを神聖視する向きもございましたが、あの方は賞賛に値する高潔な人間などではありません。しかしながら、中傷とも取られかねないようなことを吹聴《ふいちょう》するのは、本来品性が疑われる行ないでございましょう？　ですので今日まで他言せずに参りましたが、こうして警察の方からお尋ねがあった以上、正直に申し上げるのが良識ある市民の務めであると心得ます」

ハリエットは唖然とするばかりであった。これまで422デモにおけるキャサリン・ユーの行動を疑問視する声はいくつも聞いたが、彼女の人格を毀損《きそん》するような話に出くわしたのは初めてだったからだ。

「あれは逃犯条例が起草された年でしたから、二〇一九年のことです。年末近くになって、今後の香港情勢について話し合うため、私ども夫婦と娘のアンジェラ、それに香港財界でも名士と言われる数人の方々がキャサリン・ユーの私邸に集まってささやかな会合を持ったのです。申し遅れましたが、現在はイギリスに留学中である娘のアンジェラは、当時九龍塘城市大学に入学したばかりでした。多くの若者と同じく、キャサリン・ユーに憧れて同大に入学したのです」

逃犯条例。正式名称を『2019年逃亡犯条例改正案』。文字通り刑事事件容疑者の中国への身柄引き渡しを可能とする条例だが、香港市民はこれが中国の政治的介入を正当化するものだとして猛反発し、その後長期間に及ぶ民主化デモへと発展した。香港警察が武力による鎮圧を図ってさらなる混迷と反発を招いたことは、ハリエットにとっても生涯忘れることのできない事実である。

思えばあの頃から、警察官としての自分は揺れていた。香港の市民を守るのが警察官なのか。体制に従い秩序を守るのが警察官なのか。答えは今も分からない。

結果としてこの条例案自体は撤回されたが、歴史的に見てこれが中国による一国二制度無効化の布石であったことは否定できない。

「とにかく、その日集まったのはどなたも社会的地位のある方ばかりでしたから、会合自体はサロンの延長のような雰囲気でつつがなく終わりました。歓談の後、客の全員が辞去したのですが、帰途の車中でアンジェラがお気に入りのブレスレットを忘れたと言うじゃありませんか。キャサリン・ユーは独り暮らしで使用人もいないため、お茶の用意を手伝ったときにキッチンで外したらしいのです。そこで運転していた夫が急いで引き返し、アンジェラが裏口からこっそり邸内に入りました。娘が申すには、裏口はキッチンに直結していて会合時は鍵が掛かっていなかった、そこから入れば先生のお手を煩わせることなく忘れ物だけを取ってこられると」

そこで夫人は、腹立たしくてならないといった仕草で息を整え、

「アンジェラはすぐに戻って参りました。ですが、どうも様子が変なのです。心配してあれこれ問い質してみたところ、ブレスレットを見つけた娘がすぐに出ていこうとしたとき、隣の部屋から話し声が聞こえたというのです。まだ残っている人がいたのかと思い覗いてみると、キャサリン・ユーがアンジェラと同い年くらいの若い男と抱き合っていたと言うじゃありませんか」

「お待ち下さい、奥様」

ハリエットはたまらず相手を遮った。

「キャサリン・ユーは独身でした。誰と恋愛しようと個人の自由なのでは」

夫人はこちらを見下すような笑みを浮かべ、

「お若いあなたにはそう思えるかもしれません。ですが、いくらなんでも年の差がありすぎです。

しかも生徒である娘を含む私達との会合の直後ですよ。娘の話では、キャサリン・ユーは相手の顔を愛《め》でるように両手で撫《な》でさすりさえしていたというじゃありませんか。教壇での姿と落差がありすぎて、娘は強いショックを受けておりました」

それは理解できる。今この瞬間、他ならぬ自分自身が動揺していたからだ。

香港におけるキャサリン・ユーのパブリックイメージとあまりに違いすぎる。少なくともタン夫人のような、イギリス統治時代の遺物に近い価値観を持つ上流階級の女性にとっては、奔放な恋愛観など唾棄すべきものでしかないだろう。若い男との情熱的な逢瀬《おうせ》がふしだらにすぎると思えるのも無理はない。

こちらの表情を読み取ったのか、夫人はなぜか勝ち誇ったように続けた。

「それ以来、私ども夫婦はユー教授の倫理観に疑問を抱くようになりました。こんな人を信奉する民主派に未来を託すのが賢明と言えるのでしょうか。それで決心を致しまして、日本に移住することにしたのです。国安法成立のふた月前でした。そういうことですので、私どもが彼女の居場所なんて、知るはずもございませんわ」

仮にアンジェラの目撃したことが事実であったとしても、やはりあくまでプライベートの話でしかない。なのにどこか得体の知れない不安と同時に、奇妙な違和感を覚えずにはいられなかった。それは自分がユー教授の教え子であるがゆえの過剰な思い入れのせいだろうか。

どうしようもなく混乱する。しかし警察官としての責任感がかろうじてそれを抑え込んだ。

「ありがとうございました。とても参考になりました」

嵯峨と同時に立ち上がり、ハリエットはタン家を辞去した。

帰途、日本人の警部補は終始無言であった。それが彼なりの思いやりであるとハリエットは理解していた。


国際運送会社を経営している孔家乙《こうかおつ》は、日本における香港民主派支援グループの中でも指導者的立場にあると目されている。グループの活動はあくまで合法的なものであるにもかかわらず、この数日来、彼は知人宅を転々としているらしく、居所をつかませなかった。

池袋西口のビジネスホテルに宿泊中の彼を発見したのは、小岩井とエレインのペアであった。

普段のスタイルなのか変装なのかは分からないが、皺だらけのスーツを着用しスニーカーを履いた孔は、小岩井の声がけによる任意同行に応じた。

「江戸川区での銃撃戦以来、どうにも恐くなって……それでとにかく家を出たんです。ユー先生の居所なんて知りません。それこそ知りたくもない」

池袋署の取調室で、孔はうなだれた姿勢で訥々《とつとつ》と話す。

「恐くなったって、一体何が恐かったんですか」

取調官を務めるのは小岩井である。エレインも立ち会いを求めたが、池袋署が難色を示し断念した。

「そりゃあ、黒指安とか、サーダーンとかいった連中です」

「だったら警察に保護を求めればよかったんじゃないですか」

孔は答えなかった。警察に行けば事情を話さねばならない。それを避けたかったのだろう。

「質問を変えましょう。あなたの会社は模範的な優良企業です。私達の調べた限り、人としても経営者としても、あなたはとても評価されていますね。素晴らしいことだと思いました。それが近年になって、業務内容に不審な動きが見られます。警視庁の捜査二課が帳簿を精査してくれました。例えば去年の十月、十二月、それに今年二月の分です。記録では香港製の食品ということですが、取引先の業者に訊くとそんなものは購入していないと証言しました」

俯いた孔の双眸《そうぼう》に涙が滲んだ。

「正直に話してくれませんか、孔さん。私達は決してあなたの敵ではありません。むしろ、あなたは利用されただけの被害者だと考えています」

「分かりました。すべてお話しします」

孔家乙は鼻声で以下のように供述した。

［キャサリン・ユーを信奉する自分達は、香港から日本に逃れてきたという彼女から連絡を受けた。それによると助手殺しの容疑をかけられているという。もちろん冤罪《えんざい》であって、何もかも中国共産党の陰謀に違いないと憤り、ユー先生に協力することを誓った。先生が言うには、民主派の活動資金が絶対的に不足している、なんとしても資金を捻出しなければ香港民主化の灯火《ともしび》が消えてしまうと。そこで先生の提案に従い、違法と知りつつも密輸に協力することにした。扱ったのは金をはじめとするさまざまな物品である。その利益は先生の指示により自分や他の同志がそのつど異なる口座へ送金した。なんと言っても民主派の旗頭とも言われたキャサリン・ユーである。少しも疑わなかったし、反対すると香港の民主化を遠ざけることになると信じていた。しかし在日華僑《かきょう》のコミュニティから、黒社会抗争の現場にユー先生もいたという噂が伝わってきて、にわかに恐くなり仲間とも連絡を絶った。小島美麗は特にユー先生を崇拝していたので、突然先

生がやってきたらまず匿うだろうし、一緒に逃げたとしても不思議ではない。その行先については、同じく信奉者のところだろうと思うが、少なくとも自分は聞いていないし、知る由もない」

4

神田神保町、特殊共助係捜査員室。水越管理官、ウォン隊長以下全員出席のもと、捜査会議が行なわれた。

まず七村係長が、捜査一課より提供された黒指安側逮捕者の供述調書について報告した。

「逮捕された一人、安拓人《あんたくと》は在日華僑の子弟で、黒指安日本支部——日本支部というのはあくまで仮称ですが——その中堅幹部と見られています。彼の供述によると、サーダーンとの抗争に備え人員を集めていたところ、香港から〈助っ人〉として九人の男達が送られてきた。この九人が問題の殺し屋チームです。以下、安拓人の供述部分を抜粋して読み上げます」

軽く咳払いをした七村が、真剣な面持ちで手にした資料を読み上げる。

「『自分も』……この自分とは安のことです……『自分も最初は心強い援軍であると歓迎していたが、この九人からはどこか威圧的で秘密めいた雰囲気が感じられ、仲間として打ち解けるどころか日に日に猜疑心《さいぎしん》すら抱くようになった。だが本国からの応援である上に腕が立つのは確かなので、表立って忌避するわけにもいかず、伝統的な秘密結社である黒指安の本流とはこういうものかと自らを納得させた。しかし、気がついてみれば襲撃チームの主導権は彼らにすっかり握られていた。襲撃実行の日時も当日になって突然彼らが決定したものであり、自分達はよく分からないままに参加した』……とのことです」

七村の朗読を聞きながら、全員が共有ファイルを開き実物に当たっている。

「襲撃実行の日時をその九人が当日決めたってところ、そこが気になりますよね」

水越がいつになく真剣な表情で漏らす。

そうだ、そこなんだ――

小岩井は自らの抱く〈疑念〉を、管理官が同じく感じ取っていることに少なからず安堵を覚えた。

「じゃあ係長、そんな感じで続けて下さい」

「はい」

軽い口調で言う水越をちらりと睨み、七村が各員の報告をまとめて整理する。

「キャサリン・ユー元教授は、現金はおろか何も持たない状態で病院から逃走しなければならなかった。逃走の理由は一旦置くとして、元教授はタクシーを拾い、記憶する住所を告げた。つまり、自分の支援者である小島美麗の住所です。美麗は元教授の予想通り、タクシー料金を払った上、匿ってくれた。しかし警察がタクシーとその行先を割り出すのは時間の問題です。そこで美麗は元教授を連れ逃亡した。逃亡先は元教授を支援するグループが提供したものと思われます。彼らはカルトでもテロリストでもありません。むしろそうした集団から最も遠い市民グループと言えますが、元教授を信奉するあまり、言われるままに密輸に協力していた。それが香港民主化のためであると信じて疑わなかったからです」

七村の話を受けて、水越が考え込みながら言う。

「その裏ではサーダーン系の組織が関与していた。逆に言えば、サーダーン系組織があそこまで大規模に密輸を展開できたのも、こうした善意のグループの協力があったればこそだった。つまり、彼らはユー先生に利用されてたわけですか」

「そういうことになりますね」

ようやく片鱗が見えてきた――

末席に座る小岩井は興奮を抑えることができなかった。

まるで用意されていたペーパーを読み上げるかのような口調でゴウが発言する。

「これでキャサリン・ユーが卑劣な犯罪者であることが証明された。残る問題はどこに逃げたかだ」

「待って下さい。ユー元教授が本当に民主化運動の資金を獲得しようとしていた可能性もあるのでは」

反論したのはハリエットだった。

「ならばサーダーンのような組織が関わっているのはどういうわけだ」

ゴウに反論され、ハリエットが返答に窮する。

「それは……」

「いずれにしても、キャサリン・ユーが犯罪に関与していたという事実には変わりがない。そうじゃないのか」

「はい」

頷いたハリエットに、ウォンが静かに釘を刺す。

「ハリエット、これ以上捜査に私情を挟むのは私が許さない。いいね」

「申しわけありません」

ハリエットは悄然《しょうぜん》と応じる。その隣で、エレインが声もなく嗤うのを小岩井は見逃さなかった。

「まだ報告の途中です。続けてもよろしいですか」

七村は冷静に、且つ嫌みなく一同を見回した。

「失礼した。続けて下さい」

ウォンの返答を待って七村が発する。

「ファイ主管と嵯峨主任の報告によりますと、香港時代、元教授は若い男と密会している現場を目撃されている。ですが香港側から提供された資料には、元教授の交際相手については一言の記載もない。通常の身辺調査ならば真っ先に記載されるべき事柄であるにもかかわらず、です。これは一体どういうことでしょうか」

キャサリン・ユーには若い愛人がいた――

小岩井にとっても意外な情報であった。これまでの捜査資料によるイメージからはまったく想像できなかったからである。

「その目撃情報が信頼できるものであるとするならば、我々にとっても驚きです」

ウォンが落ち着いた口調で言う。

小岩井はさりげなくハリエットに視線を向けた。あの壮絶な銃撃戦から生還したほどの彼女が、明らかな困惑の色を示している。

「つまり、香港警察もまったく把握していなかったと考えてよろしいのですね」

「恥ずかしながら」

七村の念押しをウォンが肯定する。

「なるほどー。謎の愛人登場ですか」

わざとなのか無意識なのか、水越が緊張感を削ぐような声を上げる。

「私としてはその男の正体に興味を惹かれますねー。あとこちらから補足ですが、問題はまだまだありますよ。一つには、キャサリン・ユーほどの人物がどうして黒社会に利するような犯罪行為に手を貸したかってことです」

「これまでの話からすると、すでに明らかじゃないですか。何者かは知らんが、その若い愛人に貢ぐためと見るのが妥当では」

ゴウの意見に、水越は微笑みを浮かべて対応する。

「それは充分にあり得る仮説であると認めます。昼メロみたいですけどね。でも、今回の事案はなんだかそれだけじゃないような気がしますね」

「その根拠をお聞かせ頂きたい」

ウォンの発言に対し、答えたのは嵯峨であった。

「ファイ主管に感化されたわけじゃないが、俺もそんな気がします。捜査資料、香港から提供されたアレですけど、読めば読むほどキャサリン・ユーの全体像に関する情報がちぐはぐで、どうにもうまく嵌まらない。そうですね、言ってみれば刑事の勘てやつでしょうか」

「うわ、刑事の勘だって」

山吹が剽軽《ひょうきん》な声を上げる。

「そんな言葉、ドラマ以外で初めて聞いたなー」

「うるせえよ。捜査会議中なんだぞ。ちょっとはわきまえろ」

「わきまえるのは二人ともです」

七村に叱られ、二人が同時に謝る。

「すみません」

ゴウがいつもの苦々しい顔で、「まったく……」と呟きかけたそのときだった。

「何がちぐはぐだ。いいかげんにしてくれ」

シドニーが憤然と立ち上がった。そして嵯峨を睨みつけ、

「何もかもはっきりしている。香港警察の報告書は日本警察のように杜撰《ずさん》なものじゃない。あの女は市民を死に追いやったばかりか、尻軽の性悪女だった。愛人を引き込んでいてもおかしくはない。我々がそれを把握できていなかったのは確かに手抜かりだが、それだけ相手が狡猾《こうかつ》だったということだ。一体どこがちぐはぐなんだ」

「あのなあ警長さん、俺はこう見えてもあんたより階級は上なんだぜ。ま、それはともかくとして、俺がちぐはぐだって言ったのは――」

「嵯峨主任には私からお詫びする。シドニー、さっさと座れ」

ウォン隊長が嵯峨の言葉を遮った。小岩井の目には、それはいかにも強引に見えた。

「申しわけありません、水越管理官。我々香港側も反省すべき点が多々あるようです。実にお恥ずかしい限りだ」

「いえいえ、これくらいの不協和音は最初から想定してましたしー」

もうなんのフォローにもなっていない。片やゴウは怒りの目でシドニーを睨みつけている。

「とにかくここは一旦休憩ということで――」

そう言いかけた水越が、思い出したように告げた。

「あ、そうそう、刑事局の諏訪野さんから連絡があって、呂の事情聴取、特別に許可してくれるそうですよ」

今度は嵯峨が勢いよく立ち上がった。

「なんでそれを早く言ってくれないんですか。すぐに行ってきます。まだ小松川署でしたね」

「それならエレインを同行させます。よろしいですね」

ウォンがすかさず提案し同意を求めてきた。

「もちろんです。冷静なエレインさんなら嵯峨さんのお目付役にぴったりじゃないでしょうか」

水越の返答は、本気なのか皮肉なのか、やはり小岩井には判別できない。

嵯峨はエレインを連れ急ぎ部屋を出ていった。

「じゃあ、皆さん三十分間の休憩ということで。私は執務室でおやつ食べてますので、何かあったら遠慮なく来て下さいねー」

脱力するしかない言葉を残して水越も退室した。

パソコンを閉じて立ち上がった小岩井に、山吹が声をかけてきた。

「行くぞ、小岩井」

「行くって、どこに」

「沙楼飯店に決まってんだろ。三十分もありゃラーメンくらいイケるって」

ランチはもう食べたんじゃ――そう言いかけて、小岩井は咄嗟に心を決めた。

「お供させて頂きます」


いつもの中華屋の店内でラーメンを啜っている山吹に対し、小岩井は思い切って尋ねた。

「山吹さん」

「なんだよ」

山吹は丼から顔を上げもしない。

「言いたいことがあんなら早く言えよ」

「山吹さんは北京語と広東語だけでなく、英語まで話せますよね。一体どこで学んだんですか」

「あたしみたいな元ヤンには無理だとでも言いたいのかよ」

「いえ、そういうわけじゃ……」

慌てて箸を取り上げ、目の前に置かれた焼売《シューマイ》を摘まもうとしたとき、山吹がぽつりと言った。

「おまえ、あたしをスパイだと疑ってんだろ」

箸が止まった。その通りであったからだ。

「いえ、そこまでは」

「隠すなって。丸分かりだから、おまえ」

箸だけでなく心臓まで止まりそうだった。

丸分かりって、それは警察官として相当マズいんじゃ――

「せっかくだから教えてやるよ。疑われたまんまじゃこっちも気分悪いしさ」

麺を食べ終えた山吹は、レンゲを使ってスープを飲み始める。

「あたしは埼玉の団地で生まれたんだ。そこの住民は外国人の移民ばっかりで、その上ほとんどが中国人だった。昔はそうじゃなかったらしいけど、少なくともあたしが生まれた頃にはそうなってた。だから地元の公立校に行くと同級生も外国人ばっか。そんな環境で育ってみろよ。覚えたくなくても外国語を覚えちまう。そうじゃなきゃ一緒に遊ぶこともできねえしさ」

言葉を失う。自分が恥ずかしくてならなかった。

「すみません」

「なんで謝るんだよ」

「僕は、なんて言うか……」

「謝るってこと自体がこっちをバカにしてんだよ。分かるか」

「はい」

「じゃあもうこの話は終わり」

そう言いつつ箸を伸ばした山吹は、手の付けられていない小岩井の焼売を摘まんで当然のように平らげた。

「……文句ある？」

「ありません」

「よし」

満足そうに言って山吹が席を立つ。小岩井は率先して勘定を支払った。

取調室で再会した呂子雄は、さすがにやつれて小さく見えた。

「痩せたんじゃねえのか、おまえ。ムショに入ると健康にいいってのは本当だったんだな」

対面の椅子に腰を下ろした嵯峨は、まじまじと相手を見て言った。

「うるせえよ。それにここはムショじゃねえし」

「怒るなって。お互いせっかく生き残ったんだから」

「うん、まあ、そうだなあ。あんときはマジ死ぬかと思ったぜ」

戦友意識とでも言うのだろうか。呂は人が変わったように素直になっていた。

壁際に立ったエレインはじっと呂の様子を観察している。警察庁刑事局の口利きであるから、小松川署はエレインの立ち会いに反対しなかった。

「社員もほぼ全滅だから、ウチの会社もおしまいだ。こんなことになると分かってたら、あいつらにはもっとボーナス弾んどいてやればよかったなあ」

そんな殊勝なことまで呟いている。先の事件が相当にこたえているようだ。

「それで今日はなんの用だい。大体のことはもう何度も話したぜ」

「うん、なんだかおまえに会いたくなってさ」

「嘘こけ。ここの署員から聞いたぞ。特助係ってのは警察でもハブられてんだってな」

「実はそうなんだ。いくら呂の兄貴に会わせてくれと言ってもシカトされるばっかでよ。窓際のツラいとこだぜ」

「つまんねえボヤキはいいからよ、訊きたいことがあるんならさっさと訊いてくれ」

「じゃあ、まずキャサリン・コーについてだ」

「ああ、あのオバサンのことか。ずいぶん偉い先生だったんだってな。ちっとも知らなかったぜ」

「本当かよ」

「今さらトボケてどうするよ。こっちは上の組織から言われて預かっただけだし。その話はもう何度もしたはずだ」

「だからウチはハブられてるから聞いてねえんだよ」

本当は刑事局経由であらましは聞いているが、自分の耳で確認しておきたかった。

「丁重に扱えとも言われたし、絶対に外に出すなとも言われた。だから広い中庭のあるウチが選ばれたんだろうな。時々上から電話がかかってきて、そのつどあの女に取り次いだ」

「上ってのは」

「分かってんだろ。十月貿易とか、いろいろだよ。ウチは規模こそ大きめだが、どっちかって言うと末端寄りだったし。上と話し終えると、女は別の携帯でどこかに電話してた」

その携帯はいわゆる「飛ばし」で、やはり上の指示でセントラル・アジアン側が手配し、そのつど処分していたと呂はすでに供述している。

「内容は密輸の指示だってすぐ分かったよ。電話の後は必ず仕事が回ってきたし、文句はなかった。前年度に比べて経常利益は大幅増だ」

「なに急に経営者ぶってんだよ。他に女は何か言ってなかったか」

いよいよ核心の質問に移る。

「特に何も。いつも暗い顔して部屋に引きこもってさ。陰気なオバサンだったぜ。そりゃまあ、ウチには話し相手になるような奴もいなかったけどよ」

手がかりになりそうな要素は一つもない。嵯峨は焦った。いろいろ角度を変えて話題を振ってみるが、呂の返答はいずれも似たような〈のっぺりした〉ものだった。

「着替えや化粧品等、女性に必要な品物は誰が用意していたのですか」

補助を務めるエレインが唐突に質問を発した。

呂はエレインに鋭い視線を投げかけ、

「あんたも特助係だと言ってたな」

「はい」

最初に嵯峨は彼女を特殊共助係の同僚だと紹介したが、香港警察とは言わなかった。

呂は何かを察知したのか——

「なんだよ、こんな美人がいるなら窓際どころか結構な職場じゃねえか」

嵯峨はほっとしたような、拍子抜けしたような気分で破顔した。

「いくら美人がいたってなびいてくれねえんじゃ意味ねえよ」

「そうだよな、おめえがモテるんなら俺だって警察に入ってるよ」

「ひでえ言われようだな」

エレインが無機的に繰り返す。

「質問にお答え下さい」

「え？　ああ、オバサンの日用品ね。あの女、化粧もしなかったし、大概は近くのコンビニで間にあった。ウチの若いのに時々買いに行かせてたよ」

「服や下着もですか」

「ああ。そういうのにはえらく無頓着でさ、服は適当な古着、下着は百均のでいいって。この俺でさえどうかと思ったくらいだぜ」

「じゃあ、男がいるなんて話は」

嵯峨が軽い調子で尋ねると、呂は大きな顔の前で片手を左右に振り、

「ないない。あるもんか、そんな話。大体がだよ、いくらオバサンでも男がいたらあんな恰好じゃいねえと思うぜ、女ってのはよう。電話でもそんな話、出たこともなかったし」

「盗み聞きしてたのかよ」

「したくなくても聞こえてくんだよ。俺の目の前で携帯使ってんだからさ」

携帯は逐次回収されていたから、キャサリン・ユーが密かに他所《よそ》へかけていたことはあり得ない。

「最初に来たときはどんな服装でしたか」

エレインが次々と質問する。

「どんなって、そのときから垢抜《あかぬ》けねえ恰好だったなあ」

「荷物は。手ぶらでしたか」

「ええと……ああ、そうそう、なんだか昔流行ったようなボストンバッグを持ってたなあ」

ボストンバッグ。嵯峨は頭の中で資料を繰る。そんなものは押収品リストには含まれていなかった。

「おい、そのバッグには何が入ってた?」

「古いノートとか、手紙とかだったなあ。パラパラ見たけど、難しいことばっかり書いてあって、頭が痛くなっちまった。後で大学の先生だと聞いて、なるほどと思ったもんだ。そうそう、そうだよ、だから覚えてたんだ」

「そのノートは」

「バッグに戻した」

「バッグはどうした」

「俺が預かると言って取り上げた。上から言われてたからな。念のため私物は預かっとけって」

「あの倉庫にはそんなものなかったはずだぞ。どこへやった」

「どこだったたっけなあ……ええと、事務所、にはなかったよなあ……どこへやったっけかなあ……」

考え込んだ呂を、焦燥をこらえて待つ。急かしてはいけない。ただひたすらに待つしかなかった。

「……そうだ、亜由美《あゆみ》だ」

「誰だよ、それ。初めて聞くぞ」

「船堀《ふなぼり》にあるキャバクラの女だよ。名字は斉藤《さいとう》で、前の前の前に付き合ってた。今は別の女と暮らしてるが、その頃は亜由美と同棲《どうせい》してて、他の荷物と一緒にうっかり車に入れて持って帰っちまったんだ。しゃあねえ、しばらく預かってくれってそこに置いてきた。値打ちモンが入ってねえのは分かってたしな。それからどうなったかまでは知らねえ」

「いつ頃の話だ」

「あのオバサンが来たときだから、三、四か月くらい前かな」

「その女の住所は」

「細かいとこまでは覚えてねえ。最寄り駅は行徳《ぎょうとく》で、湊新田《みなとしんでん》だったかなあ、行徳駅前公園に近い『パールランド行徳』ってマンションの二階だ」

「ありがとうよ。助かったぜ」

礼を言って立ち上がる。

「おい、待てよ」

取調室を出ようとしたとき、不意に呂がこちらを呼びとめた。

「なんだ」

「あんた、香港に行ったことはあるかい」

意外な質問に、嵯峨はとまどいを覚えつつ答える。

「まあ、観光程度ならな」

「そうか。うらやましいよ。俺は行ったことねえんだ、香港によ」

単なる羨望などではない。その言葉には悲哀にも似た情感があった。

「え……おまえ、サーダーンなんだろ」

意表を衝《つ》かれたせいか、そんな凡庸な返ししか出てこない。

「そうさ、おかしいだろ。親父もお袋も香港育ちだってのに、俺は行ったことも見たこともねえ。日本生まれの日本育ちだ。ガキの頃から中国人だとバカにされる毎日だった。けどよ、親父もお袋もよく香港の話をしてたんだ。生活は苦しかったが、空気がなんだか明るかったってな。変な話だろ？　空気が明るいってなんなんだよ。でも子供心に、きっといいとこに違いねえと思ったもんさ。だから俺、ムショを出たら香港に行ってみようと思ってる」

「そいつはいいな。そんときは俺も呼んでくれよ。夜景を見ながらビールでも飲もうぜ」

「バーカ、誰がデコスケなんかと旅に行くかよ」

二人して小さく笑い、嵯峨は取調室のドアを閉めた。

香港はもう、あんたの思い描くような街じゃなくなったんだ――

そう言えなかった自分を、心の奥で責めながら。


呂の関係先は捜一や組対がすでに当たっているはずだが、捜査資料に斉藤亜由美の名前がなかったことからすると、関連性はないと判断されたか、もしくは単に見過ごされた可能性が高い。なにしろ「前の前の前に付き合ってた」女なのだ。

嵯峨とエレインはその足で行徳に向かった。

斉藤亜由美なる女性の住まいはすぐに見つかった。『パールランド行徳』二一二号室。インターフォンのボタンを押すと、すぐに返事があった。

〈はい？〉

「警察の者です。斉藤亜由美さんですね」

カメラに向かって手帳を示す。

「ちょっとお伺いしたいことがあって参りました。ほんの少しでいいんです。お時間は取らせませんので、開けて頂けませんか」

〈あの事件のことなら、あたし、何も知りませんから〉

銃撃抗争事案のことを言っているのだ。

「そんなんじゃないのでご心配なく。本当にちょっと確認するだけなんです」

最大限に優しく言うと、ややあってドアが開かれ、化粧する直前だったらしい女が顔を出した。

「申しわけありません。警視庁組対部の嵯峨と申します。こちらに呂さんから預かったボストンバッグがあると伺いまして」

「そんなの、何も預かってません。あたし、あの人達とそんなつながりはありませんから」

何か〈ヤバい〉預かり物と勘違いしたようだ。女はヒステリックに喚き立てた。

「いえ、そういうのじゃないんです。三か月か四か月くらい前、呂さんが間違って持ってきて、そのまま置いて帰ったそうなんです。型の古いボストンバッグで、もしかしたらまだこちらにあるんじゃないかと思いまして、それで――」

「あの古いノートとかが入ってるやつ?」

「そう、それです」

「だったらそこにあるわよ」

女はドアを大きく開けて、キッチンの片隅を指差した。そこに膨らんだゴミ袋の山と一緒に、大きな焦げ茶色のボストンバッグが無造作に置かれていた。

「あたしもいいかげん迷惑してたのよね。あの人はパクられちゃうし、次の燃えないゴミの日にでも中身ごと捨てようと思ってたとこなの」

「ちょっと拝見していいですか」

「いいけど、そのまま持ってってね」

「ええ、もちろん。安心してお任せ下さい」

廃品回収業者にでもなったかのような気分でエレインと一緒に上がり込み、ボストンバッグを開ける。

中には北京語で綴《つづ》られた手紙の束が入っていた。加えて数冊のノート。

それらのうち、手紙の一通に目を走らせる。手書き。しかも明らかに男の字であった。

「どうしても会いたいのです。早く、早くあなたに会いたくてなりません」

5

嵯峨とエレインが持ち帰ったボストンバッグとその中身は、特助係総出でただちに分析が行なわれた。厳密な鑑定は科捜研等の専門機関に依頼せねばならないが、今は一刻を争う。七村星乃も広東語で記されたノートと北京語の手紙を二日にわたって真剣に読み込んだ。

ボストンバッグ自体は九〇年代に香港で売られていた商品と判明した。キャサリン・ユーが愛用していたとしてもおかしくはない。特に不審な点はなく、安物のわりにしっかりとした造りである。

全部で九冊入っていたノートに記されていたのは、いずれも思想や宗教、歴史に対するユー元教授の思索であった。含蓄の深い文言が数多く見出され、シドニーとエレインを除いた残りの面々は、一様に嘆声を漏らさずにはいられなかった。そのまま出版できそうな、と言うより出版を想定して書かれた草稿のようでもあったが、現在の香港では刊行不可能な代物である。それだけに思想家としてのユー元教授には大事なものであったことは想像に難くない。しかし事態に照らして判断すれば、単に学術的思想的な文章の連なりであって、今回の事案につながるような記述は一切含まれていない。

問題はやはり手紙であった。計十一通。宛先はユー元教授で、差出人の名前も住所もない。黄ばんだノートと違い、封筒や便箋の色と感触はまだ新しい。消印はそれぞれ違っていて、北京市内が多かった。

肝心の中身だが、明らかに大きく欠落していて、内容どころか差出人がどういう人物かさえ分からなかった。またその欠落部分にこそ、本題の用件が記されていたようだった。状況からして、元教授本人が廃棄したと考えられる。相手の身許や核心部分を他人に知られることを恐れたのだ。にもかかわらず、たとえ一部であっても捨てられなかった。元教授にとって何よりも大切で、日本に逃亡する際も手放せなかったほどの価値が、その手紙にはあったのだ。

差出人がわざわざペンによる手書きで記しているのも、受取人、すなわちユー元教授に自らの誠意を示すためだろう。知性と教養を感じさせる達筆で、この場合、筆跡という重大な手がかりを残すことになるが、差出人はそういう意識がなかったか、あるいはあえてそのリスクを取った。もっとも、差出人本人ではなく、第三者が代筆しているという可能性も考えられる。

残されていた文面はと言うと、「恋しい」「慕わしい」「寂しくてならない」「早く会いたい」「私を忘れないで下さい」といった凡庸且つ情緒的なフレーズが並んでいるばかりであった。また消印の日付、すなわち投函《とうかん》された時期と手紙の書かれた時期が大きく異なっている可能性もあったが、文面には香港情勢について触れられた箇所も多々あり、その記述内容から手紙がこの数年間のものであることが裏付けられた。

それらを丹念に読み、分析した特助係の一致した見解は、〈恋人からのラブレター〉であった。

「キャサリン・ユーにはやはり男がいたんだ。それだけは間違いない」

ゴウの断定に、今度ばかりは反論する者もいない。断片的な記述のみで決めつけるのは早計とも言えたが、そうとしか思えぬ書きぶりであった。

「相手の男はやっぱあいつかな。ほら、エドワード・タンの娘、えっと、そうアンジェラだっけ、その子が香港で目撃したっていう若い男」

興味津々といった体で声を上げた山吹を、星乃は立場上たしなめる。

「捜査に予断は禁物です」

「しかし七村係長、そう考えればすべてつながるのも確かなのでは」

ゴウが真っ向から異を唱える。

「いや、むしろそうとでも考えねば、こんなたわいもない手紙の断片を後生大事に日本まで持ってきたキャサリン・ユーの心理が説明できない。男は封筒に名前すら書いていないし、女もまた男の名前が書かれていたであろう部分をあえて捨てている。つまり男は身分を隠す必要があったし、女もそれを理解していたということだ」

「これはゴウさんのお説の方がもっともですねえ」

横から裁定を下したのは水越だった。

「〈こんなものを後生大事に持ってきた心理〉。いいとこ衝いてますねー。さすが副隊長」

「これは恐縮です」

恐縮ですと口にしながら、ゴウは尊大な内心を隠そうともしていない。

星乃は密かにため息をついた。管理官がここまであからさまに人を持ち上げるときは何か下心――そう言って悪ければ戦略的意図――があるはずだからだ。

「となると、捜査方針は自ずと決まってきますね」

ウォンの言葉に、水越が頷く。

「そうですね。第一に相手の男の割り出し。これは日本では無理ですから、香港警察にお願いするしかないでしょう」

「分かりました。速やかに本部へ連絡し捜査を要請します」

「それと並行して従前通り元教授の潜伏先の割り出し。加えて黒社会の動向の監視。サーダーンにせよ黒指安にせよ、ユー元教授の居所を全力で追ってるはずですから、万が一にも先を越されるようなことがあってはなりません。相手が相手ですので、黒社会関係は嵯峨さんとシドニー君を中心にシフトを組んでもらいましょう」

「分かりました」

嵯峨はいかにも大儀そうに、シドニーは奮然と返答した。

てきぱきと分担を決めた水越は、一同に向けて告げた。

「では皆さん、よろしくお願いします」

そこで解散となったのだが、退室しかけた水越が思い出したように振り返った。

「あ、それから係長は私の部屋に来て下さい」
やっぱり——と心の中で星乃は一際盛大にため息をついた。

「この事案はねえ、香港に持ってかれたらおしまいじゃないかと思うの」

執務室に入るなり、水越はいきなりとんでもないことを言い出した。背後のドアがちゃんと閉まっているかどうか、星乃は慌てて振り返ったくらいである。

「なんですか、それ。さっきの結論と正反対じゃないですか」

「そうかな」

「そうですよ」

「大筋は違ってないの。だけどどっかで〈ずれ〉があるのよ」

「ずれ、ですか」

「嵯峨さんが前に『刑事の勘』とか言ってたときのこと。星乃ちゃんも感じてたんじゃないの。隠さずに言っちゃえ言っちゃえ」

「それは、確かに……」

感じていた。捜査員としての本能が強く反応していたことを覚えている。

女子中学生くらいの身長の水越は、まさに女子中学生のような笑みを浮かべ、

「ほらほらー、星乃ちゃんほどの人が気づかないはずないって。私の目に狂いはないんだから」

「私をおだてても無駄ですよ」

「別に星乃ちゃんに何かお願いしようってわけじゃないの。ただね、その勘が大事なときなのか

なあって」

「と、申しますと」

「要するに私の勘でしかないんだけど……香港にね、私の友人で信頼できるジャーナリストがいる。その人に頼んで調べてもらおうと思ってるの、キャサリン・ユーについて」

看過できない。星乃はただちに諫言《かんげん》した。

「キャサリン・ユーの身辺調査についてはたった今香港警察に任せるとおっしゃったばかりじゃないですか。現状、相互不信があることは否定できないにしても、いくらなんでもこれは香港側に対する背信行為では」

「そこが第一の〈ずれ〉なのよ」

その発言は星乃の理解できる範疇《はんちゅう》を超えている。

「万一香港での独自調査が発覚したら、いえ、同じ対象を調査するわけですから、必ず香港警察に――」

「たぶん大丈夫だと思う。何しろ〈ずれ〉があるんだから」

「はっきりとした説明をお願いします。第一の〈ずれ〉ということは第二もあるということですよね」

「うん。第二の、と言うよりこっちが第一かな。つまりユー元教授の人格や経歴といった全体的イメージと、実際の犯行とのずれ。ハリエットや他の人も指摘してたよね。それが第一」

「では第二は」

「うーん、今はまだダメ。だって、私の勘が外れてる可能性だってあるわけだから」

口調に反して、水越はかつてないほど真剣な表情を見せていた。

「それにね、私の勘が当たってるとしたら、この〈ずれ〉を把握しているのは香港じゃない。中南海よ」

星乃は事の重大さを瞬時に悟った。管理官が何を考えているのか具体的には分からないが、現段階で迂闊《うかつ》に言明できない理由は皮膚感覚で理解できた。


皇居外苑の一角に立つ楠木正成《くすのきまさしげ》の騎馬像は、今にも青い空へと駆け上らんばかりの躍動感に満ちていた。

気持ちのいい昼下がりであったが、星乃の心は晴れやかとは言い難いものだった。

「お待たせしました」

星乃の気分に反し、その女性は蒼天《そうてん》に似つかわしい澄んだ声で呼び掛けてきた。

警視庁捜査二課第四知能犯特別捜査第13係の磯辺《いそべ》係長である。階級は警部。捜二における星乃のカウンターパートに当たる人物だ。服装も星乃と同じパンツスーツだが、ふくよかな体型をさりげなくカバーできるファッショナブルなデザインで、警察官らしくないほど華やいで見えた。

「いえ、私も今来たところです。それより、突然お呼び立てして申しわけありません」

「とんでもない、ちょうど肩が凝ってたところだったんです。なにしろウチはずっと部屋に籠もって帳簿を調べるのが仕事ですから。それで、ついでに散歩でもしたいなと」

落ち合う場所として楠木正成像前を指定したのは磯辺であった。

「この辺じゃ、どこの店に入っても誰に見られるか分かりませんからね。だったらむしろオープンな場所の方がいいだろうと思いまして」

警視庁をはじめ各省庁が集中しているこのあたりは、昼間の公務員人口密度が極めて高い。

星乃は磯辺と並んで皇居外苑を歩き出す。

「七村さんからのお誘いということは、何かのご相談かなと思って。それも内々の。そうでなきゃ庁舎内で会えばいいわけですから」

相変わらず察しのいい女性だ。表面的にはどこまでも明るく快活だが、立場上油断はできない。特助係の情報だけ持っていかれては、こちらが葱《ねぎ》を背負ったカモということになる。

「お気遣いに感謝します。でも、相談というほどはっきりしたことじゃないんです。だから庁舎にお伺いするのも気が引けて」

「忙しいんですよ、ウチは」

磯辺が唐突に発した。十数秒前までの快活さは完全に影を潜めている。

「腹の探り合いはやめにしませんか、お互いに。肩が凝ってるっていうのは本当ですけど」

覚悟を決めざるを得なかった。

「いいでしょう」

「じゃあ早速お願いします」

「ウチの管理官は瑞江の銃撃事案に中南海が関わっていると見ています」

「水越さんが？」

磯辺が横目で星乃を見た。そしてすぐに視線を前へと戻し、

「あの人が言うんならなんかあるんでしょうね、きっと」

「でもそれ以上は私にも分かりません」

「水越さん、相変わらずみたいですね」

「ええ、ですので――」

「やっぱり人に聞かれるとまずい話でしたね。分かりました。ちょっと当たってみましょう」

今度は星乃の方が驚いて磯辺を見た。

「何を驚いてんですか」

前を向いたまま、磯辺は不本意そうに言う。

「ウチは今、中国からの不法資金を扱ってる。それを知ってて連絡してきたんでしょう？」

「はい、でも」

「組織と組織をつなぐのは資金の流れです。例外はありません。この場合は中南海とサーダーンですよね。その痕跡を見つけるのがウチの仕事ですから」

磯辺の瞳は、帳簿の波間に残る数字の航跡をすでに捉えているようだった。

「その代わり」

「分かっています。こちらから提供できるネタが入ったときは必ず」

「話が早くて助かります。水越さんが引っ張りたくなるはずですよ」

「それは……」

返答に窮して言葉を濁すと、磯辺は足を止めて破顔した。

「分かりますよ。あの人についていくのは普通じゃ無理。それにヘタしたら一蓮托生《いちれんたくしょう》で警察から追放されちゃうし。七村さんも大変ですね」

「おそれ入ります」

「じゃあ、何か分かり次第連絡します」

それだけを言い残し、磯辺は祝田橋《いわいだばし》の方へと歩き出した。

「磯辺さん」

思い切って呼び止めると、磯辺がいぶかしげに振り返った。

「内幸町《うちさいわいちょう》に女性専用のいいマッサージ店があるんです。よろしかったら今度ご紹介します」

「ぜひお願いします」

「混むと困るんで、くれぐれもご内密に」

「了解です。全部ひっくるめて内密ということで」

意味ありげに答え、磯辺は今度こそ足を止めずに歩み去った。

星乃は身を翻し、来たばかりの道を引き返す。

そして口にできなかった言葉を青い空に向けて少しだけ解き放つ。

大変どころじゃないですよ、水越管理官の補佐なんて――

6

捜査車輌のトヨタ・マークXで第一京浜を南下する。目的地は東五反田。いわゆる城南五山のうち島津山《しまづやま》と呼ばれる高級住宅地である。

「あんたさあ、パソコンだけかと思ったら運転もマジうまいのな」

ハンドルを握るエレインに助手席の山吹が話しかけてくる。まったくの無駄口だ。

「いえ、そんな」

「謙遜すんなって。ゾクのアタマ張れるレベルっつーか、ほとんどプロ級」

「光栄です」

柄にもなく皮肉で応じるが、この無神経な女にはまるで通じていないようだった。「パソコンだけ」とはどういうことだ。まるでそれ以外は無能であるかのようではないか。これまでの自分の仕事を見ていなかったとでもいうのだろうか。

そこまで考えてエレインは平常心を取り戻す。この女なら本当に見ていなかったとしても不思議ではない。瑞江での銃撃戦を体験しながら平然としていられるのも、その無神経さゆえと考えれば納得もいく。

「それにしても、別荘とは気づかなかったなあ。それもNPO名義でよ」

いまいましげに山吹がこぼす。

日本にいるキャサリン・ユーの支援者を当たっていたエレインと山吹のもとに、係長から連絡があった。捜査二課から届けられた資料を精査していたところ、実業家マックス・ラウが理事を務めるNPOが島津山に土地家屋を所有している事実を発見したとのことだった。以前はそこまで調査が及んでおらず、ラウ氏の個人的な別邸である可能性が濃厚であるという。捜二は脱税を疑って関心を寄せているようだが、この場合、誰かを匿うのに最適な場所であるのも確かであった。またラウ氏には小島美麗の関係するコミュニティと接点のあることも確認されている。

山吹とペアを組むことになって十日以上。徒労感が頂点に達しつつあった矢先だけに、その情報は願ってもないものだった。

「係長の話だと、サーダーン担当の嵯峨さんとハリ姐《ねえ》さんは今のところ収穫なし。だけど黒指安担当のシドニーと小岩井の方はなんか動きをつかんでるみたい」

「結構ですね」

あからさまに心の籠もらぬ相槌《あいづち》を打つ。手柄を立てるのは自分だけでいい。キャサリン・ユー逮捕に血道を上げているシドニーは要注意だが、幸いパートナーは小岩井だ。彼がシドニーの足をほどよく引っ張ってくれるだろう。

第一京浜から西に逸れ、次第に勾配を強める坂道を上る。五山と言うだけあって高台に位置しているため、北品川や東五反田は坂が多い。

やがて目的の家に着いた。家ではなく豪邸と呼ぶべきか。高い塀の内側には樹木が繁《しげ》っていて、中がどうなっているのか、外からはまったく分からない。

「『ザ・金持ち』ってカンジだな」

山吹が品に欠けるが適切な喩《たと》えを口にする。エレインは当然の如くそれを無視し、車を出て格調ある門の横にあるインターフォンのボタンを押した。

〈どちらさまでございましょうか〉

使用人と思しき女性の声が応対した。身分証をカメラにかざし、

「警察です。お伺いしたいことがあって参りました。ここを開けて下さい」

〈お約束はおありでしょうか〉

「いいえ。単なる形式的な質問ですので」

〈あいにく責任者が不在ですので、今日のところはお引き取り下さい〉

「そうは参りません。捜査命令が出ておりますので、開けて頂けない場合、門扉を壊して入らねばなりません。そうなる前にお開けになることをお勧めします」

捜査命令が出ているのは事実だが、それでも門扉を破壊していいわけがない。ただのハッタリだ。使用人の声の震えでピンときた。何かある。車の中で山吹が「おい……」と呆れたように呟くのが聞こえたがそれも無視する。

モーター音がして門が開いた。すぐに運転席に戻り、敷地内へと侵入する。

立派な玄関の前にマークXを駐め、今度は玄関ドアのノッカーを叩く。

ドアが開かれ、年老いた女性が顔を出した。質素で装飾の少ないロングドレスを着ている。英国風のスタイルだ。確信が深まる。

「先ほども申し上げました通り、ただ今――」

「キャサリン・ユー先生にお取り次ぎをお願いします」

女の顔に驚愕が走った。当たりだ。

「そんな人、ここには……」

「変ですね。こちらにご滞在と聞いてきたのですが」

「どなたがそんなことを」

「失礼します」

使用人を押しのけ中に入る。正面に大きな階段があった。

「オイまずいぞ、そんなの日本じゃ違法――」

山吹が背後から肩をつかんできた。

「二階で怪しい物音が聞こえました」

鈍そうな山吹がすぐに察してくれたのは幸いだ。

「そうか、なら緊急判断で調べてみる必要があるな。泥棒だったら大変だ」

「やめて下さい、二階には誰もいませんっ」

悲痛に叫ぶ老女を山吹がなだめる。

「危険ですからお婆《ばあ》さんはここでじっとしていて下さい。あたし達が様子を見てきますから」

山吹にしては上出来だ。エレインは真っ先に階段を駆け上がる。二階の通路に到達した瞬間、一番奥のドアが音もなく閉まるのを見た。今までドアを開け、下の様子を窺っていたのだ。

廊下を走りながら、内ポケットに入れていたS＆Wのタクティカルペンを右袖の内側に移す。ボールペンとしての機能もあるが、古くは『手の内』『六寸』等の名称で呼ばれた〈握り物〉の隠し武器である。アルミ合金製で長さ一四・七三センチ、重さ四五・三六グラム。日本は外国の警察官による銃の携帯を認めない。ゆえにエレインもハリエットと同じく勤務時にはこうした護身用の装備を持ち歩いている。

慎重にドアを開け、室内に踏み込む。隣室へ続くドアがいくつもある。外見にふさわしい贅沢《ぜいたく》な造作であった。

壁際に、写真よりさらに老け込んだ女が立っていた。グレーのスウェット。皺の多いその顔には怯えの色が浮かんでいる。

後から走り込んできた山吹が小声で問う。

「この人だな」

「ええ」

エレインは彼女にゆっくりと歩み寄った。

「キャサリン・ユーさんですね。私は香港警察の――」

そのとき、左右に配置された円柱の陰から拳銃を構えた二人の男が姿を現わした。セミオートマチックのラーマオムニ。ともに目出し帽を被っている。

迂闊だった――

キャサリン・ユーが正面に立っていたのはこちらの注意を惹きつけるため。ドアを開けて様子を窺っていたのはこの男達だったのだ。使用人の声が震えていたのはユー元教授を匿っていたからではない。元教授を人質に取られていたからだ。通報すれば殺すと脅されているに違いない。

「こっちの方が一足早かったようだな」

男の一人がユー元教授に銃口を突きつけ広東語で嘲笑する。広東語。そして目出し帽。シドニーと小岩井がつかんでいた動きとはこれだったのだ。

「黒指安ね」

冷静に言うエレインに、男が無言で目を見開く。

「キャサリン・ユーを射殺する寸前に私達が来た。敷地が広くて森に囲まれてるから近所に気づかれないと思ったんでしょうけど、警察官が門前にいる状況ではさすがにまずい。銃声を聞かれたら通報される。それを避けるには使用人に私達を追い返させるか、中に入れて始末するしかない。それから悠々と逃げるってわけね」

「頭は切れるようだな。度胸もいい」

黒社会の情報網は侮り難い。場合によっては警察の上を行くことも珍しくない。ほんの数分の差であろうが、彼らに先を越されてしまった。不必要なことを長々と喋ったのは、その間に対応策を考えるためだったのだが、有効な手段は浮かばなかった。

「あのう……」

出し抜けに声がした。山吹がいつになくたどたどしい広東語で、

「警察官に銃を向けるのはよくないと思うんですけど」

もう一人の男が、山吹のこめかみに銃口を押し付け、

「こっちの女はバカなのか」

「たぶんそうだと思います」

「ああ？　なんだよエレ公、おめえ今なんつったよ」

山吹がこちらに食ってかかる。

「頭だけじゃなくて耳まで悪いんですか」

「上等だよてめえこのっ」

互いに胸倉をつかみ合う。一瞬のアイコンタクト。それだけで充分だった。次の瞬間、二人同時に左回りで半回転し、互いの後方にいた敵に回し蹴りを食らわせる。

エレインはすかさずタクティカルペンを握り締め、怯んだ相手のみぞおちを衝いた。男は悶絶して昏倒《こんとう》する。

山吹が蹴り倒した男はラーマオムニを取り落とした。慌てて拾い上げたが、その前に山吹が懐から抜いたシグ・ザウエルP230JPを突きつけている。

「遅《おせ》えんだよ」

余裕を見せる山吹にエレインは叫んだ。

「このバカ！」

怒鳴るまでもなかった。山吹はすでに状況を察知している。

男の銃口は山吹ではなく、その背後のキャサリン・ユーに向けられていたのだ。

組織への度し難い忠誠心だ。彼はすでに逃亡を考慮していない。完全に任務を遂行する気だ。

もう間に合わない――

銃声がした。だが撃たれたのはキャサリン・ユーではなかった。彼女を撃とうとした男の方だった。その背中に赤黒い染みが広がっていく。

ドアの一つが開いていて、硝煙を燻らせるグロック19を手にしたジャンパー姿の男が立っていた。その銃口が続けてシグ・ザウエルを手にした山吹に向けられる。

即座に山吹が円柱の陰へと飛び込んだ。連射された銃弾がその後を追うように白い壁に弾痕の軌跡を描く。

それとほぼ同時に別のドアが開き、二人の新手が現われる。ともにジャンパー姿で、エレインに向けてグロックを連射する。エレインもまた別の円柱の後ろに身を隠した。激しい銃撃に円柱の表面が破砕され、粉塵《ふんじん》が舞う。急所を衝かれて昏倒している男の体にも容赦なく銃弾が浴びせられた。

何者だ——いつの間に侵入したのか——

キャサリン・ユーは頭を抱えてその場にうずくまったままである。恐怖で身動きできないのだ。円柱の陰から腕を突き出し、山吹がシグ・ザウエルで応戦している。だが一対三ではどうにもならない。

二人が掩護している間に、最初の一人が飛び出して元教授の腕を取り、仲間のいる部屋へと強引に引きずり込んだ。エレインは床に転がっている黒指安のラーマオムニを拾いに飛び出そうとしたが、たちまち飛来した銃弾に阻まれた。

後から来た三人組はキャサリン・ユーの暗殺を阻止し、いずこかへと拉致しようとしている。おそらくはサーダーンの構成員だ。

銃撃がやんだ。円柱の後ろから山吹と目を見交わし、息を整え飛び出した。エレインはラーマオムニを拾い上げてから山吹に続いて隣の部屋へと駆け込んだ。

テラスに続くドアが開いている。銃を構えて駆け寄ると、テラスから白い階段が裏庭へと延びていた。その先——立木の合間から、フェンスの向こう側にグレイの日産スカイラインが停まっているのが見えた。ジャンパーの男達がキャサリン・ユーを後部座席に押し込んでいる。

「とまれっ」

銃を構えて制止するが間に合わない。スカイラインは猛然と走り去った。

山吹とともにもと来た通路を引き返す。玄関前に駐めてあったマークXに飛び乗り、すぐに発進させた。パトランプを出し、サイレンを鳴らす。助手席では山吹が車載無線機で関係各所に通報している。

来るときに頭に入れた周辺の地形を呼び起こす。

スカイラインの走り去った方向からすると――

アクセルを踏み込んで路地を進み、何度かハンドルを切る。前方を横切るスカイラインの車体が見えた。

「いやがった」

山吹が低く発した。言われなくても捕捉している。

「絶対に逃がすんじゃねえぞ、エレ公」

偉そうに言いながら、山吹はシグ・ザウエルの弾倉を交換している。認めたくはないが、その落ち着きようは信頼できた。自分の名の呼び方が、日本語でどういうニュアンスを持つのかは分からなかった。

こちらを振り切ろうというのか、スカイラインは猛スピードで坂道の上り下りを繰り返している。特に勾配の急な坂を選んで走っているようだ。坂を上りきるたび、そして下りきるたび、車体が一瞬宙に浮き、アスファルトの路面に叩きつけられ凄まじい勢いで上下に揺れる。シートベルトをしていなければ体が車体を突き破って飛び出しそうだ。

「舌を嚙まないように気をつけて」

「もう嚙んだよっ」

唇に血を滲ませて山吹が怒鳴る。

通行人を轢《ひ》かないように全神経を集中させるが、スカイラインはお構いなしに速度を上げる一方だ。高級住宅地であるせいか、出歩いている人影がほとんどないのは幸いだった。

現在位置を山吹が常に無線で報告しているが、対象車がでたらめとも思える経路を取っているため所轄による封鎖が追いつかない。前方にパトカーの片鱗でも見えると、対象車は瞬時に路地へ入って挟撃を回避する。なかなかのドライビングテクニックだ。

やるじゃない——だけどレベルはもう分かった——

エレインは徐々にスカイラインとの距離を詰める。島津山から御殿山《ごてんやま》へ。坂道の上り下りは依然尽きない。こちらを引き離せず、敵も焦っているはずだ。

あんた達じゃ無理——私を振り切ろうなんて——

笑みを浮かべてアクセルを踏む。

絶対に逃がしはしない——心にそう呟いて、山吹が言った言葉と同じであることに気づき軽い自己嫌悪に陥る。

北品川六丁目から高輪《たかなわ》四丁目に入ったスカイラインは、平坦《へいたん》な道をまっすぐに進み、広い門から何かの施設の敷地へと侵入した。

ナビを注視していた山吹が叫ぶ。

「『開東閣《かいとうかく》』に入りやがったっ」

だがエレインは躊躇なく後を追って突入する。

「おい、まずいぞ」

「私有地ですか。それとも公共の施設ですか」

「よく知らねえが、両方みたいだ」

「やめますか、追跡」

そんな気はないが言ってみる。すると山吹は平然と、

「気にすんな。殺人と拉致の現行犯だ。早くとっ捕まえないと人質が危ないってコトで」

「了解」

前方に古風でいかめしい建造物が聳《そび》えていた。香港ではよく目にするが、日本ではあまり見ない様式の建築だ。歴史的記念物の類いか。

スカイラインは建物を大回りする形で正面に出ると、広場に乗り入れ青々とした芝生を無残に踏み荒らしながら南西方向へと突っ切っていく。休館日なのか、それとも非公開の施設なのか、人の姿はまったくなかった。

ついに追いついた。併走するマークXに、スカイラインが幅寄せして何度もぶつけてくる。衝撃で車体が激しく振動し、金属の擦れ合う強烈な軋《きし》みが錐《きり》のように鼓膜をえぐる。

「ナメやがってっ」

山吹が叫んだとき、窓から銃口が突き出されるのが見えた。

エレインは頭を伏せてハンドルを切る。フロントガラスとサイドガラスにいくつもの孔が開いた。銃声に混じって悲鳴が聞こえる。敵車内にいるキャサリン・ユーだ。こちらからは反撃できない。シグ・ザウエルを構えた山吹が歯嚙みする。

敷地の南側にはソニー通りに面した出入口があった。こっちが正門らしい。だが門は閉まっている。スカイラインは門に横付けする恰好で急停止した。そして車内からこちらに向かって斉射する。

エレインは急ハンドルでマークXを大木の陰に停め、姿勢を低くして山吹とともに外へ出た。

木の陰に身を隠し、ラーマオムニの銃口を突き出して呼びかける。

「人質を解放して投降しなさい」

「逃げられると思ってんのかコラッ」

返ってきたのは無数の弾丸だった。木の陰で身をすくめる。

「何考えてやがんだ、あいつら。すぐに所轄のパトカーが来るってのに」

山吹の疑問に応じるかの如く一台のミニバンが門の外で急停止した。トヨタ・ヴォクシーだ。内側のスカイラインと対になるような形で横付けしている。

「あっ」

驚いて身を乗り出すが、またしても銃弾の雨が横殴りに吹きつけてきた。明らかに掩護射撃だ。

スカイラインのボンネットに上った男達が、ヴォクシーの内側から手を差し伸べる仲間にキャサリン・ユーの体を渡している。その間にも牽制の銃撃が続いているので、こちらは接近するどころか身動きもできない。

あらかじめ追跡された場合の逃亡プランを練っていたのか――

キャサリン・ユーを拉致した一味は、車内からスマホで仲間と連絡を取り合い、タイミングを合わせてこの敷地に侵入したのだ。

ヴォクシーの奥に消えた元教授に続き、男達がスカイラインの屋根から門の外へ跳び降りようとしている。銃撃が途切れた。エレインと山吹はすかさず前に出て、門から跳んだ二人を撃つ。

狙いはともにあやまたず、二人の男は血を噴いて落下した。ヴォクシーは急発進して逃げ去った。

残された一人がなおも執拗に撃ってくる。エレインは冷静に相手の肩を撃ち抜いた。

走り去ったヴォクシーと入れ違いに、パトカーのサイレンが接近してきた。

7

各種防犯カメラの映像を解析した結果、キャサリン・ユーを連れた男達は何度も車を乗り換え、そのつど少人数に分かれたことが判明した。そして最終的には警察の監視網から逃れ去った。ユー元教授と拉致グループの行方は現在も不明のままである。

旧岩崎家高輪別邸である三菱開東閣の正門周辺で確保された三人の被疑者は、速やかに病院へ搬送された。そのうち門前に落下した二人は死亡、エレイン・フーに肩を撃ち抜かれた一人は重傷だが命に別状はなく、いずれもサーダーンの構成員であることが確認された。病院で逮捕された男は現在に至るも黙秘を続けている。

マックス・ラウ氏が事実上の所有者である別邸の一階収納庫からは、使用人梶原咲代《かじわらさくよ》が意識不明の状態で発見された。サーダーン構成員が侵入する際に彼女の頭部を殴打したものと思われる。幸い一命は取りとめたが、事情聴取に応じられる程度に回復するにはまだ時間を要するとのことであった。

同別邸でサーダーン構成員に射殺された二人組の身許は不明。事件の経緯から黒指安構成員であると推測された。

任意での聴取に応じたマックス・ラウ氏は、キャサリン・ユーを匿っていたことは認めたものの、以後は黙秘に転じた。しかし彼女が犯罪に加担していたことを知らされると、担当官に対し、以下の供述を行なった。

「あなたはユー先生を、いや香港を知らないからそんなことが言えるんです。『民主はないが自由はある』。香港に真の意味での民主主義はなかったかもしれない。だが自由はあった。あなた方日本人は、あの頃の香港の風を知ろうともしない。私は日本と香港を往き来するようになって十年以上になりますが、それも当然だろうと思います。あなた方は自由のない社会、特定の政治勢力に支配された社会を当たり前のように受け入れてきましたからね。かつての香港は違っていた。誰もが民主主義の意味を理解し、いつかはそれを実現しようと希望を持って生きていた。ああ、あの頃に戻れるものなら！　この体で香港の風をもう一度感じることができるのなら！　雨傘運動の時代にも熱気はあった。なのに理不尽な暴力によって、市民運動のことごとくが踏みにじられた。とどめとなったのは国安法の成立と422デモの悲劇だ。ユー先生が非合法的手段に訴えたのが事実であったとしても、私は少しも驚きません。そこには必然があったはずです。香港の自由を取り戻すための必然が。だからこそ私は何も聞かずに先生を保護したのです。私達が愛してやまなかった香港の自由は、かくも無残に破壊された。市民があれほど戦ったのにです！　おや、あなたは笑っていますね？　遠い外国の他人事だと思っていますね？　私が興奮のあまり事件と関係ない話をしていると思っていますね？　だからそんなふうに笑えるのでしょう。でも私から見ると、この国は香港と同じ道を辿っている。しかも恐ろしいまでの早足で、なんの疑いも抱かずに。何もかもが腐食し、こんなにも悪臭を放っているというのにです！　私達は分かっていた。だから全力で抵抗した。あなた達は権力に対してどこまでも従順であるばかりか、抵抗する人、疑問を投げかける人を皆で嘲る。進んで自由を投げ出そうとする。香港人の私にはまったく信じられないことだらけです！　断言しますが、日本は香港よりもたやすく独裁主義、全体主義の手に落ちるでしょう。いや、すでにそうなっていると言った方がより実情に近いはずだ」

水越は捜査員室でマックス・ラウ氏の供述録音データを再生し、全員に聴かせた。

末席の小岩井も、意外な感興を覚えつつそれを聴く。ラウの話は、過去への甘やかな郷愁に縁取られながら、民主主義を信じ、自由を希求する人の切実さに充《み》ちていた。さらには現実への絶望と諦念をも含み、小岩井の胸を静かに打った。

「水越管理官」

ウォンが険しい面持ちで水越に問う。

「今ここでその録音を再生した真意についてお尋ねしたい」

「いえね、NPOを税金逃れに利用したりと、したたかなビジネスマンだと思われてたラウ氏の意外な情熱が迸《ほとばし》ってて、私、もう感動しちゃって」

「あなたの話術や韜晦《とうかい》のレトリックにはある意味感心しています。ですが、正直に申し上げるといいかげんうんざりだ。ラウは香港当局を批判しているにすぎない。それは取りも直さず、我々に対する不信感の表明でもある。違いますか」

「違います」

水越は即答した。

「ではなんですか。明確なご返答をお願いします」

「ご要望に従いまして明確にお答えしましょう。この特殊共助係を創設した霞が関と中南海への不信感です」

一同の間を電撃にも似た戦慄が走り抜けた。一人、ウォンのみが感情を消した目で水越をじっと見つめている。

「私はね、ウォンさん、このラウ氏の話に本事案の大体が含まれていると思うんです。厳密にはラウさんの話と、ユー元教授のバッグに残されていた手紙の両方にですけど」

意味が分からない――

小岩井は一同を見回し、次いでウォンに視線を戻す。香港警察側の指揮官は、水越管理官が口にしたことの意味をはっきりと理解しているように見えた。

「水越管理官、あなたは我々の存在意義を否定するのですか」

「違います。むしろ私は、正面から、真っ当に、私達の仕事をやり抜こうと考えています」

「しかしそれは――」

「それは両国政府の意向と矛盾するものではないと認識しています。根拠は後で説明しますが、ともかく私達は、同じ警察官として協力し、事件解決に当たるのが最大の責務であると考えます」

「何かご存念がおありのようですね」

ウォンは水越から視線を逸らさず、ゆっくりと続けた。

「伺いましょう」

「その前にウォンさん、私はあなたと取引がしたいのです」

「取引？」

「そうです。お互いの背後を隠さず、警察官としての使命を果たすという取引です」

そのときゴウが奮然と立ち上がった。

「今さらそんな必要はないっ」

彼は上司であるウォンに向かい、

「グレアム、忠告しておくがこれは祖国に対する裏切りとも取られかねない行為だ。たかが現場の一警察官の妄言に乗せられてはならない」

「そうかな。私は彼女をそんなふうに軽視すべきではないと思うが」

「並の人材でないことは私も認めよう。しかしだからと言って売国的行為に加担することは許されない」

「警察官としての本分を尽くすことがどうして売国的行為になるのかね」

ウォンの言葉に、ゴウはつまった。

「ブレンダン、君が中国人民警察の意を受けて海外調査専業隊に配属されたのは知っている。同時に私の監視役を担っていることもだ。その人事を私は喜んで受け入れた」

「だったら――」

「それはブレンダン、君が忠実な党員であると同時に、本質的には任務をまっとうしようとする警察官であると信じているからだ」

「そんな言い方で私が懐柔されるとでも思うのか」

「さあ、それは私にも分からない。いずれにしても、決めるのは水越管理官の話をもう少し聞いてからでもいいだろう」

ウォンは水越に向き直り、

「失礼した。続きを伺いましょう。できればもう少し具体的にお願いしたい」

「はい。順を追って説明すれば、セントラル・アジアン総業での事案です。サーダーン系組織を黒指安が襲撃する。いつ起こっても不思議ではない情勢だったのは確かですが、嵯峨さん達が潜入すると同時に仕掛けてきたのは、いくらなんでもタイミングが合いすぎてると思いませんか。しかも襲撃が決定されたのは当日だった」

「つまり、我々の情報が漏洩《ろうえい》していると おっしゃりたいのですか」

「その通りです。キャサリン・ユーが当局の手に落ちるのをなんとしても阻止したい者達がいる。だからこそ急いで情報を流し、黒指安を動かしたのです」

「それだっ」

小岩井は思わず立ち上がっていた。

「それこそが僕の感じていた違和感の正体だったんです」

面白くもなさそうに嵯峨が呟く。

「よかったなあ小岩井クン。で、気は済んだか？　済んだんならとっとと座ってくれたまえよ」

気がつくとほとんどの面々が無表情で自分を見つめている。

「すみません……」

急に恥ずかしくなって着席する。

水越はこちらに慰めるような視線を送りつつ、

「ともかく、この穴をふさがないことにはいつまで経っても事案は解決しないでしょう。それどころか、最悪の結末を引き起こしかねません」

「待って下さい」

ハリエットが声を上げる。

「それは私達の中に内通者がいるということですか」

「そうなんです」

悲しそうに——おそらくはそう見えるだけだ——水越が肯定する。全員の視線がゴウに集中した。

「違う！」

ゴウは文字通り真っ赤になって否定する。

「私は確かに人民警察から特命を受けている。党の意思に沿うよう捜査方針を誘導せよと。しかしセントラル・アジアン総業ではハリエット達が危うく命を落とすところだった。警察官として部下を危険に晒《さら》すような真似などできるものか」

「心配しないで下さい、ゴウさん」

水越が優しく言い聞かせるように、

「あなたを疑ってはいません。それどころか、香港警察の誰でもないと思っています」

七村係長が冷静な口調で質す。

「すると管理官は私達四人の中に内通者がいると」

「実はそうなんです」

小岩井は反射的に嵯峨を見た。他の面々も。

「やめてくれ。俺じゃねえよ」

ふて腐れたように嵯峨がうそぶく。

やはりこの人が――

嵯峨という人物は決して嫌いではないし、むしろ好感を抱いている。しかし通常の警察官を超えた能力を考えれば、納得がいくのも事実である。

いや、待て――

内通者により生命の危険に晒されたのはハリエットだけではない。嵯峨と山吹も同様である。誰であろうと、自分の死につながるような情報を漏洩させたりするものだろうか。

小岩井の思考をトレースするかのように、水越はその場にまったくそぐわぬ口調で、

「残念ですが、ハズレです」

「ハズレってなんですか、しかも残念って」

嵯峨の抗議を無視し、水越が説明する。

「嵯峨さんは今でこそパッとしない組対部員ですが――」

「パッとしないって、よけいヒドいじゃないですか」

水越はそれも無視し、

「もともとは地元福岡でも最強と言われた武闘派の不良で、特定危険指定暴力団真堂《しんどう》会の若頭が自らスカウトに来たくらいの逸材でした。同じ日にスカウトに来たのが福岡県警の暴力団対策部参事官。大方の予想を裏切り、嵯峨さんは真堂会を蹴って警察に就職したという経歴の持ち主です」

「それは何かの冗談ですか」

呆れたようにゴウが言う。全員が同じ気持ちである。

「ウソみたいな話ですけどホントなんです」

「日本警察のシステムについて熟知しているわけではないが、そんなことがあり得るとは思えない。普通なら真堂会が黙っていないはずだ」

「おっしゃる通り、いろいろあったようですよ。そこでキャリアである暴対部長が調整に入った結果、県警ではなく警視庁採用とし、地元から遠ざけることで話がついたそうです。その辺は警察からも暴力団からも愛された嵯峨さんの人徳でしょうね。叩き上げの暴対部参事官が目をつけただけあって、嵯峨さんはもともと頭もよく昇任試験をなんなく突破、三十歳で警部補になった。ところが肝心の仕事はというとコレがもう怠けてばかりで昔ふうに言えば〈昼行灯《ひるあんどん》〉。入庁の経緯が経緯だけにあちこちで持て余され、厄介払い的に特助係に回されたというわけです。私としては大歓迎だったんですけど。とにかく度胸だけは信頼できますから」

「度胸だけってなんですか、だけって。しかもそれだと俺が信用できるって理由になってないじゃないですか」

嵯峨がまたも抗議する。今度は水越も無視しなかった。

「え、そうなんですか？　私はそんなデタラメな人だからこそ信頼できると思ったんですけど」

「ひょっとしてそれ、フォローのつもりですか」

「もちろんです。それに、私が疑っている人は他にいるんです」

「えっ？」

水越は一呼吸の間を置いて、

「山吹さん」

「はい」

山吹が昂然《こうぜん》と顔を上げる。

「あなたはセントラル・アジアン総業への潜入を上層部へ報告しましたね」

「はい」

肯定する山吹の表情に、後ろめたさといったものは微塵もなかった。ただ厳然とした使命感と自負心のみが覗いている。

「山吹さんっ」

小岩井はたまらず叫んでいた。

「この前言ってたじゃないですか。埼玉の団地で移民の人達と育ったって。だから外国語ができるんだって。あれは嘘だったんですか」

「嘘じゃねえよ」

こちらを見ることもなく、山吹がそっけなく返す。

「あたしの育ちと、あたしの仕務とはなんにも矛盾しねえ」

「任務って――」

「座りなさい、小岩井君」

叱咤したのは水越ではなく、七村だった。

何事もなかったかのように水越が続ける。

「山吹さん、あなたは埼玉県警に採用されてから、県警本部の警備部外事課に配属された。語学力を見込まれてのことでしょう。その後は各都道府県警を頻繁に異動してますね。出向や出張も不自然なくらい多い。それでピンときました。これは公安が秘密裏に人材を抜擢し育てるときのパターンです。特助係の設立直前に新宿署の組対に異動。その際に密命を受けたんですね」

「はい」

「特殊訓練はいつどこで」

「二年前、ＦＢＩ戦術作戦課人質救出部隊ＨＲＴでの訓練に派遣されました」

「人事の記録では外事二課１係の庶務研修期間となっている時期ですね」

「はい」

無機的に答える山吹に、小岩井は叫んだ。

「どういうことなんですか、山吹さん」

「小岩井君っ」

再度七村に叱咤されたが、構いはしない。

「一つ間違ってたらあなたは死ぬとこだったんですよ。それどころか生き残ったのが奇跡と言っていいくらいだ。なのにあなたはどうしてっ」

山吹は小岩井ではなく、水越に向かって答える。

「自分は命令された通りに報告を上げました。それが警察官としての義務であると信じてのことです。その情報が中国側に流れるとは想像もしておりませんでした。どうしてこうなったのか、今も理解できずにいます」

「私の考えを教えてあげるわ、山吹さん。あなたを直接担当する警察庁外事情報部、いえ、おそらくはそのはるか上層の誰かが、中国に機密を漏らした。それが黒指安の襲撃につながるなんて考えもせずに。そいつは、そいつらは、あなたや現場の警察官がどうなってもいいと思ってる。いえ、なんとも思ってないと言うのが正確ね」

「そんな……」

「残念だけど、他に説明のしようがない。あなたはそれでも上の方針が正しいと思う？」

俯いた山吹は、もう何も答えようとしなかった。ただ無言で両の拳を握り締めている。

「水越管理官、あなたの言う〈取引〉の内容が段々分かってきましたよ」

ウォンが深みのある落ち着いた声で言った。

「いかなる命令であれ、情報の漏洩があっては現場の命取りになる。ここは互いに隠し事はなしにしようということですね」

「ご明察の通りです」

「いいでしょう」

「グレアム！」

声を上げたゴウを視線で制し、ウォンは続ける。

「ただしこの事案に関してのみ、ということでお願いします。我々は国家の命を受けて日本に来ている。国家に背くことはあり得ない」

「結構です。私達だって日本の公務員であることには違いありませんから」

「もう一つ。あなたは最初に『それは両国政府の意向と矛盾するものではない』と言われましたね。その意味も分かりました。つまり、山吹捜査員の問題と同じです。本事案の本質は、すべてがそうした権力構造に起因していると考えられる」

「さすがはウォンさん。その通りです」

よく分からない。それは他の面々も同様のようだった。水越とウォンだけが違う次元に存在し、さながら仙人同士の問答を交わしている。

「では、取引が成立したところで――」

「管理官、教えて下さい」

話を進めようとした水越を山吹が遮った。

「自分は……どうすればよろしいのですか」

思いつめた表情の山吹に、水越はいつもと変わらぬ口調で言う。

「どうって、別に変わりませんよ」

「しかし、自分は――」

「山吹さんも今の話、聞いてたでしょう？　警察上層部、そして日本政府には互いに異なる思惑を持った勢力が存在する。一方に叱られたって、もう一方の役に立ってればいいんです。もっと言えば、こっちを見殺しにするような連中の言うことは聞く必要なんてない。どっちの側であってもね。山吹さんだって、もう情報を上げようなんて気にはならないでしょう？」

「それはそうですけど……」

「なら問題なし。これからもＦＢＩで習得した技術を遠慮なく発揮しちゃって下さい。政府ではなく国民に尽くす警察官としてね。頼りにしてます」

「はあ……」

山吹は割り切れぬ思いを抱えた様子で頷いた。強引ながらもとにかく場を収めたのは水越真希枝の本領発揮としか言いようがない。

エレインは何か言いたそうな素振りを見せたが、それも一瞬のことだった。水越とウォンの会話が小岩井の理解した通りであるとすれば、この場で発言したことはすべて自分に返ってくるからだ。

「さて、続き続き」

水越はにっこりと微笑んで、連続ドラマのストーリーでも語るかのように、

「えーと、ラウ氏の話の次は手紙の件でしたよね。あれはどう読んでも男からの手紙でした。でもここに第一の〈ずれ〉があった。あ、この〈ずれ〉ってのは私の勝手なネーミングです。それは何かというと、ユー元教授のイメージの総体的なずれ。この人の経歴や思想、言動からすると、どうにもちぐはぐに思えちゃって。その不整合は本事案の全体に感じられるんですけど、特にこの手紙です。これがよく分かりませんでした。人間とは多面的な生き物ですので民主派の先生に若い恋人がいたって全然おかしくない。でも、だとしたら兆候くらいは捜査線上に浮かんだはずだと思うんです。それがまったくないってのが不思議でした。そこで考えてみました。恋人じゃなければ誰だろうって。ユー元教授のような年齢の女性が、どうしても捨てられなかった手紙の差出人。閃きましたね。それは息子じゃないかって。だとすると、香港の自宅で年の離れた男の顔を撫でていたのも納得です。ずっと会えなかった息子だったら、思わず顔を撫でさすったりするでしょう、母親ならね」

「しかし、ユー元教授には結婚歴は――」

「そう、そこなの」

捜査会議にふさわしからぬ――いつものことだが――茶目っ気を見せ、水越は七村の発言を遮った。

「係長には前に言いましたよね、第二の〈ずれ〉があるって。これがそう。つまり時代のずれってわけ。香港警察は現在の元教授の身辺を徹底的に洗ったはずです。でも香港にきなくさい空気が漂い始めた頃よりずっと以前、もっともっと、学生時代にまで遡る過去ならどうでしょう。自伝的著作や評伝に書かれていること以外に何があったか」

ウォンが唸った。

「おっしゃる通りです。キャサリン・ユーの過去も一通り調べられてはいるが、現在の捜査ほど徹底したものではなかった」

「そこで私は、信頼できる友人に頼んで学生時代のキャサリン・ユーについて調べてもらいました。具体的には、当時彼女と親しかった人達を訪ね歩いてもらったんです。多くは香港在住で見つけるのはそう難しくはなかったそうですが、なぜか一様に口が固かった。それでも何人かは話してくれました。結果は思った通りでした。若きキャサリン・ユーが香港大学に入学したのは一九九五年。香港返還の二年前です。そこで彼女は中国からの留学生と出会い、恋に落ちた。〈中国からの留学生〉という時点で、この男性が相当な富裕層、もしくは党高官の子弟であったことが分かります。そして二年後、香港返還の年に男の子を出産したらしい。なのに、その子を見たという人はどこにもいません。香港返還の騒ぎの中で男も大学から姿を消しました。そして当のキャサリンは一人で学究の道を歩み、現在に至るというわけです。私はこのときの赤ん坊こそが手紙——直筆《じきひつ》かどうかは別にして——手紙の主であり、今回の事案のキーマンではないかと考えています」

「なるほど……状況からすると相手の男が赤ん坊を連れ去ったのではないかというわけですね」

ウォンの発言に水越は頷く。

「ええ」

「では、香港の本部に当時の捜査を要請します」

「お願いします。でも、そう簡単にはいかないと思いますよ」

「なぜですか。香港大学の留学生名簿を当たれば、男の身許はすぐに割り出せるはずだ」

「実は私、すでに問い合わせてみたんです。そしたら香港大学に拒否されました。当該文書は閲覧禁止の指定を受けているって。たぶん中国からの圧力でしょう。当時の学生や教授に訊いて回っても同じじゃないかと思います」

ウォンが黙った。香港側の指揮官としては発言に最も慎重を要する局面だ。

しかしハリエットは違った。

「理解できません」

彼女はウォンと水越を交互に見て、切迫した口調で一気に語った。

「今のお話が事実であるとすれば、ユー元教授は生まれたばかりの我が子を奪われたわけですよね。にもかかわらず何事もなかったような顔をして生活を続けていたなんて、それこそ〈ずれ〉と言うか、不自然であるとしか——」

「何が不自然だ」

シドニーが声高に反論する。

「管理官も言ってたじゃないですか、相手の男は富裕層だろうと。つまり金をもらって子供を売ったわけだ。そんな女はいくらでもいる。主管殿はご存じないかもしれないが、香港にも施設はあるんですよ。母親に捨てられた子供を押し込める豚小屋のような施設がね。不自然でもなんでもない。よくある話だ。キャサリン・ユーが最低の女だという事実が裏付けられただけじゃないですか」

鬱積した怨念《おんねん》さえ伝わってくるようなシドニーの論もまた、ハリエットに勝るとも劣らぬ説得力を有していた。

「まあまあ、二人とも落ち着いて下さい」

水越がにこやかにたしなめる。

「どちらの説ももっともだと思いますよ。だからこそ謎なんです。ここは一旦置いといて、捜査の話に戻りましょう……七村係長、お願いします」

「はい」

釈然としないような面持ちで七村が立ち上がる。

「ユー元教授の過去については私も初耳でしたが、現在判明している事実を整理します。ユー元教授は香港民主化のためと偽って日本の支援者グループを密輸に利用した。彼女を操っていたのは黒社会のサーダーンで、逃亡したユー元教授を拉致して行方をくらましている。一方、同じ黒社会の黒指安はユー元教授を殺害しようと日本にプロの暗殺者まで送り込んできた。両組織には、それぞれ相当なバックがあるものと推測されます」

「そこなんだよ、俺が一番引っ掛かるのは」

今度は嵯峨が発言した。

「ウォン隊長が前におっしゃってましたよね、香港警察は422デモの参加者を特定したはずなのに、張のことは知らされていなかったと」

張文懐。香港の黒指安から派遣された殺し屋の一人である。

「隊長は香港黒社会対策の担当幹部だったと聞きました。その隊長が知らされてないってことは、よっぽど上の方が意図的に隠蔽したとしか思えない。問題はここからだ。仮にですよ、黒指安が中国の命令で動いているとして、サーダーンはどうなります？　いくら密輸のためとは言え、ここまでキャサリン・ユーを匿おうとするのはどうにも理解できない」

「はい、嵯峨さんがいいこと言ってくれました」

水越が教師のように手を叩き、

「ここで七村係長からお知らせがあります」

自分がまるで学級委員のようなポジションに置かれていると感じたのか、七村は不服そうに横目で水越を睨みながらも手にしたファイルを読み上げる。捜査二課の磯辺から届けられたものである。

「捜二から入ったばかりの情報です。サーダーン系組織の一つである十月貿易から北京へ多額の送金が行なわれている形跡あり。可能な限り調べたところ、北京銀行から先は追跡不可。唯一途中で上海《シャンハイ》を経由している送金ルートがあり、その口座名義は『上海花様公司《ホアヤンゴンス》』。同企業は中国共産党中央政治局委員会下部組織のダミーである可能性が極めて高い――とのことです」

全員が言葉を失う。

つまり、サーダーンもまた中国政府の意思のもとに動いていたのだ。

「おかしいじゃないか」

嵯峨がまたも声を上げる。

「矛盾している。香港は俺達にキャサリン・ユーを捕まえさせたいのか、逃がしたいのか、一体どっちなんだ」

その言葉の後半は、明らかに香港警察側に向けられている。

しかし応じたのは水越だった。

「矛盾はしていません。ウォンさんは先ほどこうもおっしゃいました。山吹さんの問題とおんなじで、本事案の本質はすべてがそうした権力構造に起因していると。つまり、日本側に対立する勢力があり、山吹さんはその一方に利用された。同じことが中国側にも言えるわけです」

「えっ、ちょっと確認させて下さい。中国は一党独裁国家ですよね？」

小岩井は慌てて手を挙げた。ゴウの強烈な視線が全身に食い込むが、事ここに及んで気にしてはいられない。

「現国家主席を擁する『太子党《たいしとう》』と、縁故に拠《よ》らない『共青団《きょうせいだん》』の対立は聞いたことがありますが、現実問題としてどうでしょうか」

対する水越の口調は、それまでとは一変した辛辣なものだった。

「その国家主席の足をすくおうと狙っている者がいないなんて、それこそ歴史と現実を知らない楽観主義というものでしょう。だからこそ主席は国内の締め付けをあれほどまでに強化している。ウイグルで発達したＡＩによる全体監視システムはその成果の一つでしかありません。ここでラウ氏の供述とつながりましたね。『日本は香港よりもたやすく独裁主義、全体主義の手に落ちるでしょう。いや、すでにそうなっていると言った方がより実情に近いはずだ』」

「水越管理官、それ以上はっ」

「さっきの取引をもう忘れたのかね、ブレンダン」

頭部全体に脂汗を滲ませたゴウの抗議を、ウォンが穏やかに牽制する。

「続けて下さい、管理官」

「私達は代理戦争をやらされているわけですね。それも悲しいことに、日中の、ではなく、中中の」

中中の代理戦争――どういうことだ――

「二十四年後のための代理戦争というわけですね、管理官」

副官の七村は、上司の考えをすぐに見抜いたようだった。

「そうです。私はまたこうも考えています。特殊共助係が設立された真の意味。それは二十四年後の戦いに備えて打たれた布石――と言ってもほんの小石でしかありませんが――その一つではないかと」

「私もあなたと同じ考えです」

ウォン隊長が静謐《せいひつ》の口調で同意を示す。それは取りも直さず、彼の覚悟と矜恃《きょうじ》とを示していた。

「ご説明をお願いします。私にはまだ全容が把握できておりません」

努めて己を抑えようとしているのか、ハリエットが蒼い顔で言った。彼女だけではない。多くの者が大いなるリスクを予感し、同時に好奇心を隠せずにいる。身を乗り出して蟻地獄《ありじごく》を覗き込もうとする虫のように。

水越が初めて立ち上がった。そして一同を見回し淡々と告げる。

「二十四年後。すなわち二〇四七年。香港の一国二制度が消滅する年です」

〈2047年問題〉だ——小岩井はようやく理解した。すべての根幹にあったのはこれだったのだ。

「一国二制度が完全に消滅したときに生じる憲政上の諸問題。それが〈2047年問題〉です。しかし現状、中国の強引な手法により一国二制度はすでに有名無実と化しつつあります。それだけに二〇四七年の世界は具体的なビジョンとして視野に入ってきた。二十四年後の利権を巡り、中南海で少なくとも二つの勢力が争っている。サーダーンを操っている勢力と、黒指安を操っている勢力です。実際はもっと存在するでしょう。ともかく、その駒として動かされているのが日本と日本警察である……というのが私の見立てです」

警視庁の一管理官でしかない水越が、水面下での国際的暗闘を語っている。客観的に見れば、それはあまりに常軌を逸した光景だった。だが身長一五〇センチそこそこであるはずの水越が、香港警察の面々を完全に圧している。

「……で、あんたらはどっち側なんだ」

ややあって、ぼそりと発したのは嵯峨であった。

ハリエットも我に返ったように、

「我々はどちら側なんですか、隊長」

エレインのみは、誰とも視線を合わさぬようにパソコンの、しかもキーボードを凝視している。

分かるよ——

小岩井は彼女に対し初めて共感を覚えた。中国人がここで自らの立場を表明することは、将来どころか生命の危険すら招きかねない。エリート志向のエレインもまさか自分がこんな場面に出くわそうとは、想像もしていなかっただろう。

ウォンが水越と同様に立ち上がる。彼もやはり大きかった。

「どちら側でもない。我々は警察官である。法に従って行動するだけだ。人民のために」

会議は終わった。水越とウォンは息つく間もなく霞が関に向かい、他の面々はしばし休憩となった。

「おい、小岩井」

捜査員室を出た小岩井は、背後から山吹に呼びとめられた。

「ラーメン食いに行こうぜ」

なんと応じていいか分からず、ただ無言で相手を見つめる。

山吹はどこまでもぶっきらぼうに、

「悪かったよ、おまえにウソついてさ。でもよ、それが公安だから。おまえだって知ってんだろ。あたしはマジで任務だって信じてたし」

どう答えるべきか、やはり言葉が見つからない。厳密には自分の感情の遣り場であり、自身の受け入れ方であると分かっている。

だが、それでも――

「おい、行くのか行かねえのかはっきりしろよ」

開き直ったのか、それとも自棄になったのか、いつものように山吹が凄んだ。

小岩井は思い切って言う。

「今日は山吹さんの奢《おご》りですよね」

「しゃあねえなあ。いいよ、それで」

「ラーメンじゃなくワンタンチャーシューメン、餃子《ギョーザ》と焼売付きで」

「分かったよ。おまえ、意外とちゃっかりしてやがんな」

そこへ嵯峨が声をかけてきた。

「おっ、山吹の奢りか。じゃあ俺も一緒に」

期せずして二人声を合わせて言っていた。

「ヤクザの人はお断りです」


神保町のカフェで、シドニーは一人コーヒーを前に身じろぎもせず座っていた。世界中にある有名チェーン店でいつも混雑しているが、不思議なことにかえって落ち着く。人混みにまぎれているという意識のせいか、考え事をするのにも最適だ。

だが今日ばかりは想いが千々に乱れてまとまらない。黒い怒りばかりが募っていく。

何が〈母〉だ――

甘いのは日本警察だけではなかった。あれだけの犠牲を出したというのに、香港警察はキャサリン・ユーに温情でもかけようというのか。

２０４７年問題など知ったことか。そんなことは政治家や役人が考えればいい。いつの時代にも利権はある。そしてそれを奪い合う連中がいる。それが社会というものだ。ごくありふれた真理でしかない。

自分達は警察官だ。犯罪者を捕らえ、人民の生活を守るために日々あれだけの訓練に耐えてきたのだ。

手紙の主がキャサリン・ユーの子供だとしたらなおさらだ。あの女は我が子を捨てて名声を選んだ恥知らずだ。

――友達になろう、シドニー。

目の前でパトリックが燃え上がる。絶叫を上げ、苦悶に身をよじり、助けを求めるように手を差し伸べる。

だが自分は、その手をつかむことさえできなかった。

――どうしたんだ、シドニー。僕はパトリックだ。君は本当に凄い。君と同期であることを心から誇りに思っている。

冗談を言っているのか。俺をからかってでもいるのか。

――冗談なんかであるものか。君とならもっともっと上を目指せるような気がするんだ。一緒にがんばろうじゃないか、香港の未来のために。

馬鹿を言うな。そんなはずがあるものか。

パトリック、おまえは俺よりずっと足が速く、俺よりずっとケンカが強く、俺よりずっと射撃がうまかった。

教官に褒められるときは確かに二人一緒のことが多かった。だが俺には分かっていた。それはいつも控えめなおまえが俺を立ててくれていただけなんだと。パトリック、おまえは育ちがよすぎたんだ。

俺は今でも富裕層の連中が好きではない。わけもなく偉そうにして貧乏人を見下している。正直に言うと大嫌いだ。そしておまえは富裕層の出身だった。俺なんかとは天と地ほども異なる恵まれた環境に育ち、まっすぐな心を身につけた。金持ちのくせに警察官を志した。それも官僚なんかじゃない、現場の一警察官だ。

妬ましく思わなかったと言えば嘘になる。しょせんは金持ちのお坊ちゃまだと思わなかったと言えば嘘になる。分かってくれ。あの頃の俺はそれだけひねくれていたんだ。

今なら分かる。パトリック・チェンという人間を育んだのは、香港の自由な風、自由な空気であったのだと。

だからこそ俺は香港を守る。香港を守る警察官として生きる。

おまえを誇りに思っていたのは俺の方だ。おまえは俺の希望でもあったのだ。

パトリックが笑っている。笑っている？　炎の中で？

待ってくれ、ああ、行かないでくれ、パトリック。そうだ、俺達は兄弟だ。二人で一人の親友だ。俺を置いて行かないでくれ——

やがてパトリックは炎の柱となって消滅した。

消し炭となったパトリックを、シドニーはコーヒーの紙コップとともに握り潰す。トレイを持って立ち上がったとき、どこかで子供の泣き声が聞こえた。

――媽媽《マーマー》（お母さん）。

一人捜査員室に残った星乃は、出勤前に買っておいたサンドイッチを頬張りながら、資料の読み込みを続けていた。

卓上の警察電話が突然鳴った。

グレープフルーツジュースで慌てて口中のサンドイッチを流し込み、受話器を取り上げる。

「はい、特助係七村です」

〈武島だ〉

武島捜査一課長か――

武島の階級は警視正だ。カウンターパートは自分ではない。それどころか水越管理官よりも上である。

「管理官は今本庁の方に――」

〈知っている。部長級以上が集まって会議中だ。中国の外交官も参加しているらしいから、それが終わるまでは俺も話ができない。だから俺の判断でおまえに電話したんだ〉

考えるまでもなく異例の事態である。息を整え、星乃は応じた。

「では私が承ります」

〈梶原咲代が意識を取り戻した〉

マックス・ラウの別邸で働いていた使用人の女性だ。

〈医者の許可を得てウチの捜査員がすぐに聴取した。咲代は若い頃から長らく香港で過ごし、ラウ夫妻とも現地で知り合った。つまり昔の香港を知っている人物で、雇用主のラウからキャサリン・ユーの世話役を頼まれたときは心底驚いたそうだ〉

武島は一体何を言おうとしているのか。その真意がまるで見えず、星乃は我にもなく苛立ちを覚えた。

〈それでキャサリン・ユーの身の回りの世話をしながら、話し相手になっていた。ユーも咲代には心を許したらしく、何か重大な秘密を打ち明けたようだ〉

「重大な秘密とは」

〈それがおまえに電話した理由だ〉

電話の向こうから、苦渋に充ちた笑いが微かに伝わってきた。

〈キャサリン・ユーは咲代にこう言ったそうだ――『この秘密をハリエット・ファイに伝えてほしい』と〉

第三章

命運自主

自ら運命を切り拓く

1

七村係長に同行したハリエットは、梶原咲代が入院している品川区の病院で武島捜査一課長らと落ち合った。

「いいか、梶原咲代が『ハリエット・ファイにだけ話す』と言い張っているからおまえに任せるんだ。本来ならそんな勝手は通らんところだが、人質の安否が気遣われる状況だ。俺の責任で許可するんだ。そのことを忘れるな」

武島が猪首《いくび》の上に乗った大きな顔を突き出すようにして言う。その背後に控えた二人は、ともに捜査一課のベテラン係長だと紹介された。武島以上に非友好的な視線でこちらを凝視している。

「聴取した内容は後で必ず俺達に話せ。スマホの録音機能もオンにしておくんだ。いいな」

「分かりました。会話はスマホで録音の上、残らず報告します」

ハリエットが復唱するのを確認し、武島は先頭に立って咲代の病室へと向かった。

七村と並んで彼らの後に従いながら、ハリエットは驚きと不安、それに純然たる好奇心とがない交ぜになった気持ちの高ぶりを抑えることができなかった。

なぜユー先生は秘密を打ち明ける相手として自分を指名したのか。自分が警察官になったことを先生は瑞江の倉庫ですでに知った。警察官ならば、上司に報告する義務があるのは当然ではないか。仮に教え子なら秘密を守ってくれると信じていたとしても、今どきはスマホくらい誰でも持ち歩いている。それとも、そうしたことに考えが及ばないほど先生は心身が耗弱していたのか。そして何より、先生は自分に何を伝えようというのか。

考えれば考えるほど分からなくなる。

格闘術とともに学んだ呼吸法で密かに息を整える。しばらく続けていると平常心が戻ってきた。考えても仕方がない。この事案は最初から謎だらけなのだ。今は任務を果たすことに専念すればいい。梶原咲代を通し、キャサリン・ユーからの〈伝言〉を受け取るという任務を。

「だいぶ落ち着いたようね」

並んで歩く七村係長が、前を向いたまま小声で言った。

ハリエットは驚いて七村を横目に見る。自分の呼吸は完全な無音であったはずなのに、この人は部下の精神状態まで把握できるのか。

「あなたなら大丈夫。たとえどんな話をされたとしても、冷静に受け止められる。キャサリン・ユーもそれを見越してあなたを指名したんじゃないかな」

「ありがとうございます」

素直に礼を述べる。七村の心遣いと信頼が嬉《うれ》しかったし、それは自信にもつながった。

梶原咲代は聴取のため個室に移されていた。武島がドアを開けると、室内にいた医師と看護師が振り返った。

話はすでに通っているらしく、医師は武島に「できるだけ手短にお願いします」と告げ、看護師を連れて退室した。

武島はハリエットを振り返り、

「俺達は休憩室で待機している。後はおまえ次第だ。行け」

そう言って廊下を歩み去った。七村も目で頷いて去る。

ハリエットはスマホの録音機能を手早く作動させ、目立たぬよう留意して内ポケットにしまう。最後に軽く息を整えてから中に入ってドアを閉め、ベッドへと歩み寄った。

そこに横たわっているのが梶原咲代だ。思ったより顔色はいいようだが、それでも顔中に深く刻まれた皺が、何か取り返しのつかない、絶望にも似た喪失を表わしていた。

ベッドサイドにあったパイプ椅子にかけると同時に、咲代がうっすらと目を開けた。

「香港警察のハリエット・ファイです。身分証はここに――」

慌てて自己紹介しようとすると、相手はそれを遮るように、弱々しいながらも明瞭に発した。

「いいの。たとえあなたが別の人でも私には分からないし、ユー先生もそれは予測していた。それでも先生は、あなたに……ハリエット・ファイに伝えたかったの。自由だった頃の香港を心から愛しているはずの教え子に」

いきなり胸を衝かれ、言葉を失う。

「先生は傷ついてた……騙《だま》され、利用され、殺されかけ……ラウさんの家に来たときはもうぼろぼろだった。先生はおっしゃった……ハリエット・ファイに会ったと、昔の教え子が自分を助けに来てくれたと……でも自分はその教え子からも逃げるしかなかった……だから最後に本当のことを伝えておきたいって」

それは、すでに諦めているということではないか――ハリエットは危うくそう言いそうになった。先生はご自分の命を含む何もかもをすでに諦めているのですかと。

「私の頭がはっきりしているうちに急いで話すわね。香港返還の二年前、先生は香港大学で一人の青年と出会った。先生は名前をおっしゃらなかったけど、中国からの留学生で、有力な党幹部の子弟だった。二年後、先生は男の子を授かった。かなりの難産だったそうよ。病院も出産費用も、すべて男が手配した。でも香港返還に伴い、中南海でなんらかの変化があったらしくて、男は帰郷を余儀なくされた。北京から親族を名乗る人達が何人か来てたって。その人達が生まれたばかりの赤ん坊を連れ去った。酷い話。王子様だと思った男が、人でなしの人さらいだったなんて。病院のベッドで身動きもできない先生に、男は父親の跡を継がなければならなくなったと詫び、この赤ん坊は自分の後継者として大切に育てると誓ったそうよ。そんな状況だったら赤ん坊なんて知らんふりして逃げそうなものだけど、大陸の旧《ふる》い名家の考えなんて、しょせん私達には理解できるものじゃない。先生は泣いて拒否したけど駄目だった。連中は病院にも当局にもとっくに手を回してたの。それでなくても苦学生だった先生に抵抗するすべなんて最初からなかった。長い、長い苦しみの末、先生は真の自由と民主化のため、学問の道に進むことを誓ったの。そして脇目も振らずに勉強し……」

そこで咲代は少し咳き込んだ。

「大丈夫ですか」

「ええ、心配しないで……それより……」

なんとしても話を続けたいようだ。

「その後の先生の活躍はあなたの知っている通り。私も二〇一〇年まで香港にいたからよく分かる。先生の体現していたものこそが香港の風であり、香港の空気だった」

香港の風、香港の空気――

忘れもしない、二〇一四年、雨傘運動の年。教壇から吹きつけるその風を、学生だったハリエットは正面から感じていた。

「二〇年代に入って、中国はいよいよ強権的支配を強めてきた。二〇一九年、先生のもとに差出人不明のUSBメモリが届けられた。そこに二十二年分歳《とし》を取ったあの男と、二十二年前の彼にそっくりな男が映っていた。息子だ、先生はそう直感したって。偽物なんかじゃない、あのとき奪われた自分の子供だって。男は画面に向かい、昔の仕打ちを詫びた上で語り出した。『息子がどうしても母親に会いたいと言っている。ついては手紙を書かせるから、それを読んだ上で一度会ってやってはくれまいか』と。言葉通りに受け取れるはずがない。裏があるのは分かってたけど、先生は息子さんへの想いを断つことはできなかった……あらやだ、私、言い忘れてたけど、かつて先生の恋人だった男は、今では中南海でとても出世してて、そのことは先生も知っていたそうよ。話が下手でごめんなさいね」

「いえ、そんなことないです」

「……ともかく、何度か手紙でやり取りをするうちに、息子さんへの想いはどんどん募っていくばかり。それでも先生は用心して迂闊に会うことは避けていたって。なのに向こうはなんの前触れもなく突然香港の自宅まで来た」

エドワード・タンの娘アンジェラに目撃されたのはそのときか。

「実際に会ってみて、いよいよ息子に間違いないと確信した先生は、もう逃げ出せなくなった。だって、母親なんだものね。私は生涯未婚だったけど、母親の愛は知ってるつもり」

自身の過去を振り返るように、咲代は静かに目を閉じた。

この人にも、この人だけの人生があったのだ——

そんな当たり前のことをハリエットは思った。

咲代はすぐにまた目を開けて、

「息子さんの言うには、中南海での政争で自分と父親の属する派閥が国家主席に疎んじられ、粛清されようとしていると。それは酷い怯えようだったって」

理解はできる。どんな高官であっても、権力闘争に巻き込まれ敗北すれば、社会的もしくは直接的な死に直結する。党中央政治局委員であり重慶《じゅうけい》市党委員会書記であった薄熙来《はくきらい》などその典型例だ。

「息子さんは涙を流して母親に頼んだそうよ、『自分を助けるために、どうか国家安全部に協力してほしい』と」

国安部か——

正式名称は『中華人民共和国国家安全部』。中国の内閣とも言える国務院に属する政府機関で、ことに第四局は香港、マカオ、台湾における情報工作を担当している。

「次の年の六月、香港国安法が成立した。先生はもともと過激な武力闘争に反対の立場だった。でも、息子さんと入れ違いにやってきた国安部員は、反政府活動の主導的立場になるよう命令したそうよ。そして密かにデモを扇動しろと」

「待って下さい」

思わず声を上げていた。

「だとすると、422デモを仕組んだのは中国政府ということになるじゃないですか」

「そうなの。何もかも中国の仕掛け。ええ、そうよ、ほとんどのデモ参加者は、キャサリン・ユーを信じて集まった一般の市民だったのよ。その上で国安部は、デモの実行日を教えるよう先生に迫った。『市民の安全のためだ』と言ってね。本心ではデモに反対だった先生は、この求めに応じてしまった」

衝撃が虚《うつ》ろな頭蓋の内部で鐘の音のように反響する。

ユー先生が内通者だったなんて――

「私が先生から聞いたのはここまで……先生は本当に疲れていた……ああ、私も疲れたわ……」

梶原咲代が目を閉じるのとほぼ同時に、痺れを切らした医師が入ってきた。その背後には武島一課長や七村係長らの姿も見える。

しかしハリエットは、それでも席を立てずにいた。

頭の中の反響は、おぞましく歪《ゆが》んだ音となって鳴り渡り、いつまでもハリエットの全身を呪縛した。


神保町の捜査員室で、ハリエットの報告を全員が無言で聞いた。一人、星乃だけはすでに病院で口頭での報告を受けており、録音も確認済みである。

途中、最も明確な反応を示したのはゴウとシドニーであった。

それまで抱いていた価値観と信念とを揺るがす内容に、二人がどれほど衝撃を受けているか、星乃にも容易に想像できた。

報告を終えたハリエットを水越が慰労する。

「ご苦労様でした、ファイ主管」

次いで全員に向かい、

「当時の香港市民は、当局に察知されないよう直前までデモ決行の日時と場所を決めなかった。警察による妨害を避けるためにね。なので決行日の当日になってからＳＮＳ等を活用して参加者に呼び掛けるという方法を採っていた。だけど中心にいたユー元教授が直前に情報を漏らした。その結果、ネイザンロードには武装した警察機動部隊が待ち構えていた。それだけじゃない。市民側に黒指安の構成員がまぎれ込んでいた。暴力を煽ってデモを暴動に変え、警察の武力行使を正当化させるのがその目的。結果として七人が死に、中国は武力干渉による統治の決定的口実を得た。つまり４２２デモこそが香港国安法を事実上完成させたと言える。それだけは間違いない。すべて中国の狙い通りに事が運んだというわけ」

ゴウが音を立てて椅子から立ち上がる。彼はその大きな口を開きかけたが、しかし何も言わずに再び座った。

いつもと違い、一片の笑みも見せず水越が続ける。

「七人が犠牲になったことを知り、ユーさんの心は完全に折れたんだと思う。後はもう人形のように言われるまま従うしかなかった。中国としてはユーさんに何か喋られるとまずいから、自殺を装うか何かでデモの直後に始末するつもりだったんじゃないかな。完璧な作戦よ。香港市民の非難は一気にユー元教授へと集中したわけだから」

「そこで絡んでくるのがあの２０４７年問題というわけですね」

思慮と憂慮の混淆《こんこう》する面持ちでウォンが言う。

「おそらくは。別の派閥が元教授を香港から逃がした。助手殺しの汚名を着せてね。助手のエディさんまで殺したのは何かを知られていたからかもしれないし、元教授の罪を決定的なものにして香港へ舞い戻る道を閉ざすためかもしれない。あるいはその両方。どっちにしても酷い話よ。巻き込まれたエディさんにしてみれば、とばっちりなんてものじゃない」

「それがどうして2047年問題と関係してくるんですか」

小岩井の質問に、水越が心なしか語気を強めるようにして答える。

「すべてを知るキャサリン・ユーの存在は、香港での諸問題に関して敵対勢力に対する有効な〈カード〉となり得る。切り札とまではいかなくてもね。サーダーンを操る連中はだから彼女を温存しておくべきだと考えたのよ」

星乃は目の前でパズルのピースがすべて嵌まっていくさまを幻視しているかのように錯覚した。

いや、錯覚などではない。

自分は知っていたはずだ、これこそが水越真希枝の力なのだと――だからこそ、自分はこの人の副官となることを承諾した――

「管理官のお考えは私のものと一致する」

そう言ってウォンが後の言葉を引き取った。

「香港から元教授を逃がす仕事を請け負ったのがサーダーン。それまで構築してきた密輸ルートを利用したのだ。ここで誰かが欲を出した。元教授の信奉者を利用して金の密輸に利用しようと思いついた。収益の一部、と言うより大部分は中南海に流れているに違いない。息子の件は餌としてまだまだ有効だったはずだ。誰であるかは不明だが、実在の党幹部なのだ。買収資金が必要だと言われれば、キャサリン・ユーは息子を救いたい一心で命令に従い続けるだろう」

「だから黒指安はあくまでキャサリン・ユー抹殺を狙い、サーダーンはそれを阻止しようとしたわけか。なるほど代理戦争だ。俺達はさしずめその最末端てところだな」

嵯峨が顎を撫でながら感心したように、

「政治や利権とつながった極道同士が殺し合う……国は違えど、ヤクザの道はおんなじだなあ」

意味ありげに無責任なことを呟いたかと思うと、急にエレインの方へと身を乗り出した。

「この前あんたに見せてもらった香港警察のデータがあったな。誰だっけ、在日香港人コミュニティの……密輸で逮捕歴のある……」

「曾興国ですか」

「そう、そいつだ。その画面の右下に確か黄色いマークがあったよな。あのときはうまくごまかされたが、ずっと引っ掛かってたんだ。こう見えても俺、わりと執念深くてさ。あれは凶悪犯のマークなんかじゃない。中国にとって思想的要注意人物を示すマークだったんだな。道理で黒指安の張には付いてなかったはずだぜ。どうだ、違うか」

「それは……」

「違っていない。その通りだ」

返答に窮したエレインに代わって答えたのはウォンであった。

「嵯峨主任、並びに日本警察の皆さんにお詫びする。あの段階では、本国のデータシステムについて詳細を明かすわけにはいかなかった。理解してほしい」

「まあ、分からんでもないですけどね、そちらのお立場も。なにしろ代理戦争のど真ん中に挟まれてるわけですから、俺達全員」

急に分かりやすくふんぞり返った嵯峨が皮肉で応じる。だが気にする者は日中のどちらにもいない。

〈代理戦争のど真ん中〉。嵯峨の指摘に、状況の深刻さを今さらながらに悟ったわけでもないだろうが、

「我々はこれからどうすればいいんだ、グレアム」

それまで見せたことのなかった焦燥を露わにし、ゴウが友人でもあるらしい上司に問う。

「どっちに従えば国家の意に沿うことになるのか。俺にはもう見当もつかん」

「水越管理官が以前に指摘した通り、だからこそ、この部署が設けられたのかもしれんな」

ゴウの質問とは一見なんの関係もないようなことを、ウォンは感慨深そうに口にして、

「考える必要はないよ、ブレンダン。我々は警察官として、与えられた任務を遂行すればいい。つまりキャサリン・ユーの確保と香港への送還だ。送還に当たってしっかりと警護する必要はあるがな。その上でキャサリン・ユーが何を証言しようと、それは我々の関知するところではない」

「確認させて下さい、隊長」

エレインが青ざめた顔で発する。

「なんだね」

「本事案の真相がここで述べられた通りであるとすると、送還後キャサリン・ユーは間違いなく殺されます。隊長はそれでも構わないとおっしゃるのですか」

「構わない」

ウォンはそう明言した。

どこまでも利己的に見えたエレインから迸った正義感にも驚いたが、星乃はウォンの冷酷な決断に一層の戦慄を覚えた。

エレインが、ゴウが、ハリエットが、さらにはシドニーまでもが、直接の上司を注視する。日本側も同様だ。

全員の視線を明らかに意識しつつ、ウォンは続けた。

「香港は変貌した。もはや別の都市と言っていい。だが私が奉職しているのは香港警察であり、忠誠を誓っているのは香港市民に対してである。香港政府は確かに中国の強い支配下にあり、我々は公務員である限りその命令に従わなければならない。だが少なくとも二〇四七年までは、一国二制度は効力を有している。たとえそれが有名無実であったとしても、たとえ香港政府の上層部が腐敗していたとしても、私は信じている。私と同じ考えを持った警察官はきっといるはずだと。だから私はキャサリン・ユーをあえて彼らに託す。すべてを記した捜査報告書とともに。ロバート・ムイ副処長は私の恩師でもある。それでもキャサリン・ユーが死んだのなら、それは彼女一人の死ではない。香港の死である。また警察官としての私の死でもある」

全員が息を呑んで聞き入っている。

副処長とは、日本警察の警視総監に相当する処長を補佐する役職で、文字通り副総監に相当する。

ロバート・ムイ副処長が中国に屈した裏切り者でないという保証はどこにもない。それでもウォンは信じるという。警察官としての生命を賭して。

それはあまりに鮮烈な矜恃であり、覚悟の宣言であった。

また警察官である限り、ウォンの言うように命令に従って行動するしか選択肢はない。香港警察の面々だけでなく、星乃自身を含む日本警察の五人もそのことを痛感している。

星乃はそっと視線をシドニーに向けた。席上、一言も発言しなかった彼は、ただ唇を嚙み締めるようにして身じろぎもせず俯いていた。

2

翌日、午後一時を過ぎた頃。管理官の執務室で星乃は水越の早すぎる〈おやつ〉に付き合いながら事態の打開策を論じていた。

管理官のデスクに置かれた警察電話が突然鳴り出し、水越は食べかけのクッキーを口に含んだまま受話器を取り上げた。

「はい、特助係水越です……あっ、諏訪野補佐ですか、ちょっとお待ち下さい」

送話口を手で押さえた水越は、口中のクッキーを吞み込んで星乃に向かい、

「本庁の諏訪野さんから。星乃ちゃん、悪いけどちょっと外してくれる?」

言われる前に立ち上がっていた星乃は、すばやく執務室を出た。

刑事局組対部諏訪野課長補佐の階級は警視。つまり水越のカウンターパートに当たる。

何か事態が動いたのか――

ドアを閉め捜査員室に移ろうとしたとき、スマホを耳に当て早足で歩いてきたウォンが自室に入っていくのが見えた。

おそらくは同じ内容の電話だろう――星乃はそう直感した。

自席で捜査関連の書類を確認していると、ほどなく水越とウォンが前後して入ってきた。二人の顔色から、星乃は自分の直感が当たっていたと確信する。

水越が一同に向かって報告した。

「たった今、本庁刑事局組対部薬銃課の諏訪野課長補佐から連絡がありました。手配中のサーダーン一味とキャサリン・ユーが西東京市北町《きたまち》の『スーパー北町』跡に潜伏中との情報あり。同店は一年前に閉店、土地建造物所有者によると新たなテナントを募集していたところ『六洋《ろくよう》物産』から同じ小売業の店舗を出したいとの申し込みがあり、四か月前に契約。しかし未だに営業を開始するどころか改装の気配もなく、不審に思っていたとのこと。サーダーンの行方を追っていた本部組対では、構成員数名がスーパー北町跡に出入りしているのを確認。調べてみると、六洋物産の役員は大半が『十月貿易』関係者であることが判明しました」

十月貿易。張りつめていた室内にそれまで以上の緊張が走る。

同社はこれまで何度も名前が挙がっていたサーダーンの有力なフロント企業だ。

「万全を期して監視を続けていた組対によると、出入りする構成員が近くのコンビニやドラッグストアで、女性用の下着や衣料、日用品をたびたび購入しているとのこと。肝心の建造物はすべてのシャッターが下り完全に封鎖された状態で、内部の様子は分からず。しかし状況から本庁はここにキャサリン・ユーが監禁されていると断定。手配中のサーダーン一味は銃器で武装していることから、ＳＡＴの出動を決定したとのことです。すでに現場では近隣住民の避難が始まっています」

愕然《がくぜん》とした。星乃は即座に異議を唱える。

「すべて状況証拠です。ユー元教授の存在も確認されていないのにＳＡＴとは」

水越は申しわけなさそうに、

「瑞江の倉庫や開東閣での派手な銃撃戦で、本庁は警察の威信が丸潰れになったと考えています。今回はなんとしても被疑者に抵抗する隙を与えることなく確保したいのでしょう。それも本庁の指揮で。万一に備えＳＩＴにも待機命令が出ているそうですよ」

「本庁の幹部は現場を知りません。過去にそれで失敗した事例はいくつも――」

「まだあります。諏訪野補佐は立場上形式的に情報を伝達してくれただけで、特助係は臨場に及ばずとの強いお達しでした」

「あの、それってどういう……」

山吹の問いに、嵯峨が答える。

「俺達は現場に顔を出すなってことさ」

「えーっ」

山吹と小岩井が同時に不本意そうな声を上げた。

「仕方ないだろ。あれだけ派手に撃ち合ったのはこっちなんだし」

「でも嵯峨さん、あそこで応戦しなかったらあたし達全員死んでたわけじゃないですか」

「上にしてみりゃ、俺達が死んでた方がむしろ世論をかわせてマシだったってことさ」

星乃はなおも食い下がる。

「中国はどうなんです。特助係を外して日本警察だけで対処することに納得しているんですか。それは中国の意図に反しているのでは」

「私から答えよう」

ウォンが苦い顔で口を開く。

「私も香港の本部から同じ説明を受けた。ここは日本警察の方針に従うべきであるとね。これは私の推測だが、中国と日本の間でなんらかの駆け引きがあったように思う……シドニー」

話の途中で、ウォンは部下に対して鋭く発した。

「今回は独断での行動は決して許さん。分かったな」

名指しされたシドニーは、全身の憤怒を懸命に抑えるような面持ちで応じた。

「はい」

いくら日本警察に行くなと命じられようが、彼はまた単身現場に乗り込んでいたかもしれない。SATが出動中の現場に彼が顔を出すと、極めて面倒なことになるだろう。星乃でなくても容易に想像がつく。ウォンもそれを警戒して釘を刺したのだ。


面白くねえ――

会議を終えて外に出た嵯峨は、神保町の古書店街を歩きながら独りごちた。

当然ながら古書を探しているわけではない。昼飯のための店を探しているのだ。しかし上層部からの通達が癪《しゃく》に障って、よさそうな店があっても素通りしてしまい、いたずらに足ばかりが先へと進む。

こうしている間にもＳＡＴは配置に就きつつあるのだろう。突入となった場合、ユー元教授を無事に保護し、サーダーンのみを制圧できるのだろうか。

考えても始まらない。現実問題としてそれが可能な特殊部隊は、警察にはＳＡＴだけなのだ。現場に自分達がいようがいまいが、結果になんの影響も与えないことは自明であった。

赤信号の点《とも》った交差点の先に新しいラーメン屋が見えた。

今日はあそこにするか——

信号が青に変わるのと同時に、スマホに着信があった。初めて見る番号だ。歩き出しながら応答する。

「はい、嵯峨ですが」

〈久しぶりやのう、アキちゃん〉

暴力的威圧感丸出しのこの声は——

思わず足を止めていた。

「もしかして虎居《とらい》センパイっずか」

〈そうや、ワシや〉

虎居先輩。嵯峨の不良時代の先輩で、地元暴力団に〈就職〉した現役ヤクザである。北九州の組織を振り出しに、盃《さかずき》を直して神戸の上部団体に〈栄転〉したヤクザ社会の出世魚とも呼ばれている。

「もしかして神戸からですか」

〈それがな、今はこっちにおんねん〉

「こっちって、東京ですか」

〈そうや。縞田《しまだ》組がウチの下に入りたい言うてきよって、その交渉でひと月ほど前からこっちにおんねん。場合によってはワシがこっちに拠点を移すことになるかもしれへん〉

「全然把握してませんでした」

〈マル暴にそない簡単に把握されてたまるかい〉

思い出した——

国対課の疋田係長が言っていた、こっちに来ているという噂の「関西の大物ヤクザ」とは虎居先輩のことだったのだ。

近くでクラクションが短く鳴った。信号がいつの間にか赤に変わっている。慌てて横断歩道を渡りきり、歩道の端に寄って通話を続ける。

「驚きましたよ。よく俺の番号知ってましたね」

〈そないなもん、警察がなんぼでも売ってくれよるがな〉

充分にあり得る話である。末端の個人情報など筒抜けと言っていい。

〈それより、ええこと教えたろ思て電話したったってん〉

「勘弁して下さいよ。俺、もう警察官なんで」

〈アホ、そんなんちゃうわ。黒指安の動きや〉

一瞬で頭が切り替わる。

〈あいつら、フィリピン人の組織からゴツい銃まとめて買うたそうやぞ。それでな、話はここからや。取引は英語やったそうやが、黒指安の若いのが上海語でなんやこそこそ話しとったんやて。ところがフィリピン人の中に、上海生まれの奴が一人おったんや。そいつが知らんふりして聞き耳立てとったら、『チョウフのケンライジ』てなんべんか言うとったそうやで〉

「なんです、その『チョウフのケンライジ』って」

〈そこまでワシが知るかい。調べるんはおまえらの仕事やろが〉

「そりゃそうですね。でも先輩がどうして俺にそんなネタくれるんすか」

〈おまえ今、香港警察の下請けみたいなけったいな部署におって、チャイニーズとやりおうとるんとちゃうんかい〉

「そうですけど、よく知ってますね」

〈そんなん、要《い》らへん言うたかて勝手に耳に入ってきよるがな。老人ホームの喧嘩《けんか》はワシらの間でもえらい盛り上がったで。それになんちゅうてもおまえはかわいい後輩やしな〉

「やめて下さいって。誤解されたらどうするんですか。監察に目を付けられたら俺、警察クビですよ」

〈ほたらワシの組に来たらええがな。アキちゃんやったら金筋間違いなしや〉

虎居はからかうように低く笑った。が、それは笑いと言うより猛獣の唸りに近かった。

〈正直言うてな、ワシらもチャイニーズには頭にきとんねん。ヤクザ舐《な》めくさりよって、関西でもやりたい放題や。特に黒指安はタチ悪いで〉

それでこっちにパクらせようという肚か――

「で、いつの話ですか、それ」

〈つい昨日やて。心当たりがあるんやったらはよ動いた方がええで〉

「分かりました。ありがとうございます」

〈どや、役に立ったか〉

「ええ、メチャクチャ立ちまくりです」

通話を終えた嵯峨は身を翻し、青が点滅し始めた信号を渡って全速力で駆け戻った。


「黒指安が武器を買い集めている、そして『チョウフのケンライジ』と言っていた、と」

七村係長が訊き返す。

「はい、その通りです」

得たばかりの情報を嵯峨は捜査員室で報告した。

「ネタ元は」

「マルB（暴力団）の幹部です」

「確度は」

「相当高いと自分は見ています」

水越管理官が考え込みながら、

「つまり、西東京市のスーパー北町は囮《おとり》で、それに気づいた黒指安は本当の監禁場所を突き止めた、その手がかりが『チョウフのケンライジ』だということですか」

「おそらくは」

「チョウフはたぶん地名の調布でしょうけど、ケンライジってなんでしょうかね？」

「少なくともそんな町名はありませんね」

パソコンのキーを叩いて検索した小岩井が言う。

「マンション名とかじゃねえの。もしかしたら人名とか会社名とか」

山吹の意見に、小岩井が即座にキーを叩く。

「マンションでもないですね……人名だと自治体に照会するしかありませんし」

「もしかして、これじゃないですか」

同様に検索していたエレインが自分のパソコン画面を示す。

そこには拡大された地図が表示されており、カーソルは『顕頼寺』という寺を指していた。

「ちょっと待って下さいよ」

それをもとに小岩井がさらに検索する。

「あ、この記事、読んで下さい」

小岩井が開いたのは、『多摩のうつろい』と題された個人ブログで、そこに「町内会だよりから」という引用文が掲載されていた。

「町の人に親しまれた顕頼寺が廃業するという。例によって、少子化による檀家《だんか》の減少や後継者不足からである。住職のいなくなった寺の権利は付随する施設ともどもすでに売却されたと聞く。幸い、購入者である丸習《まるしゅう》不動産は、できるだけ同じ宗派の宗教法人に買い取ってもらえるまで建造物の保存に努めると約束したということだ」

嵯峨だけでなく、全員がピンときたようだ。

「丸習不動産なる会社は国交省の宅建事業者等検索でヒットなし。また宅建協会、全日、ＦＲＫ、全住協をはじめとするいかなる業界団体にも属していません。それどころか未上場会社版四季報にも記載なし」

すばやく打鍵した小岩井の報告を受け、七村が机上の受話器を取り上げた。

「組対特助係の七村です。四知《よんち》特捜13係の磯辺係長をお願いします」

全員が無言で七村を注視する。

「……磯辺さん、特助の七村です。急を要する案件ですので単刀直入にお尋ねします。『丸習不動産』、マルは漢字で普通の丸、シュウは練習の習。この社名に心当たりはありませんか……えっ、はい……はい……もちろんです、機密扱いで……了解です……」

七村は鉛筆で何事かメモを取りながら聞いている。

「……ありがとうございます。お礼は後日必ず」

受話器を置いた係長は管理官に向かい、

「捜二でも丸習不動産について把握していました。上海からの不審な送金ルートについて調べを進めていたところ、浮上したのが丸習不動産だと。経営実態がないにもかかわらず、ただ資金だけが供給されている。マネーロンダリング用のペーパーカンパニーではないかと内偵を進めようとしていた矢先だったそうです」

「その丸習不動産が調布の顕頼寺を所有し、管理していると……分かりました」

水越は横に座すウォンに言った。

「ウォンさん、私の執務室まで来てもらえませんか」

「参りましょう」

二人のトップが連れ立って退室した。

緊張を強いられたまま全員が自席で待機する。

嵯峨は今になって空腹を覚えたが、この状況で一人退席するわけにはいかない。

さらに二十分ほど我慢する。しかしいよいよ耐えられなくなってきた。

コンビニでなんか買ってくるくらいはいいんじゃないか――

係長に許可を取ろうとしたとき、水越とウォンが戻ってきた。

水越は立ったまま一同に告げる。

「本庁に先ほどの件について報告を上げ、オペレーションの再考を具申したところ一蹴されました。根拠に乏しく、信憑性《しんぴょうせい》に欠ける推測でしかないと」

予想した通りか――

嵯峨は空腹にもかかわらず内心でゲップを吐く。己の出世のみに固執するキャリアの傲慢さと愚昧さにはいいかげんうんざりだ。捜査どころかケンカの経験一つないくせに、どうしてそこまで自信過剰になれるのか、いくら考えても理解できない。

「そんな、スーパー北町だって思いっきり根拠に欠けてるじゃないですか。誰も中を見てないままなんでしょう?」

山吹の抗議に対し、水越は鷹揚に頷く。

「はい、まったくその通りなんですが、この国の偉い人というのは、一回決めたことは何がなんでも変更しない、間違いだと分かってても変更しない、国民が何人死んでも変更しないという呪いにかかってるわけですね。これがゲームなら魔法の名は『思考停止』とか『責任放棄』とか『集団自決』といったネーミングになるでしょうね」

どさくさにまぎれてスゴいこと言ってますな、管理官――

「そこでウォン隊長とも相談したんですが、要するに上層部は顕頼寺なんて知ったことかと言っているわけですから、私達は勝手にやらせてもらいましょうと。幸い、北町には来るなと言われてますので」

「なるほど、そういうことですか」

嵯峨は口許が自然と緩むのを抑えるのに苦労した。

いやあ、警察にも面白い人がいたもんだ――

そこで水越は表情を一変させ、

「事態は一刻を争います。こうしている間にも武装した黒指安が顕頼寺を襲撃しているかもしれない。ここにいるメンバーで顕頼寺に潜入し、ユー元教授を確保して脱出する」

七村が冷静に質問する。

「令状はどうするんですか」

「そんなの、あるわけないじゃないですか」

「では踏み込む口実に放火でもしろと？」

「それも一案ですが、もっといい手を考えました」

「あまり聞きたくないですが、なんなんです？」

「黒指安の襲撃がまだであると仮定して――もう終わってたらその時点で負けですけどね――彼

らが来るのを待ち、あえて中に入れるんですよ。そこに偶然行き合わせた私達が緊急逮捕のため後から入ると。顕頼寺の件は上に報告済みですから、私達がそこにいてもおかしくないし、黒指安は武装してるはずですので、これを放置する方が問題でしょう」

「嫌ですよ、俺」

嵯峨は思わず叫んでいた。

「ケンカは数ですよ、数。そんなの、死にに行くようなもんじゃないですか」

「ヤクザのくせに根性ないんすね」

見下すように言う山吹に、

「ヤクザじゃねえよ俺は。おまえはいいよ、公安だし特殊訓練受けてるし」

「そうすかねえ？　瑞江じゃ相当使えたじゃないすか。あたし見ましたから」

「そりゃおまえ、あんな状況に追い込まれたら誰だって必死になるよ」

「全然余裕に見えましたけど」

「そんなことないって」

「じゃあまた必死になって下さいよ」

「やだよ」

「まあまあ、二人とも心配しないで下さい」

むきになって言い合っていたら水越に遮られた。

「数じゃこっちも負けてないですよ。むしろこっちが上でしょう」

「どういうことです」

山吹と同時に発していた。

「中国に複数の勢力があるように、日本にもいくつかの勢力があります。中にはスーパー北町への突入が失敗した場合のことを考える人もいるわけですよ」

また一段とワルいことを考えてるな――

「私、鼻が利くんですよね、そういう保身第一の人を見つけるのに。それで説得しました。ウチが防波堤になりますよって。たとえ調布が空振りに終わったとしてもその人はまったくの無傷で済みますし、成功したら大手柄ですから。その人を通して警備部に話をつけてもらいました。第七機動隊を回してくれるそうです」

〈若獅子《わかじし》〉の七機か――

酸欠だった肺に空気が一気に流入するような安堵を覚える。シンボルマークから〈若獅子〉と呼ばれる七機には銃器対策レンジャー部隊がある。府中に本拠を置いているので調布からも近い。

「ですが、私達が武装集団を確認しないことには機動隊も動けません。彼らは出動準備を整え府中で待機。こちらからの連絡があり次第出動する、という段取りです」

つまり若干のタイムラグは避けられないということだ。

だが、それくらいなら――

「黒指安に先を越されたらおしまいです。時間がありません。七村、嵯峨、山吹、小岩井は銃器と予備弾薬を携帯。すぐに全員で移動します。作戦の打ち合わせは捜査車輛の中で行ないます」

しまった――

嵯峨は激しく後悔する。

やっぱり昼飯買ってくりゃよかった――

3

首都高から中央道へ。三台の捜査車輛に分乗し、特助係の十名は一路調布へと向かった。

星乃は水越、ウォン、ゴウを乗せ、自らインサイトのハンドルを握った。この四名でまず作戦を詰める必要があったからである。

午後三時四十九分。所轄である調布署で水越とゴウを降ろす。各所との調整の必要から、水越はどうしても調布署に入る必要があった。本来ならウォンも水越に同行するところだが、彼は現場に出ることを強く主張し、代わりにゴウを水越の補佐に充てた。

昨日ウォンが捜査員室で行なった〈決意表明〉が頭にあるため、星乃はどうしても異議を唱えることができなかった。それは水越やゴウも同様であったものと見える。

「大丈夫ですか」

車外から心配そうに言う水越に、

「ご懸念には及びません。捜査権のないことは承知していますので、七村係長の指示に従います」

「今さらそんなこと……私が心配しているのは、ウォンさんが丸腰だってことですよ」

ウォンは穏やかに笑い、

「ありがとうございます。せいぜい身を隠すことに努めます」

「星乃ちゃんも気をつけて」

「はい。では」

星乃はインサイトを発進させた。だが胸にわだかまる嫌な感触が口の中をざらつかせる。

本当にずっと身を隠しているつもりなら、現場にこだわる必要はない。つまり、ウォンはなんらかの行動に出る公算が大きいということだ。

彼は香港の警察官として本当に最後まで信念を貫くつもりなのだろうか。

だとすると、いくら想像力を駆使しても結果は一つしか見えてこない。そうだ、彼自身の言葉を借りると「警察官としての死」だ。

また、そのことが分からない水越ではない。彼女は分かっていながらウォンの自由にさせたのだ。

これ以上は考えても仕方がない――

星乃は頭を切り替えて運転に専念する。自分は水越の副官である。ならば彼女の考えに従うしかない。もっとも、この先の現場では自分が指揮を執ることになるのだが。

午後四時二分。山吹が指示通り顕頼寺から少し南に離れた場所で日産ティアナを停めた。嵯峨は山吹、ハリエットとともに徒歩で現地へと向かう。エレインの運転するマークXに乗った小岩井とシドニーも、同様に北側から顕頼寺へ接近しつつあるはずだ。

「あのよ、山吹」

「なんすか」

「ちょっとコンビニ寄っちゃダメかな。俺、昼飯食ってねえんだ」

「ダメに決まってるでしょ、ヤクザ主任」

「ちっ、これだから公安はよ」

「なに言ってんすか。組対だって張込みくらいするでしょ」

「黒指安がいつ来るか分からねえってのに、それまで我慢しろって言うのかよ」

「いつ来るか分からないなら、なおさらっすよ」

しかしエレインを含めた三人とも理解している。黒指安が来るとしたら夜だ。自分達は彼らが侵入する瞬間をなんとしても捕捉せねばならない。

立地としては基本的に住宅地だが、顕頼寺の周辺は墓地と竹林に囲まれていた。そして境内を含む敷地全体が高い板塀で封鎖されている。内部の様子はグーグルマップ等の空撮写真で大体は把握できた。本堂、庫裡《くり》、書院等が回廊でつながれており、多宝塔や観音堂まである。廃寺にしては立派なものだ。

肝心のキャサリン・ユーの監禁場所については、住職やその家族の暮らす場所である庫裡の可能性大だが断定はできない。

嵯峨達は竹林の中に身を隠し、周辺の様子を窺う。

公道から寺に至る道も見える。その突き当たりにある山門は固く閉ざされていた。空撮写真では境内に駐車場らしき場所も見られたから、内部にいる人間が買い出しなどで出入りするときのみ開けられるのではと推測された。それ以外に出入口は見当たらなかった。

静寂の風景と言うよりない。間に合った。黒指安はまだ来ていないのだ。

嵯峨は携帯していたベレッタ92バーテックの装弾を改めて確認する。S&W M360J SAKURAではなくこれを選んだのは、夜になるのを想定してのことである。ベレッタ92の特殊部隊・法執行機関モデルであるバーテックは、フレーム前方下部にマウントレールが設置されているため、ウェポンライトを装着できるようになっている。同様に山吹もウェポンライト装備のバーテックを選択した。

「ファイ主管、銃なしで本当に大丈夫ですか」

傍らのハリエットに小さく声をかける。彼女は無言で微笑むだけだった。

瑞江の元老人ホームであれだけの殺し屋を相手に生還したハリエット・ファイだ。嵯峨は納得せざるを得ない。

香港の警察官は一体どんな訓練を積んでるんだ――

「よし、配置に就け」

ハリエットと山吹が瞬時に左右へと消える。距離を取って対象を包囲する態勢で監視するのである。二人とも文句の付けようもない完璧な身のこなしであった。

公安の訓練も大概だよ――

嵯峨はなぜか、虎居先輩のいかつい顔が無性に懐かしく思い出されてならなかった。

エレイン、シドニーとともに顕頼寺北側の墓地に身を隠した小岩井は、スーツの裾に手を当ててS&W M3913の感触を確かめながら、周辺を改めて見回す。

寺を囲んだ板塀を視界の端から端まで収められる最適のポジションだが、ロケーションとしては最悪だ。

ひとけのない荒れた墓地は、ただ凄愴《せいそう》の気に満ちて心に忌避の念を生じさせた。朽ちた卒塔婆《そとば》の間を吹き抜ける夕暮れの風が、死者の啜り泣きのようにさえ思えてくる。

おまけに香港警察の二人は愛想のないことはなはだしい。ここまでの車中でも無駄口の一つも叩かなかった。

散開する前に何か言おうとした小岩井は、苔むした墓石に掛けられたエレインの左手の袖口から朱色の数珠が覗いていることに気がついた。

「寺に行くからって、数珠は必要ないですよ」

なにげなくそう言うと、エレインは一瞬ぽかんとしたようだったが、すぐに鼻で笑うような表情を見せ、何も言わずに墓石の間を去っていった。

なんなんだ――

わけが分からずシドニーの方を振り向くと、彼はすでに姿を消していた。

なんなんだよ、あいつらは――

憤慨しつつも、小岩井はその場にとどまって寺の方へと目を凝らす。

監視の目を一瞬たりとも緩めることがあってはならないからだ。

墓石から墓石へと音もなく移動したシドニーは、傾いた卒塔婆が数本寄り集まっている場所を見つけ、その間に身を隠した。何時間かかるかも分からない廃寺の監視には恰好の場所だった。

残照が墓地と隣接する廃寺を濃い赤に染めている。赤と黒とが入り混じる、燎原《りょうげん》の火とも見まごう光景だ。

それはそのまま、己の心象風景でもあるのだろう。

息子を救うために422デモを引き起こしただと——

思い返すたびに怨念の炎が燃え上がる。

勝手にもほどがある。一度は捨てた息子のために、あの女は多くの市民を死に追いやったのだ。

パトリックはそんなことのために死んだのか——

しかもあの女はその妄執に憑《つ》かれるまま、金の密輸に手を染めて、さらに大勢の犠牲者を出した。

残照の赤がその濃さを増す。死者を抱く墓石は今や一つ残らず燃えている。

母の愛とかいう空疎なお題目を唱えればすべてが赦されるとでも思ったか。

それこそが虚妄であり、自己憐憫《れんびん》であり、単なる自己正当化でしかない。

母の愛があるならば、母の罪もある。

母の罪、母の責任、母の業。何もかもが悪の根源だ。この事案の本質は、水越の言うような2047年問題などではない。自分を情のある母だと思いたい女のエゴイズムなのだ。

ウォン隊長は水越と同意見だと言っていたが、それでも峻厳《しゅんげん》な覚悟を躊躇なく表明した。やはり隊長も香港の警察官であり、自分達の兄だった。

隊長が自分と同じ考えでいてくれる——それが分かっただけでも〈俺達〉は命を懸けられる、そうだろう?

シドニーは眼前に広がる業火を瞬きもせずに見つめる。

待っていろ、パトリック――

おまえの無念は必ず晴らす。この俺があの女に香港の法廷で正当な裁きを受けさせる。

隊長はキャサリン・ユーが謀殺される可能性を認めたが、あの人も〈俺達〉の愛した香港警察がまだ腐っていないと信じている。

日本と違って民主的な香港は、あの女に必ず死の宣告を与えるだろう。

――媽媽《マーマー》。

不意に声が聞こえた。

シドニーは驚いて周囲を見回す。

誰だ――誰かいるのか――

それは子供の声だった。どうやら泣いているようだ。

――媽媽……どこにいるの、媽媽……

やめろ、泣くな、泣くんじゃない。

――お願い、早く帰ってきて媽媽……

泣き声はやまない。卒塔婆の合間を縫って、どこからか流れてくる。

いいや、どこからでもない、それは過去からの声だった。

いくら泣いてもあの女は帰ってこない――おまえは捨てられたんだ――

シドニーは心の中で嘲笑する。過ぎ去った日々の自分を。弱く幼かった頃の自分を。

そうだ、泣いているのは白分であった。唾棄すべき未練だ。

墓石と卒塔婆に囲まれたこの光景が、過去の亡霊を連れてきたのか。

だとすれば、それは不吉の前兆でしかあり得ない。いいだろう。自分の中に弱さが残っているというならば、この燃える墓場に身体《からだ》ごと沈めてやる。

そして俺は自由になる。

午後九時十一分。顕頼寺西側の路上に駐めたインサイトの車内で、星乃はウォンとともに監視を続けていた。

住宅に遮られて直接寺は見えないが、車で山門に向かうにはこの道を使う必要がある。また寺を包囲している嵯峨主任達からの報告を受信しつつ、現場全体を指揮するためにも車内にとどまる必要があった。もちろん調布署の水越からも随時連絡が入ってくる。それによると、第七機動隊は出動準備を終え待機中、調布署の方でも警戒態勢を強化している最中であるという。

後は黒指安の侵入を待つだけだ――

嵯峨のもたらした情報が誤っている可能性はある。だとしても、何事もなく終われば警察と市民にとっては幸いだ。

調布署地域課の話によると、開東閣で事件のあった日以降、顕頼寺に不審な車が出入りするのを見たという住民がいるらしい。調布署ではそれまで特に気にもしていなかったようだが、水越の説明を受け署内に俄然《がぜん》緊張が走ったとのことであった。

車内にいても、清明な月の光が感じられた。先ほどまで吹いていた風が雲を残らず吹き払ったのか、地上のすべてを月が柔らかく浮かび上がらせているような夜だった。

助手席に座ったウォンは、最低限のことしか口にしないが、それでも星乃が気づまりな雰囲気を感じることは一切なかった。本質的に他者への配慮を怠らぬ人物なのだ。

それだけに、彼の秘めた〈覚悟〉が恐ろしかった。

嵯峨主任の情報が間違いであってくれたなら――

そんなことさえ思わずにはいられなかった。

〈こちら小岩井、指揮車輛どうぞ〉

左手に握り締めていたハンディタイプのＩＰ無線機に入電。即時応答する。

「こちら指揮車輛」

〈小岩井です。状況に変化ありません〉

「了解。監視続行されたし」

ＩＰ無線機は従来の無線機や携帯電話と違い、同時通話や多重通話が可能である。従って緊急性の高い状況が想定される場合には最適であると言える。

隣でウォンが音を立てずに息を吐くのが分かった。

この人も緊張しているのか――

そんな当たり前のことでさえ、星乃には新たな発見であるかのように思われた。

狭い車内で長時間待機し続けるのは多大な忍耐力を要するが、現場に身を隠して監視している捜査員達の苦痛や焦燥を想起し自らを励ます。

〈調布水越から指揮車輛〉

すぐにまた通信が入った。今度は調布署にいる水越からだ。

「指揮車輛七村です。調布どうぞ」

〈本庁諏訪野補佐より連絡あり、午後八時二十分にSATがスーパー北町に突入。内部に潜伏していたサーダーン構成員四名を確保。キャサリン・ユーは確認できず〉

やはり囮だったのか——本命は間違いなくこっちだ——

〈待機中だったSITがこちらへ急行中。状況を報告されたい〉

「現在のところ変化なし」

〈了解。引き続き警戒に当たられたし。以上〉

SITが来てくれるのは心強いが、それまで黒指安が動かずにいるかどうか。


月がいやにきれいじゃないか——

我ながら柄にもないことを嵯峨は心で呟いた。

皓々《こうこう》と冴える月光のおかげで、板塀のあたりは昼間のようにはっきりと見渡せる。接近する人間がいればすぐに発見できるだろう。またその人間が武装しているか否かも。

発見次第、IP無線機で連絡する。機動隊と調布署員が駆けつけてくる。有無を言わせず寺へ踏み込む。名目はいろいろ用意してある。それで終わりだ。

今夜ばかりはツイてたようだな——

だが不良時代から幾多の修羅場を潜ってきた経験が、「そういうときほど最悪にヤバい」と告げている。

弱気になるな——験《ゲン》を担ぐな——

頭を振って悪い考えを打ち払う。深呼吸し、廃寺の監視に集中する。

腹が鳴った。だが空腹はすでに感じなくなっている。ケンカの前はいつもそうだった。それは警察の任務遂行中でも同じである。長時間に及ぶ張込みにも慣れているし、夜の冷気は神経をいい具合に研ぎ澄ましてくれる。

大丈夫だ——俺は落ち着いている——

銃声がした。

愕然として目を凝らす。何も異状はない。

またも銃声。塀の内側——寺の中からだ。

反射的に寺へ向かって駆け出していた。

「こちら嵯峨、寺から銃声、二発です！」

走りながらＩＰ無線機に向かって怒鳴る。

なんだ、何があった——

竹林を抜けきる前に三発目が聞こえてきた。


〈こちら嵯峨、寺から銃声、二発です！〉

嵯峨の声がＩＰ無線機から迸る。

それらしい音はインサイトの車内でも微かに聞こえた。

星乃が応答しようとした途端、駐車していたインサイトの横をハイエースワゴンが猛スピードで走り抜けていった。十人は乗れる車だ。寺へと向かっているのは明らかである。

星乃は咄嗟にインサイトを発進させ、ハイエースワゴンの後を追う。パトランプを出しサイレンを鳴らすが、停止する気配もなく、左折路を曲がって一直線に山門へ突進していく。

閉ざされたままの門に激突するかと思われたが、その寸前、待ち受けていたように山門が中から開かれた。ハイエースはスピードを落とすことなくコンクリートのスロープを登って境内へと入っていく。

アクセルを最大限に踏み込み、星乃はハイエースの後に続こうとするが、山門を開けた何者かは、再び門を閉ざしにかかっている。

間に合うか――

目の前で山門がどんどん閉まっていく。

停止すべきか――いやダメだ、ここで退《ひ》いたらもう――

覚悟を決め、スロープの上で黒々とした口を閉ざしつつある山門へと突っ込んだ。

左右のヘッドライトとドアミラーが消し飛んだが、なんとか境内に滑り込んだ。最後に大きくバウンドした衝撃でハンドルを持っていかれそうになる。

背後から銃撃。リアガラスに弾痕と亀裂が走る。インサイトが突っ込んだ勢いで門の内側に転がった二人の男が、倒れたままこちらに向かって発砲している。門を開けた男達だ。

ハイエースは境内の石塔群を薙《な》ぎ倒した挙句、小さな観音堂に半ば激突するような恰好で停止した。中から降り立った目出し帽の男達が、自動小銃らしき銃器を手にすばやく四方へと散っていく。黒指安だ。

ようやく分かった。サーダーン構成員のうち二人が土壇場で裏切り黒指安に寝返ったか、あるいは最初から仲間を装ってサーダーンに潜入していたか。いずれにしてもその二人が指示された時刻に警備要員を拳銃で射殺し、門を開けて黒指安の車を引き入れた。三発の銃声はその際のものだ。

不意に視界を覆った黒い塊がインサイトのボンネットを直撃し、フロントガラスを打ち砕いた。反射的にブレーキを踏み急停止する。ハイエースにぶつけられた石塔が倒れかかってきたのだ。ガラスの細片を全身に浴びたが、それだけで済んだのは幸いだった。

だが背後からの銃撃は続いている。運転席で後ろ向きになって身を縮めた星乃は、ドアの隙間から突き出した左手のH&K P2000V3で応戦しながらIP無線機に叫んだ。

「こちら指揮車輛、複数の銃撃を受け応戦中、至急応援を請う！」

〈調布了解〉

水越から応答あり。続けて発信する。

「指揮車輛より各員、武装した黒指安多数が寺院内部に侵入。全力で制圧せよ」

応答を待っている余裕はない。ウォンと同時に車外へと飛び出した星乃は、冷たい石畳を転がって観音堂の陰に回る。ウォンも迅速に身を隠した。

敵の銃弾が観音堂の隅柱をえぐった。月光の下、発砲しながら片足を引きずって接近してくる男が見える。門に弾《はじ》き飛ばされ負傷したのだ。

冷静に息を整え、観音堂とハイエースの隙間から狙撃する。

男は胸から血を噴いて仰向けに倒れた。

次の瞬間、左腕に灼熱《しゃくねつ》の鉄棒を押し当てられたような激痛が走った。振り向きざまに発砲する。

もう一人の男が、いつの間にか背後に回り込んでいた。今斃《たお》したばかりの男と違い、無傷のようだ。男は敏捷《びんしょう》な動きで手入れのなされていない植込みへと飛び込み、移動していく。植込みに向かって立て続けに銃弾を撃ち込むが手応えはない。逆に植込みから飛来した銃弾が星乃のすぐ横に弾痕を穿った。こちらからは見えないが、向こうからは丸見えなのだ。

ハイエースの衝突で大破した板壁の隙間から観音堂の中に滑り込んだ。板壁も床も完全に腐食している。星乃はホールドオープンしたＨ＆Ｋの弾倉を急いで交換にかかった。左腕の痛みなど構ってはいられない。だが指先が痺れている上に滴り落ちてきた血で銃が滑る。

焦るな――訓練通りにやればいい――

とっくに売り払われたのだろう、観音堂の中に観世音菩薩《かんぜおんぼさつ》像はなかった。ここは仏の加護さえ失われた、狭い牢獄《ろうごく》でしかないということか。

予備弾倉を押し込んだ瞬間、腐った板壁を貫いて銃弾の雨が観音堂の内部に降り注いだ。

顕頼寺の敷地に駆け寄った嵯峨は、そそり立つ板塀を見上げる。山門に回っている時間はない。月の光を頼りに周囲を見回す。

密生した竹が寺の方へしなだれかかっているのが見えた。

よし、これで――

特に太い竹を選んでよじ登り、板塀の方へと体重をかける。

ぎりぎり届くか――

右手の指先がなんとか板塀の上部に掛かった。竹を放して両手で板塀にしがみつき、全身を引っ張り上げて内側へと飛び降りる。

汗を拭う間もなく、爆走する車のエンジン音や、それが何かに激突したような音が聞こえてきた。加えて新たな銃声も。

何が起こった――

ポケットに入れた無線機から係長の声が流れ出た。

〈指揮車輛より各員、武装した黒指安多数が寺院内部に侵入。全力で制圧せよ〉

今や銃声は寺のあちこちから間断なく聞こえてくる。一際耳につく景気のいい音はアサルトライフルのものだ。

虎居センパイの言っていた「ゴツい銃」か――

黒指安は軍用のアサルトライフルを使用し、ごく短時間でユー元教授とサーダーンを皆殺しにして風のように撤退するつもりだったのだ。寺の周囲がすでに監視されているとも知らず。

全力で制圧せよ、か――

自分達だけでは到底無理だ。しかし黒指安より先にユー元教授を見つけなければ、彼女は確実に殺される。

調布署員が駆けつけてきても、住民を避難させ、周辺道路を封鎖するだけで精一杯だろう。第七機動隊が到着するまで最短で約十五分。

その十五分ですべてが決する。

調布署内で七村からの連絡を受けた水越は、ただちに第七機動隊に連絡した。

「調布水越より七機、マル対（監視対象）建造物内で銃撃事案発生、至急出動されたし」

〈七機了解、十五分で現場到着の予定〉

「銃撃は多数の模様、十分で願う」

〈七機了解、可及的速やかに急行する〉

次いで警視庁刑事部の武島捜査一課長にスマホで連絡する。武島はＳＩＴを率いてこちらへ移動している最中だ。

「水越です。銃撃戦が始まりました」

〈なんだとっ〉

スマホが砕けそうな怒鳴り声が返ってきた。

〈おまえらは一体何をやってたんだっ〉

「とにかく急いで下さい」

〈そっちに着くまであと二十分はかかるぞ〉

「十分でお願いします」

スマホの向こうで喚き散らす声が聞こえたが強引に切る。

本部となった会議室に立つ水越の周辺でも怒号が渦巻いていた。テロや銃撃事案に対処した経験が調布署にはない。何をどうすればいいのか、誰も知る者がなく、いたずらに右往左往するばかりだ。その中で水越とゴウは、ひたすら各所との調整に徹し動き回った。

外見に似合わず、ゴウは能吏としての実力を遺憾なく発揮していたが、それでも現場に駆けつけたいと希求する様子は隠しようもなかった。

敷地の南東に到達したハリエットは、手頃な石を拾い上げ、用意していた三本のタクティカルペンのうち最初の一本をハーケンのように板塀の継ぎ目に打ち込んだ。それを足掛かりにして這《は》い上がり、顔の位置に二本目を打ち込んで手掛かりとする。そうやって板塀の上まで登りきった。ハンマー代わりに使った石を捨て、敷地内へと軽やかに着地する。

あちこちで銃声と絶叫とが轟《とどろ》き渡る。ここからは音が聞こえるだけだが、戦場か地獄に迷い込んだのかと錯覚するほどの凄まじさだ。

早くしないとユー先生が――

廃寺に接近したハリエットは、全体を覆う戸板を調べる。粗雑に打ちつけてあるだけで、容易に外せそうだった。

腰に差していた特殊警棒を抜き、一振りで伸ばす。その先端を戸板の隙間にねじ込み、梃子《てこ》のように使って力を加える。何本かの古釘が抜け、隙間ができた。そこから内部へと侵入する。

月の明るさに目が慣れていたせいか、中は外より暗かった。だがあちこちの破れ目から差し入る月の光で、行動に不自由はない。今いる場所は寺の外周を巡る回廊のようだった。

右か、左か――

左、すなわち南側には嵯峨、南西側には山吹がいる。ハリエットはためらわずに右へと進んだ。角を曲がった途端、いきなり左手の障子が開いて坊主頭の男が顔を出した。驚いたように手にしたトカレフを突き出してくる。ハリエットは反射的に特殊警棒でその手を叩いた。発射された弾丸が床に孔を開ける。続けて男のみぞおちを衝き、頭部に渾身《こんしん》の打撃を加えた。昏倒した男の手からトカレフを奪い、障子の奥へと踏み込む。

暗い。底知れぬ闇の空間。遠くから響いてくる銃声が、かえって正気を保たせてくれるのは皮肉であった。

埃と湿った畳の匂い。そこは広い日本間だった。調布に向かう途中の車内で説明を受けた。寺院建築における「書院」である。

いる——

入ってきた後方を除く三方が襖《ふすま》で仕切られているが、はっきりと気配が伝わってくる。侵入者を待ち構えているのだ。ならば黒指安ではない。サーダーンだ。

特殊警棒をゆっくりと腰に戻し、トカレフを両手で握り締める。

タイミングを誤れば死ぬ——

破れた襖の所々から数条の光が差し込んでいる。その光の一つが不意に消えた。

動いた——

古畳の上に身を投げ出したハリエットは、光の消えた部分に二発撃ち込み、そのまま横へと転がる。同時に反対側の襖から撃ち込まれた銃弾が畳を貫き、埃の柱を噴出させる。

ハリエットは倒れたまま身を捻《ひね》り、背後の襖に向かって三発撃つ。

襖を突き破って、トカレフを手にした男が倒れてきた。

立ち上がったハリエットは、最初に光の遮られた破れのある襖を開く。そこにも男が倒れていた。発砲しようと体勢を変えた瞬間に体の一部で光を遮った。それが彼の敗因だ。

目を剝《む》いて死んでいる男に構わず、ハリエットは書院を手早く調べる。キャサリン・ユーはいない。別のどこかだ。

急がねば。

書院を抜けて回廊を北へ——本堂へ。

星乃は板壁に向かって撃ち続ける。P2000V3の使用弾薬は9㎜パラベラム弾だ。腐食して脆くなった板壁程度は易々と貫通する。だが敵は横に移動しながら観音堂の中に向かって弾を撃ち込んでくる。星乃の周辺に次々と着弾の痕が刻まれた。

まずい——

男は観音堂を半周し正面のハイエースワゴンに到達した。フロントガラスは大破している。車内から狙われればこちらが不利だ。

左手は痛みで使い物にならない。片膝を立てた姿勢でH&Kを右手のみで構え、完璧とは言えない狙撃体勢を取る。相手がわずかでも姿を見せた瞬間が勝負だ。

勝利の可能性は決して高いとは言えないが、これしかない。

開いたままになっていたハイエースのスライドドアがさらに大きく開けられた。やはり男は車内に乗り込もうとしている。

そのとき、ハイエースの側で異様な音がした。吠えるような男の声も。

一体何が——

ハイエース越しに外を見た。男が二人、素手で戦っている。

ウォン隊長だった。

身を潜めて機を窺っていた隊長が、ハイエースに乗り込もうとした男の隙を衝いて拳銃を叩き落としたのだ。

星乃はハイエースの横の壁を蹴破り、急いで外に出た。

格闘技をやっているらしい男の蹴りがウォンへと繰り出される。ウォンは最小限の動きでそれをかわす。星乃は急いで銃を向けるが、双方の距離が近すぎて狙いをつけられない。

男は手数《てかず》の多い打撃スタイルでウォンに接近する。敵に劣らぬ速度でそれらをことごとくかわした隊長の拳打が、男の顔面にヒットした。鼻血を噴いて怯んだ相手に、隊長の蹴りが入る。それも一発ではない。二発、いや三発は入っている。

石畳の上に吹っ飛ばされた男はもう動かない。

「ウォン隊長！」

声をかけると、振り返ったウォンは、

「係長、怪我は」

「大丈夫です。かすっただけですから」

「しかし」

「それより、早く」

相手の返答を待たず星乃は回廊へと向かう。ウォンも何も言わず走り出した。

嵯峨は回廊を左、すなわち西に向かって走っていた。指揮車輌からの連絡が途絶えている。それにあの交通事故のような激突音。交通課にいた経験はないが、係長の安否が気になった。

回廊は戸板で塞がれている部分もあれば、そうでない部分もある。建物の外縁に沿った部分は雨戸が外され、外気に晒されていた。

ベレッタ92バーテックに装着したウェポンライトに浮かび上がるのは、回廊のあちこちに転がっている血まみれの死体であった。床や壁が大きくささくれ立っているところを見ると、アサルトライフルで黒指安に虐殺されたサーダーンに違いない。

ひでえな、こりゃ——

死体に足を取られぬよう注意しながら進むのは容易ではなかった。少しでも気を抜くと広がった血に滑りそうになる。

突如、前方で鮮烈な銃火が閃いた。反射的に横の部屋に飛び込んだ嵯峨は、バーテックで応戦する。だがアサルトライフルの威力は圧倒的だった。身を隠していた柱や壁がたちまち削り取られ消失していく。

しかも敵の射撃は正確だった。こちらの光源を狙っているのだ。

こいつは逆効果だったか——

ウェポンライトを消し、足音を殺して建具の取り外された部屋を回廊に沿って移動する。

障子の向こうで、アサルトライフルを構えた敵二名の影が月光に淡く浮かんでいる。こちらの姿を求め、じりじりと前進している影二つ。

立ち止まった嵯峨は、ゆっくりとバーテックを構え、障子越しに至近距離から二度撃った。

顕頼寺北西部。エレインは左の前腕部に巻きつけていたチェーンを袖口から引き抜いた。朱色に塗られたステンレス製の球体をワイヤーがつなぐ。長さは約一メートル。金属の鞭《むち》とも言える隠し武器である。左手首から覗いていたのはブレスレットに見せかけたチェーンの一部だったのだ。

──寺に行くからって、数珠は必要ないですよ。

小岩井の間抜けぶりには失笑を禁じ得ない。別行動となったのは幸いだ。

タクティカルペンにチェーンの先端を巻き付け、板塀上部の特に不均等な部分を狙って投げつける。

うまく引っ掛かった。それをロープのように使って板塀を登り、敷地内に飛び降りた。同時にタクティカルペンが外れ、チェーンだけが手許に残る。

機動隊が到着するまでにキャサリン・ユーを確保できればよし、仮にできなかったとしても、さらには殺されていたとしても、自分の失点とはならない。

真の失点は、自分がベストを尽くさず、そのことによって評価されてしまうことだ。

だから自分はここで全力を発揮する。誰よりも成果を上げる。

成果とは、キャサリン・ユーの居場所を突き止め連絡すること。可能ならこの手で彼女を確保すること。

そして最大の成果は、言うまでもなく自分自身がこの現場から生還することだ。

自分の能力を裁定し評価するのはあくまで香港警察の上層部である。彼らが中南海のどの勢力に与《くみ》するのか、気にならないと言えば嘘になる。だが現段階ではどうでもいい。少なくとも自分は今、警察官として与えられた任務を遂行している。よけいなことに気を取られていたら成果どころか命をも失ってしまう。

廃寺の内部からは凄絶な銃声と怒号とが聞こえてくる。侵入したという黒指安のヒットマンチームがサーダーンを片端から掃討しているのだ。その真っただ中へ不用意に顔を出すのは得策ではない。

エレインは密やかに移動しながら周囲を慎重に観察する。

サーダーンがキャサリン・ユーを監禁しているとすれば果たしてどこか——

冷え冷えとした月明かりの中、夜空に屹立《きつりつ》する多宝塔が見えた。

静まり返っているところを見ると、黒指安の手もまだ及んでいないようだ。

もしかしたら——

植込みや石塔の間を縫うように接近したエレインは、扉を静かに押し開け、中を覗く。

多宝塔は何層であっても、つまり三重塔であっても五重塔であっても呼び方は同じである。顕頼寺の場合は二層であった。また修繕や掃除のための足場を除き、一階にしか入れないというのも共通している。

狭い内部には、埃と枯葉が積もっているばかりで人の姿はない。

だが——あれは。

奥に何かが落ちていた。扉から差し込む光に透かし見る。白い何か。近寄って拾い上げる。女物のハンカチだった。

そのとき側の柱に隠れていた男がトカレフを突きつけてきた。同時に囮のハンカチを捨てて身を引いたエレインがチェーンで男の腕を打つ。放たれた弾丸は大きく逸れて壁にめり込む。

おまえの気配が分からないとでも思ったか――

続けてチェーンで男の顔を打った。額と頬の肉が削げ、鮮血が噴出する。絶叫を上げる男の腕にチェーンを巻き付け、力を込めて引き寄せる。トカレフはたやすくエレインの手に移った。銃口を男に押し付けトリガーを引く。耳障りな悲鳴がやんだ。

状況からすると黒指安ではなくサーダーンだろう。ここで敵を待ち受け、迎撃するつもりであったに違いない。

つまりここにキャサリン・ユーはいないということだ。

無駄足となったが仕方がない。

多宝塔を出ようとしたとき、頭上で銃声がした。同時に右足から力が抜け、エレインは前のめりに倒れた。

敵はもう一人いた。梁《はり》の上かどこかに潜んでいたのだ。

エレインは気力を振り絞って柱の陰へと転がっていく。その後を追うように、上部から放たれた弾丸が床に弾痕の線を描きながら迫ってくる。

柱の陰に到達。その寸前で火線も止まっている。入り組んだ柱や梁が邪魔で敵の位置からは狙撃できないのだ。

だが自分も立ち上がれない。右ふくらはぎに激痛と出血。柱にすがりつくようにして半身を起こす。右手を突き出して頭上の敵を狙おうとしたが、二層部分より上は深い闇に閉ざされ何も見えない。

どこだ――どこにいる――

脚部からの出血が続いている。早く仕留めないとまずい。数分で意識がなくなる。

唐突に右上方で音がした。同時に何かが垂直に落ちてきて石の床に当たり、カンと跳ねてから静止する。空の弾倉だった。敵が交換したのだ。

エレインは息を呑んだ。最初の発砲地点と異なっている。敵は梁の上を移動していた。

咄嗟に柱から離れて身を投げ出す。上空の、予想もしていなかった方向で銃火が閃く。

無防備な状態で仰向けとなったエレインは、両手で構えたトカレフを天井の闇に向けて連射した。


蘭奈は南西部の板塀を前に焦っていた。

こんな塀、どうやって飛び越えればいいんだよ――

黒指安が侵入しようとしているところを速やかに押さえる作戦であったから、なんの用意もしていない。まさか敵が山門を正面突破しようとは思わなかった。

南側と違って竹林はだいぶ後方に下がっている。周辺にあるのは蘭奈の腰のあたりまでしかない笹藪《ささやぶ》だ。

ここで足止めされている間にも、敷地内からの銃声は刻々と激しさを増している。

何かないか、何か――

笹藪をかき分けていたとき、ある物に気がついた。

それは、泥と雑草に埋もれた古い石地蔵であった。いつの時代のものかは分からないが、今日までずっと忘れられ、放置されていたのだ。

非常時なんで、バチ当たりだけど勘弁してね——

バランスを取りながら地蔵の上に立った蘭奈は、塀の上部を目指し、勢いよく頭頂部を蹴って跳躍した。その瞬間、地蔵を覆っていた苔で足が滑った。

「うわっ！」

駄目かと思ったが、指先が辛うじて塀上部に掛かった。身体のバネを活《い》かして板を蹴り、身を捻って一気に内側へと飛び降りる。

即座に体勢を立て直し、バーテックを抜いて走り出す。

伊達にＦＢＩの訓練は受けてねえ——

あの日々を思い出す。公安上層部に選ばれた者として、過酷な訓練に耐えた日々。それが自分の未来を拓くと信じて耐え抜いた。

だが公安は、中国に自分を売った。国と国民を守るはずの公安が。直接の裏切り者が誰かは知らない。もしかしたら公安全体がグルなのか。もう何も分からない。

いや、分かっていることもある。中南海の人でなしどもは息子を思う母親の心を利用した。サーダーンも黒指安も、みな権力者の手先でしかない。生まれ育った団地には外国人のワルも多かった。だがワルにはワルの誇りがあった。たとえ権力に刃向かっても仲間を守ろうとする怒りの魂だ。誇りを捨て、権力者に尻尾を振る悪党をあたしは死んでも許さない——

寺の建物は正方形に近い回廊でつながれている。蘭奈の前方にあったのは北西の角に当たる部分で、一見すると普通の民家のようだった。

庫裡だな——

キャサリン・ユーが監禁されている可能性の高い場所だ。

ウェポンライトの先に勝手口のような扉が見える。足音を立てずに接近し、用心しながら扉を開ける。施錠はされていなかった。

バーテックを構えて中に踏み込む。昭和を思わせる台所だ。埃を被った炊飯器や食器等が流し台の横に放置されている。作り付けの水屋もある。テーブル等の家具はなかった。

新しい生活の痕跡はない。水道が止まっているせいか。だとすればキャサリン・ユーの監禁場所はここではない。敷地内の別の場所だ。

冷蔵庫の横に位置する出入口から奥へ移動しようとしたとき、激しい銃撃に晒された。咄嗟に冷蔵庫の陰に身を隠す。アサルトライフルをフルオートで撃ってきている。ステアーAUG。黒指安だ。周囲の壁や床がたちまち破砕される。排出された空薬莢《からやっきょう》が廊下の壁や天井に当たり狭い日本家屋の中で盛大に跳ね返っている。

敵は廊下の奥に一人。狙いをつけようにも身を乗り出すことさえできない。銃撃がやんだ。弾切れか。バーテックを突き出し発砲するが、敵は曲がり角になった廊下の陰に引っ込んだ。弾倉を交換しているのだ。すぐに銃撃が再開された。蘭奈は再び身を隠す。

冷蔵庫の陰からウェポンライトで台所のあちこちを照らす。紙屑《かみくず》や虫の死骸が浮かび上がったが、役に立ちそうな物は何もない。

待て――あった。

小麦粉の袋が一つ、壁際に転がっている。片手を伸ばして拾い上げた。未開封だ。

蘭奈は廊下の奥に向かってバーテックを二発撃ってから、小麦粉の袋を思い切り投げつける。

アサルトライフルの掃射を受け、袋は空中で破裂した。粉塵が廊下一杯に舞い広がる。両眼に粉を受けた敵が怯んだ。その機を逃さず、蘭奈は敵に銃弾を撃ち込んだ。

濛々《もうもう》と立ち籠める小麦粉を浴びつつ死体を踏み越え、廊下を進む。突き当たりを曲がった先は六畳の居間だった。床の間に掛け軸の跡。熊にまたがった金太郎の置物。大きな家具調のブラウン管テレビ。ここにも生活感が中途半端に残っている。念のため押入を開けてキャサリン・ユーが閉じ込められていないか確認する。

次の間は四畳半だった。押入に手を伸ばそうとしたとき、中で微かに金属の触れ合う音がした。咄嗟に障子を突き破って横の部屋に飛ぶ。押入の中から乱射されたステアーAUGの5・56×45㎜NATO弾が狭い日本間を破砕する。ブラウン管テレビが粉々に砕け散った。飛び出してきた目出し帽の男に向け、蘭奈は障子越しにバーテックを撃つ。男がアサルトライフルを取り落とす。だが致命傷ではない。男は獣のような唸りを上げてつかみかかってきた。その勢いに吹っ飛ばされた障子の桟が邪魔をして発砲が間に合わない。蘭奈は壊れ歪んだ障子戸を間に挟んだ恰好で男ともつれ合い、六畳間に倒れ込んだ。男は障子越しに蘭奈の喉を締め上げる。バーテックを握った右手は障子戸の枠に押さえつけられていた。

左手で床の間の金太郎をつかみ上げ、男の頭部に叩きつける。悲鳴を上げて男が離れた。障子をはね除け、咳き込みながら立ち上がった蘭奈が銃口を男に向ける。だが発砲するより早く、男が猛然としがみついてこちらの両腕を挟み込んだ。そのまま廊下に押し出される。腕を押さえられているのでバーテックの銃口は下を向いたまま動かせない。だが蘭奈は手首を精一杯動かして構わず発砲する。一発、二発。三発目で男が片足の甲を撃ち抜かれて絶叫する。すかさず蹴りを食らわせると、男は廊下にあったドアを突き破って中に倒れ込んだ。水の干上がった和式便所だ。俯せになって便器に顔を突っ込んでいる男の背中に片足を乗せて押さえつける。

「悪いけど、制圧せよって命令なんで」

銃口を男の後頭部に向け、蘭奈はトリガーを引いた。


エレインの周辺で着弾の火花が散る。天井部に広がる闇に閃く銃火だけが敵の居場所を示しているが、梁の上を絶えず移動してこちらの攻撃をかわしている。

自分も早く移動しなければ敵の標的になるだけだ。再度立ち上がろうとしたが、右足がよろけて無様に倒れる。敵の移動する音——真後ろだ。

エレインは片手のチェーンを投げて目の前の柱に巻き付けた。全力でたぐり寄せるようにして自分の体を移動させる。それまで自分のいた位置に数発の着弾。間一髪だった。

もがきながら柱の陰に身を隠し、頭上に向けて発砲する。スライドが後退した状態でロックされた。ホールドオープン。弾切れだ。

敵の含み笑いが聞こえた。こちらを正面に見下ろす位置に立ち、銃口を向けてくる。逃げ場はない。

狭い多宝塔内に銃声が轟いた。

梁の上の敵が、頭を下にして石の床に落下する。

エレインは息を吞んで出入口の方を振り返る。

「大丈夫ですかっ」

硝煙の立ち上るS&W M3913を構えた影。小岩井だった。

駆け寄ってきた小岩井は手早く傷を調べ、

「弾は貫通しているようですが、出血が酷いです。うまくできるか分かりませんけど、救命講習で習った通りやってみます」

彼は自分のベルトを抜き取って止血帯代わりに使い、エレインの右大腿部《だいたい》の付け根を服の上から強く縛り上げた。

それまで以上に激烈な痛みが脳を貫く。食いしばった歯の間から悲鳴が漏れた。

「あっ、ごめんなさい、すみません、素人なんで痛いでしょうけど我慢して下さい」

繰り返し詫びながらも小岩井は処置の手を止めない。やがてベルトを固定し終え、エレインの右足をゆっくりと下ろした。

「ここで救急隊を待ちましょう。すぐに機動隊が到着します」

「一つ、訊いていいですか」

我ながら弱々しくかすれた声でエレインは言った。

「なんでしょうか」

「山門に回っていたら間に合わなかった……どうやって塀を乗り越えたんですか」

「あれ？　僕、ボルダリングが趣味だって言いませんでしたっけ？」

大真面目に答える小岩井を見つめ、憤然として応じる。

「聞いてませんけど」

墓場から引き抜いてきた卒塔婆をまとめて板塀に立てかけたシドニーは、それを駆け上がって内部へと降り立った。北東の角に近いあたりである。

すぐ近くに二つの死体があった。二人とも背中を撃たれていた。黒指安に追われてここまで逃げてきたサーダーンだろう。

一人は手にトカレフを握っていた。それを奪い、寺に向かう。

ハンドガンで抵抗するサーダーンを、フルオートのアサルトライフルで掃討しながら外縁を進む目出し帽の男達が見えた。黒指安——三人だ。

点在する石塔伝いに接近する。外縁に近い大木の陰でトカレフを構え、狙撃する。二人は斃したが、もう一人は外した。残った方がステアーAUGをこちらに向けて乱射してきた。大木の樹皮が炸裂したように弾け飛ぶ。敵が弾を撃ち尽くすのを待って飛び出し、走りながら相手の額を撃ち抜いた。そのまま外縁に飛び移り、三人の黒指安が目指していた方向へと走る。

チンピラ風情が——ＰＴＵの飛虎隊を舐めるなよ——

突き当たりに出入口があった。両手でトカレフを構え、中に飛び込んで周囲に銃口を巡らせる。本堂だ。ただし須弥壇《しゅみだん》の上に本尊はなく、錆びた仏具が放置されているだけだった。

月光の差し入る虚ろな内部には仏具だけでなく、おびただしい空薬莢と、合わせて三つの死体が転がっている。サーダーンの構成員だ。必死で応戦したのだろう、血溜まりに沈む死体の側にはトカレフやノリンコも落ちていた。

シドニーは板戸の閉ざされた脇間に銃口を向け、広東語で言った。

「そこにいるのは分かっている。すぐに出てこい。二秒後に銃弾を撃ち込む」

板戸が開けられ、中からやつれ果てた中年の女が現われた。老婆のように痩せた体を薄汚れたスウェットで包んでいる。間違いない。キャサリン・ユーだ。その後ろには、女の背にステアーを突きつけた目出し帽の男。

「銃を捨てろ。この女を殺されてもいいのか」

男の言葉に、シドニーは嗤った。

「殺すつもりで乗り込んできたんじゃないのか。殺《や》るんならとっとと殺《や》れよ。何をしている。さあ、遠慮するな」

黒指安の男も余裕で応じる。

「ハッタリはよせ。おまえは警察官だろう」

「そうさ。だが日本警察じゃない。香港警察だ」

「ふざけるな。香港警察が日本で銃を振り回してるってのか」

「構うものか。俺はPTUの特殊任務連だった。そうだ、422デモの当日、デモ隊阻止の最前線に配備された一人だ」

キャサリン・ユーが目を見開く。こちらが言おうとしていることを察したのか。

「俺の親友はおまえ達の仲間に殺された。誰よりも立派な警察官だった。そして422デモを仕組んだのがその女だ。おまえがその女を殺してくれるというなら、俺の手間も省けるってもんだ」

「いいかげんにしろっ」

男が喚いた。

「そんな手に乗るものか」

「信じないのはおまえの勝手だ。こっちには関係ない」

「なんだと、何を言ってやがる」

「俺は母親に捨てられ施設で育った。黒指安の構成員なら少しは知っているだろう。施設出身者が世間からどんな目で見られるか。いつも腹を空かせてよ。どこに行ってもいじめられる。みじめだったぜ。『香港に民主はないが自由はある』か。笑わせる。身寄りも金もない孤児には自由だってない。当然だろ？　そんなスローガンは生まれたときから恵まれてる奴らだけの戯言《たわごと》だ。だがそんな俺を迎え入れてくれたのが警察だった。ＰＴＵだけが俺の家族だ。パトリック・チェンの名を忘れるな」

「誰だって？　そんな奴は知らない」

「俺の親友の名だ。兄弟の名だ。最高の警察官だ。パトリック・チェン。あの世に行っても忘れるな。いいか、俺はそこにいる女を許さない。自分が捨てた息子のためにデモを仕組んで警察官を殺し、挙句が日本に逃げて密輸だと？　しょせんは自分の都合じゃないか。何が母親なら息子を捨てても許されるのか。人を殺しても許されるのか。ふざけるな！　そんな馬鹿なことがあるわけない。俺がどんな思いで生きてきたか聞かせてやろうか……いいか、俺は……俺は……」

自分で自分の言葉を止められない。積年の怨嗟《えんさ》がとめどなくあふれ出る。

「ああ……あなた……あなたは、なんて……」

キャサリン・ユーがふらふらと歩み寄ってくる。その頬を濡らす涙が、月光の銀を映していた。

「貴様、勝手に動くなっ」

男がキャサリン・ユーをつかまえようとすると同時に、シドニーが銃の狙いを男に定める。男も即座に反応し銃口をシドニーに向けた。

双方が銃を突きつけ合った恰好だ。

「なんて……なんてことなの……」

だがキャサリン・ユーは緩慢に歩み続ける。

男が叫んだ。

「こっちへ戻れっ。それ以上進むと撃つ！」

痩せ衰え憔悴《しょうすい》しきったキャサリン・ユーは、ついに力尽きたのか、鮮血の広がる床の上へと崩れ落ちた。


星乃はウォンとともに死体と空薬莢の転がる回廊を東へと走った。

この惨状からすると、キャサリン・ユーはすでに——

悪い予感ばかりが湧き起こる。だが今は考えている場合ではない。散乱している空薬莢を踏んで滑らないよう留意するのは想像以上に困難だった。もっとも、数十秒前まではそんな状況を想像したこともなかったが。

回廊が本堂につながる外縁に変わる。角を曲がろうとしたとき、黒指安の男と出くわした。男は慌ててステアーAUGの銃口を向けようとするが、拳銃の方が速い。星乃のP2000V3は相手の左手を撃ち抜いた。

やったか——

だが男は即座にステアーを星乃に向かって投げつけた。星乃が直撃を避けている隙に、ベルトに差していたグロックを抜く。戦い慣れした判断力だ。

刹那、ウォンの蹴りが男のグロックを弾き飛ばした。驚愕する男に反撃の暇《いとま》すら与えず、ウォンの後ろ回し蹴りが炸裂する。

星乃は昏倒した男を見下ろし、次いでウォンを見る。この狭い空間で、正確に一撃必殺の技を放つ。相当な使い手であることは素人の星乃にも分かった。

本堂の方からさらに新手が駆けつけてくる足音がした。一人だ。

ウォンが壁際に身を寄せる。星乃もすかさずそれにならった。

直後、突き出されたステアーAUGの銃身を左手でつかんだウォンが、敵の顎に掌底を入れた。だが敵は血を吐きながらも鋭い蹴りを繰り出してくる。回転しながら蹴りをかわし、同時にステアーをもぎ取ったウォンが、その銃床で相手の頭部を強打する。

すべてが一瞬の一動作。心底が痺れるほどの技の切れ。舞踏のように流れ魅せる動きだが、華麗さとは裏腹の、気迫と情念とが恐ろしいまでに籠もっている。星乃はただ圧倒されるばかりであった。

「隊長は――」

「急ぎましょう。早くユー先生を見つけないと」

何も語らず、ウォンは本堂へと走る。言いかけた言葉を呑み込み、星乃もその後に従った。

黒指安の男はシドニーに銃口を向けたままユー元教授に近寄り、腰を屈《かが》める。そして彼女の襟首を片手でつかんで軽々と引き起こし、立ち上がらせた。

「下手な駆け引きはもう終わりだ。さあ、撃てるものなら撃て。この女と一緒にな。だがその瞬間におまえも死ぬ。そんな安い拳銃で、自動小銃と勝負になると思っているのか」

男の威嚇に対し、応じたのはシドニーではなかった。

「撃つ必要なんてないわ、二人とも」

キャサリン・ユーだった。

血に濡れたノリンコを自分の喉に当てている。倒れたふりをしてサーダーンの銃を拾っていたのだ。

「人質になって誰かを危険に晒すくらいなら、自分自身で死を選ぶ。その方がずっと楽」

「貴様、何を言って――」

意表を衝かれた男の手を離れ、よろめきつつも再びシドニーに向かって足を踏み出す。

「ごめんなさい……全部、全部私のせい……つらかったでしょうね……あなたは大きくなって市民のために立派に働いていた……それだけで私はもう……」

あんたは何を言っている――

期せずして黒指安の男と同じ言葉を胸に叫ぶ。

突然、南側の出入口から声がした。

「ユー先生！」

全員が振り返る。

「ハリエット……」

キャサリン・ユーが驚いたように漏らす。

不可解な状況に一瞬呆然としていたかのようなハリエットは、すぐさま手にしていた銃を黒指安の男に向ける。

男もまた我に返ったのか、ステアーAUGをフルオートで撃った。

同時にシドニーは、男の頭部にトカレフの銃弾を叩き込む。

ステアーAUGのトリガーを引いたまま、黒指安の男が崩れ落ちる。その銃弾が描いた軌跡は、ハリエットの頭上すれすれをかすめて途切れた。

息を吐いて銃を下ろしたシドニーは、倒れているキャサリン・ユーに気づいて声を失う。

スウェットの背中に黒い染みが広がっていく。ステアーの弾は彼女の体を貫いていたのだ。

慌てて駆け寄り、血にも構わず抱き起こす。もう自分が何をしているのか分からなかった。

「しっかりしろっ」

大声で呼びかけると、ユー元教授は落ちくぼんだ眼窩《がんか》の奥で、その目をゆっくりと開いた。

ひび割れた唇が微かに動いている。だが何を言っているのか聞き取れない。そのことが狂おしいまでにもどかしい。

もっと――もっとはっきり言ってくれ――

星乃とウォンが本堂に駆け込んだとき、目にしたのはユー元教授を抱き締めているシドニーの姿だった。その側では、ハリエットがうずくまって嗚咽《おえつ》している。

「大丈夫だ、すぐに救急隊が来る、大丈夫だ」

シドニーはそんなことを叫んでいた。

何が起こったのか理解できない。また同時に、何が起こりつつあるのか理解できる。

星乃はウォンとともに、シドニーとキャサリンを見守ることしかできなかった。

キャサリンは緩慢な動作で両手を伸ばし、血に濡れた掌でシドニーの頬を撫でさすった。

「本当に……立派になって……」

それは、香港のユー邸で目撃された仕草ではなかったか。

「あなたのことを……いつも、いつも、思ってた……ずっと、この日を……」

「おい、何を言ってる?」

「ありがとう、来てくれて……最後に会えて、本当によかった……」

「何を言ってるんだっ、俺はあんたの息子なんかじゃ――」

「あなたを心から……誇りに思うわ……」

「頼む、待て、待ってくれっ」

「お母さんを……許してね……」

「勝手なことを言うなっ。俺は絶対に許さない。俺がどんな思いで生きてきたか、あんたになんか分かるもんかっ」

「ごめん、なさい……ずっと、ずっと、愛しているわ……」

最後にそう言い残し、キャサリン・ユーはシドニーの腕の中で息絶えた。

彼女の遺骸を抱き締めてシドニーが泣いている。獣の唸りにも似た慟哭《どうこく》に交じり、シドニーが「媽媽《マーマー》」と呼んだのを、星乃は確かに聞いたように思った。

キャサリン・ユーは死の前の朦朧《もうろう》とした意識でシドニーを自分の息子と錯覚したのか。

シドニーは感情の激するあまり、キャサリン・ユーに母の面影を重ねていたのか。

どちらも違う。少なくとも白分はそう考える。

生と死とで隔てられるほんの束の間、二人の間で何かが通じ合った。そしてそれは、他人には立ち入ることも触れることも許されない領域に在る。

気がつくとパトカーのサイレンが大きく聞こえていた。

シドニーに歩み寄ったウォン隊長が、彼の肩を優しく叩き、次いでどこまでも厳しい口調で告げる。

「任務完了だ、シドニー」

ユー元教授の亡骸をそっと横たえ、立ち上がったシドニーがウォンの前で直立不動の姿勢を取る。

ウォンは力強く頷いて、

「それでいい。君は全力を尽くした。だが我々は警察官だ。泣くのは我々の任務ではない。我々の任務は泣いている人のために働くことなのだ」

「はっ、申しわけありません」

両眼からなおも涙をあふれさせながら、シドニーは隊長に向かって敬礼した。

星乃は思った――シドニーにとって、ウォンこそが〈父〉なのだと。

本堂へ武装した機動隊が殺到してくる。振り返ったウォンが、堂々とした態度で指揮官らしい隊員に経緯を説明している。

嵯峨や山吹達も集まっていた。キャサリン・ユーの死と、ほんの一分足らずの差であった。

「係長、その腕、大丈夫ですか」

山吹が心配そうに訊いてくる。自分の傷のことなどすっかり忘れていた。急に痛みが甦《よみがえ》ってきたが、顔には出さず答える。

「ありがとう。大丈夫よ。見た目ほど酷くないから」

それから星乃は、両眼をハンカチで拭っているハリエットに歩み寄った。

「ご苦労様です、ハリエット・ファイ主管」

「私の責任です」

ハリエットは涙声ながら毅然《きぜん》とした口調で言った。

「私がよけいなことをしたせいで……」

「何があったかは分からないけど、今は何も考えないように。考えると私達の仕事に支障をきたします」

「でも――」

「あなたは客観的な事実を報告書に書けばいい。主観は不要です。今はあなた自身が潰れないようにすること。それがあなたの任務です」

「了解しました」

目の前で敬礼するハリエットを見て、星乃は自分が彼女の〈母〉にも〈姉〉にもなれないことを自覚する。

それでいい。構わない。自分はウォン隊長とも水越管理官とも違う。

これが自分の役割であり、任務なのだ。

4

よく晴れた日だった。

陽光にきらめく東京湾を望むカフェのテラス席で、水越とウォンはスーツの男と相対していた。他に客の姿はない。店全体が貸し切りとなっている。

相手の男は中国大使館付武官で、要するに外交官の肩書を持つ情報機関員である。

「本日はお招きに応じて頂き、感謝します」

男はまず丁寧に礼を述べた。それでも全身から漂う傲岸の気配を隠そうともしていない。

「いえいえー、こんな気持ちのいい日においしいお茶が頂けるなんて、こちらこそ感謝です。このケーキもおいしいですし」

水越がいつもの調子で相手を煙に巻きにかかる。こういうときは彼女に任せるに限るとウォンは思った。

だが男はなんの変化も見せず、事務的に続ける。

「早速で申しわけありません。この会見が極めて異例であるのは理解しておられることと思います。わざわざお運び頂いたのは、ある御方がお二人に直接お礼を申し上げたいと希望なさっておりまして。いえ、直接と申しましても、その方は素性を明かすわけには参りませんし、日本にもおられません。無礼は承知しておりますが、音声のみでお許し願いたいとのことです」

そこで男はスマホを取り出し、テーブルの上に置いた。画面は黒いままで、声だけが流れ出た。

〈水越管理官、それにウォン隊長。顔をお見せできない非礼をどうかお許し下さい〉

北京語だった。若い声だ。音声の加工等は特に施されていないようだが、相手が本人であるという保証はない。

「どうかお気遣いなく。こちらも承知の上で来てますから」

ケーキを頬張りながら、水越も北京語で応じる。スマホの向こうで、相手は苦笑したようだった。

〈日本で起こった不幸な事案については詳細な報告を受けております。あなた方のご活躍には大いに感銘を受けました。キャサリン・ユーの最期を看取《みと》って頂けたそうで、心より感謝します〉

「私達への感謝なんかどうでもいいです。この際ですから、キャサリン・ユーだなんて水くさい言い方はやめて、お母さんと呼んであげたらどうですか。ユー先生はあなたのためにすべてを捨てられたんですよ」

対面に座った武官が色をなす。だが声の主はどこまでも冷静だった。

〈それができればどんなに幸せなことか。私は母を知らずに育った。香港で初めてキャサリン・ユーに会ったとき、私もまた温かな思いに満たされました〉

「でも、あなたは先生を利用したんですよね」

〈私達に選択肢はありませんでした。何もかも命じられた通りに動くしかない。中南海で生き残るための鉄則です〉

「偉い人も大変ですねえ。この会話自体、相当ヤバいんじゃないですか」

〈おっしゃる通りです。それでも私は、あなた達から直接伺いたかった。キャサリン・ユーの最期の様子について〉

「それもご心配なく。先生は息子さんの愛情に包まれて旅立たれましたから」

〈どういうことです〉

「さあ、なにしろ死の間際の先生は、意識が相当混濁しておられたようですから」

〈あなたは意地の悪い人だ〉

「それくらいは言わせてもらってもいいでしょう。これは非公式の会見ですし。あなたはとても偉い地位にあり、私は一介の警察官です。対等じゃあり得ないし、この先お会いすることもない。多少口が滑ったとしても、それはケーキのクリームのせいということで」

〈敵わないな、資料の通りだ〉

対面の武官がいよいよ険しい顔で水越を睨む。

〈ウォン隊長に訊きたい。君の所感は〉

「水越管理官と同じです」

ウォンは率直に答えた。ただし少々の脚色を付け加える。

「つまり過去に手放さざるを得なかった御子息に思いを馳《は》せておられたのです。『息子を心から誇りに思う。自分を許してほしい』、そうはっきりとおっしゃっておられました」

〈……ありがとう、隊長〉

声は心なしか沈んでいた。ウォンは己の演技力の欠如を呪う。

〈私はあなた方に礼を言いたかった。それだけです。では――〉

「お待ち下さい」

ウォンは思い切って言った。

「こちらからもお尋ねしたいことがあります」

「ウォン警司、お立場をわきまえられた方がよろしいのでは」

武官が怒気を滲ませ立ち上がる。だがスマホからの声は穏やかに応じた。

〈構いませんよ。どうぞ〉

「あなたは二十四年後の香港をどうしたいのですか」

〈2047年問題ですね〉

遠い大陸でスマホに向かっている若い高官は、微かに嗤ったようだった。

〈そこに私の意志は介在しません。すべては党が決めることであり、私はその決定に従うのみです〉

「党には異なる意見が存在すると聞き及びます。私は香港警察の警察官として――」

〈ウォン隊長、あなたの能力は疑いようがない。香港を愛する心もです。私はその心を尊重したい。だから今は、互いの仕事に専念しようではありませんか。亡くなったキャサリン・ユーもそれを望んでいると思います〉

通話は切れた。

武官はスマホをアタッシェケースにしまい、鍵を掛けた。

「私は一時間後の便で帰国します。あなた方にお会いすることは二度とありません。今日はありがとうございました。どうぞ気をつけてお帰り下さい」

「あの、最後にもう一つだけ」

水越が真剣な面持ちで食い下がる。

「なんでしょう」

「このケーキ、もう一つだけ注文していいですか」

言葉さえ忘れたように水越をまじまじと見つめていた武官は、背後を振り返り、離れた位置に控えていた部下を手招きした。


七村係長の怪我は順調に回復した。銃弾が左腕をかすめたもので、機能に影響はないが痕は残るらしい。本人は「ノースリーブが着られなくなった」とうそぶいている。

エレインが右足に被弾した弾は、小岩井の見立ての通り貫通していて、現在はリハビリの真っ最中である。

そしてシドニーは、無愛想な態度に変わりはないが、どこか吹っ切れたような表情で出勤している。

その日は久々に特助係の全員が集まっての会議があった。まだ松葉杖《まつばづえ》を手放せないエレインも参加している。

「はい、皆さん、お待たせしました」

本庁から帰ってきた水越管理官とウォン隊長が席に着いた。小岩井は若干の緊張を覚えつつ二人のトップを注視する。

「今日はとっても大切なお知らせです」

相変わらず警察の会議とは思えぬ口調で水越が言った。

「本庁の決定事項をお伝えします。厳密には本庁だけでなく、内閣官房とか外務省とかも関わってるんですけどね。えー、ここ、警視庁組対部国対課特殊共助係は、今後も存続されることとなりました。調布では派手にやっちゃったんで、なんか責任とか取らされるかなあって心配してたんですが、キャサリン・ユーが結果的に死亡したことを受け、中国側は大変満足したようです。中南海のパワーバランスがどこかで釣り合ったってことでしょうね」

サーダーンや黒指安は使い捨てか――

中南海という魔界の非情さに、小岩井は彼らに対する同情さえ覚える。

「ハリエットとシドニーは偶然にもユー先生と関わりがあったわけですが、時系列から言って特助係の設立はユー先生の事案が浮上する以前から進められていました。つまり、このメンバーは今後も日中双方に関わる事案に対処するには最適であると中国は判断したわけです。そうなると日本側は異論を出せない。それに、こればっかりは私も中国と同意見なんです。皆さんがベストであるってことに対してです」

「管理官」

山吹が挙手して立ち上がる。

「あたしは公安のスパイでした。情報を公安に漏らしました。正直言って、今でも公安と接点あります。あたしの本籍地は公安なんです。そんなヤツを信じていいんですか。あたしならゼッタイ信じませんけど」

自分のことであるはずなのに、まるで他人のように語っている。

「正直なのはいいことですね、山吹さん」

管理官はにやにやと笑い、

「これはねー、内々の話なんですけど、備企《びき》（警察庁警備局警備企画課）の織田《おだ》さん、次の異動でトバされるそうですよ」

「マジっすか」

山吹が驚いているところを見ると、どうやら織田という人物が機密漏洩の張本人らしい。

「なんでも行き先は関東管区警察局総務監察部ですって」

「公安の姥捨《うばす》て山じゃないすか」

山吹はそんな不穏なことまで口走っている。公安にとってはよほど絶望的な左遷であるようだ。

「それと、織田さんとやたらに親しかった政治家の甲本《こうもと》センセイ、幹事長に呼ばれて来月引退するんですって」

「一体どこからそんな話を仕入れてくるんですか」

七村が呆れたような声を上げる。

「キャリアって、そういう話が大好物なの」

「それにしたって……」

水越は構わず山吹に向かい、

「だから山吹さんは安心していいの。しつこいのが公安の取り柄だから、またそのうちなんか言ってくるかもしれないけど、こっちはそれを公安とのパイプに使わせてもらう。敵の武器をこちらの武器とする。いい考えだと思わない？」

しばし考え込んでいた山吹が、納得したように着席した。

「了解です」

本当にそれでいいのだろうか――

小岩井には疑問であったが、七村も嵯峨も黙っている。

腕組みをして聞いていたゴウが、ウォンの方に向き直った。

「日本側の考えは分かった。グレアム、香港側の指揮官として君の考えを聞かせてくれないか」

「いいだろう」

ウォンが立ち上がって一同に告げる。

「水越管理官とも話し合った。一国二制度の消滅する２０４７年は必ずやってくる。いや、二十四年を待たずとも、日本と香港、双方を股に掛けた犯罪と謀略は今後増加する一方だろう。誰かがこれに対処しなければならない。我々はそのために選ばれた。ならば我々はその任務に全力で取り組むまでだ。私はそう考えた……シドニー」

「はっ」

ウォンは唐突にシドニーを指名した。名を呼ばれたシドニーはまっすぐな姿勢で立ち上がる。

「君はどう思うかね」

「自分ですか」

「そうだ」

シドニーは一層背筋を伸ばし、はっきりと答えた。

「警察官としての任務を全うすることに異議のあろうはずなどありません」

会議は終わった。

特殊共助係は従前通りの職務に従事する。人員の懲罰、変更はなし——

伸びをしながら立ち上がろうとしたとき、小岩井のパソコンにメールが届いた。

エレインからだった。顔を上げて対面のデスクを見ると、エレインは素知らぬ顔でディスプレイを見つめている。

いぶかしく思いながらメールを開く。

そこには短く、

[あの夜は助けてくれてありがとう]

とだけ書かれていた。

再び顔を上げて対面を見る。エレインはやはり冷淡な顔のままだ。

わけが分からないが、ともかく返信しようとしたとき、再びエレインからメールが届いた。

すぐに開いてみる。今度はさらにそっけなく、こう記されていた。

[返信不要]

とりあえず俺の職場は現状通りってことか——

これでよかったのか、よくなかったのかさえ分からない。

嵯峨はすっきりとしない気分のまま神保町の古書店街を歩いていた。もちろん昼食のための店を探してである。

古書店街を行き交う人々は、実に様々な表情を見せている。伸びやかな若い好奇心に満ちて弾んだ顔。掘り出し物を求める飢えた顔。一言居士《いちげんこじ》の渋い顔。それらに共通しているのは、自由であるということだ。気分の赴くままに足を止め百円均一のワゴンを覗き、あるいは薄暗い店内に視線をくれながら素通りする。この自分はと言えば、もとより古本に興味などなく、ただ腹を減らして漫然と歩いているばかりだ。

それまで顔に吹きつけていた伸びやかな風が、不意に息苦しいものに変わった。見上げると、空にはいつの間にか暗い雲が広がっている。

２０４７年問題か――

ウォン隊長の言った通り、その日は必ずやってくる。

二十四年後の香港なんて知ったことかよ――

そうは思うが、特助係の存続が決まった以上、これからも厄介な事案を押し付けられることは目に見えている。面倒な仕事は極力避けたい。反面、内なる血が騒ぐのも事実であった。

それはシドニーが図らずも示していた警察官の血か、あるいはまったく別種のものか。

考えれば考えるほどに混乱する。

どうでもいい、ともかく腹が減った――

手頃な店を物色していたとき、ポケットの中でスマホが振動した。

「はい、嵯峨です」

嫌な予感を覚えつつ応答する。

〈おう、ワシや〉

虎居先輩であった。

〈またアキちゃんにええこと教えたろ思てな、それで電話したってん……おい、聞いとんのかコラ〉

「聞いてますよ」

〈実はな、近頃シンガポールの連中がおもろいシノギやっとんねん……〉

古書店街の真ん中でスマホを耳に当て、虎の鼻息を頬に感じながら、嵯峨はぼんやりとその唸り声を聞き続けた。

［主要参考文献］

・『香港危機の深層「逃亡犯条例」改正問題と「一国二制度」のゆくえ』倉田徹、倉田明子＝編／東京外国語大学出版会
・『香港秘密行動「勇武派」10人の証言』楊威利修＝著・勇松＝訳／草思社
・『「北京化」する香港の命運 中国共産党の国家戦略』加藤嘉一＝著／海竜社
・『香港の反乱2019 抵抗運動と中国のゆくえ』區龍宇＝著・寺本勉＝訳／柘植書房新社
・『生証言 香港弾圧の恐ろしい真実』小川善照、五味洋治、渡邉哲也 ほか＝著／宝島社
・『ウイグル・香港を殺すもの ジェノサイド国家中国』福島香織＝著／ワニブックスPLUS新書

謝　辞

本書の執筆に当たり、
元警察庁警部の坂本勝氏より多くの助言を頂きました。
ここに深く感謝の意を表します。

本書は「STORY BOX」2022年6月号～2023年1月号に連載した作品を、加筆改稿したものです。

本作品はフィクションであり、実在の事件・人物・団体などには一切関係ありません。

写真　© Peter Treanor / Alamy /amanaimages
Soloma / shutterstock
ブックデザイン　鈴木成一デザイン室

月村了衛（つきむら・りょうえ）
1963年大阪府生まれ、早稲田大学卒。2010年『機龍警察』でデビュー。12年『機龍警察 自爆条項』で第33回日本SF大賞、13年『機龍警察 暗黒市場』で第34回吉川英治文学新人賞、15年『コルトM1851残月』で第17回大藪春彦賞、同年『土漠の花』で第68回日本推理作家協会賞（長編および連作短編集部門）、19年『欺す衆生』で第10回山田風太郎賞を受賞。

香港警察東京分室

二〇二三年四月二十六日　初版第一刷発行
二〇二三年六月二十五日　第二刷発行

著者　月村了衛
発行者　石川和男
発行所　株式会社 小学館
〒一〇一-八〇〇一　東京都千代田区一ツ橋二-三-一
電話　編集〇三-三二三〇-五九五九
販売〇三-五二八一-三五五五
DTP　株式会社昭和ブライト
印刷所　萩原印刷株式会社
製本所　株式会社若林製本工場

ISBN 978-4-09-386682-8